Memorias de un sinvergüenza de siete suelas

Novela

Ángela Becerra
Memorias de un sinvergüenza
de siete suelas

Planeta

El papel utilizado para la impresión de este libro está calificado como **papel ecológico** y procede de bosques gestionados de manera **sostenible**.

No se permite la reproducción total o parcial de este libro,
ni su incorporación a un sistema informático, ni su transmisión
en cualquier forma o por cualquier medio, sea éste electrónico,
mecánico, por fotocopia, por grabación u otros métodos,
sin el permiso previo y por escrito del editor. La infracción
de los derechos mencionados puede ser constitutiva de delito
contra la propiedad intelectual (Art. 270 y siguientes del Código Penal).
Diríjase a CEDRO (Centro Español de Derechos Reprográficos) si necesita
fotocopiar o escanear algún fragmento de esta obra. Puede contactar
con CEDRO a través de la web www.conlicencia.com
o por teléfono en el 91 702 19 70 / 93 272 04 47

© Roncal del Sueño, S. L. / Ángela Becerra, 2013
© Editorial Planeta, S. A., 2019
 Avinguda Diagonal, 662, 6.ª planta. 08034 Barcelona (España)
 www.planetadelibros.com

Adaptación de la cubierta: Booket / Área Editorial Grupo Planeta
 a partir de la idea original de © Ángela Téllez
Ilustración de la cubierta: Anónimo (archivo de la autora)
Primera edición en esta presentación en Colección Booket: junio de 2019

Depósito legal: B. 14.292-2019
ISBN: 978-84-08-18403-4
Impresión y encuadernación: CPI (Barcelona)
Printed in Spain - Impreso en España

Biografía

Ángela Becerra nació en Cali, Colombia, donde estudió Comunicación. En el año 2000, siendo vicepresidenta creativa de una de las agencias más relevantes de España, abandonó su exitosa carrera para dedicarse por entero a su gran pasión: la literatura. Su primera obra fue *Alma abierta* (2001), un bello poemario que aborda los conflictos del ser humano en la madurez; *De los amores negados* (2003), su primera novela, obtuvo el Latin Literary Award 2004 de la prestigiosa Feria del Libro de Chicago y una calurosa acogida de la crítica y de los lectores de España y Latinoamérica. *El penúltimo sueño* (2005) la consagró como gran novelista. Con ella obtuvo el Premio Azorín de Novela 2005, el Premio al Mejor Libro Colombiano de Ficción 2005 y, de nuevo, el Latin Literary Award 2006. En 2007, *Lo que le falta al tiempo* también fue reconocida con el Latin Literary Award como mejor novela de misterio y de sentimientos. En 2009 obtuvo el Premio Iberoamericano de Narrativa Planeta-Casamérica por la obra *Ella, que todo lo tuvo*, novela a la que le siguió *Memorias de un sinvergüenza de siete suelas* (2013). *Algún día, hoy*, su última novela, ha sido galardonada con el Premio de Novela Fernando Lara. Su obra se ha traducido a veintitrés idiomas.

A Cili,
mi hermana del alma...
por tanto, ¡tanto amor!

Si sintiera después de mi muerte, no dudaría ya de nada; pero desmentiré a todos los que me vengan a decir que he muerto.

GIACOMO CASANOVA

CAPÍTULO 1

¿Que por qué lo hacía? Vaya pregunta más imbécil la que me acabo de hacer. Porque me hacía feliz coleccionar mujeres. Se me hace la boca agua sólo recordar la excitación que me producía el acecho, la estrategia, el cálculo, oler la presa. Humm... perfume a piel nueva. La mirada, el roce, quejidos nunca oídos, orgasmos gritados, te amos y te quieros con olor a *champagne* francés (que por cierto les encantaba porque se creían valiosas sólo porque había decidido descorchar una botella para ellas, ¡¡¡qué ilusas!!!), platito de fresas o caviar o jamón de bellota, dependiendo de la expectativa a cubrir. Mujeres casadas, aburridas, hastiadas de lloros y mocos, de desplantes masculinos, infidelidades, indiferencias y machismos. Jovencitas que sueñan con el príncipe azul, o rojo, o verde, o del color que sea con tal de que llegue y las rescate. Solteronas de buen ver y mal haber, consumidas con su tesoro intacto, guardado para el que nunca llegó. Ahhh, amigo, prometer, prometer, prometer... hasta meter y después de haber metido, olvidar lo prometido. Ésa era mi premisa. Ningún compromiso. Pañuelo usado, pañuelo tirado. Y ahora, metido entre estas cuatro paredes de cedro macizo que hieden a carpintería fina. No es justo. Los oigo a todos: tenía la vida por delante, dicen.

¡¡¡Maldita sea la muerte!!!

CAPÍTULO 2

Pero no siempre fui así, ¡no!, lo juro por Dios y por mi Virgen predilecta, la del Rocío: la Blanca Paloma.

Recuerdo mis primeros pinitos amorosos. Siempre, siempre, siempre creí en el amor. Hasta decidí guardar mi tesoro virginal para la mujer que un día colmara mis sueños. Era mi gran sacrificio. Me inmolaba por amor. Mientras mis amigos se vanagloriaban de haber pasado por... la piedra, ya me entendéis, yo continuaba con mi joya intacta. La comparaba con los demás cuando íbamos al baño, delante de los urinarios, y de sobra les ganaba. La tenía grande, según lo han confirmado todas. Sin embargo, en aquel entonces, por no usarla era el hazmerreír del barrio y del colegio y de Sevilla. El tonto, el santo, el iluso, el raro, el mari... eso, del que no se podía hablar según qué cosas en su presencia.

Pasaba las horas imaginando mi vida soñada, la de los libros que leía mi madre, Austen, Flaubert, Brontë..., desgarradas historias de amor rebosantes de suspiros, lágrimas e imposibles, mientras mis amigos se la pelaban a destajo; los muy ordinarios. «¡Paco, Paco, ven aquí! ¡Mira qué tetas, las de Enriqueta... Paco!», me gritaban asomados a la ventana de la vecina, pero yo no me inmutaba. Mi mundo se movía en una dimensión elegante y honrosa. Quería estar cuando mi Alma pasara por el Parque. Ella era lo único que me motivaba. Verla desfilar cogida de la mano de sus amigas; riendo con esa risa fresca de cascada loca que el Guadalquivir hubiera querido para sí. Tenía aquella cabellera desbocada de potra salvaje que acariciaba su cintura, al ritmo de un flamenco mudo, a cada paso que daba. Mis ojos tarareaban sus andares hasta perderla en el giro final de la última esquina. No me atrevía a mirarla de frente ni ella tampoco, pero aprendimos a saber que nos gustábamos por el mutuo rubor de las mejillas. Era como si me hubiesen pegado dos inmensas cachetadas que no dolían pero quedan marcadas hasta la hora de la cena, temido momento en que mi padre gritaba: «Manuelaaaa, ¿has visto a Currito?... Este niño ha vuelto a coger el sarampión.» Pero ella sabía que de sarampión nada de nada; o tal vez sí, otra clase de sarampión, el que me había contagiado mi Alma, que además de virulento sería del todo incurable. Estaba perdidamente enamorado de la hija de don Lucio Martineo Zurita y González, tres veces Grande de España. ¡Date por jodido!

CAPÍTULO 3

Ese 17 de julio, Sevilla amaneció oliendo a madera recién pulida. Como si un bosque entero hubiese sido talado durante la noche, el perfume se expandía en bocanadas espesas y oscuras; greda pegajosa y malintencionada sobre los tejados de Los Remedios. Un amanecer teñido de púrpura y grises fúnebres ungía la ciudad con su corona de espinas. Abrí la ventana para acabar de manchar mis ojos con la primera pincelada de sol y, al hacerlo, una ventisca se levantó de pronto disparándome a bocajarro millares de virutas que revoloteaban enloquecidas. Se metían por los rincones de la casa, entre sábanas y almohadas, cómodas y alfombras, martillando las paredes y las puertas como si fuesen un enjambre enloquecido de abejas hambrientas en busca de miel. Me herían las mejillas. Un presentimiento negro me nubló el corazón.

Había matado la noche a punta de pensamientos

y recuerdos recién nacidos. Alegrías que me sonaban a campanas de fiesta y tristeza, todas revueltas. Tantos años muertos, convertida en la mujer que todos querían ver. La esposa devota, la inmaculada madre, la intachable y pulcra mujer de la que nadie podía decir nada, ni siquiera las lenguas más viperinas. La que acudía a misa todos los domingos y fiestas de guardar; la de la triste mantilla presenciando en el palco de honor —entre pañuelos blancos, olés y ovaciones— largas tardes de toros con olor a sangre y muerte. La del dolor de la frustración manchado en su pecho. La que, sin que nadie lo sospechara, había sido absolutamente feliz durante una tarde. Una sola tarde por treinta años de tristeza.

No podía dormir, como cada noche, como siempre, pero peor. ¿Cuántas cajas habían fabricado? ¿Cien, doscientas? ¿Trescientas? ¿Cuántos ataúdes para acoger el cuerpo de mi amado?

Entonces, sin que nadie me lo hubiera dicho, tuve la certeza de que había muerto.

Mi amor, mi luz, mi sueño frustrado, mis ansias escondidas; mi adolescencia, mi dolor, mi dicha; aquel ser por el que cada día me despertaba y vivía; por el que mi vida, aunque nadie lo supiera, tenía sentido. El motor que me hacía estar, no estaba.

Francisco, mi Francisco, el del Parque, el tímido, el silencioso, el de las mejillas coloradas, el niño que cada vez que pasaba por su lado silbaba imitando a un jilguero. El que me regalaba piedrecitas de colores, el bueno, el que me había querido con sus ojos; el que nunca, nunca, nunca había dormido en mi regazo; el que todos adulaban. El mujeriego, el estafador, el dios y el diablo. Mi Francisco, el verdadero, el desconocido por todos, nunca volvería a mirarme con sus ojos aceitunos.

¿Qué sentido tiene ahora mi vida?

Mi marido duerme. Necesito llorar, pero no puedo. No quiero que se me note el dolor. Aprieto mis párpados, me niego a derramar la primera lágrima. Entro en la ducha, perdida, desolada, no puedo compartir con nadie esta pena, y antes de que caiga el agua las lágrimas me bañan. Me diluyo en llanto. Una cascada cae despacio por mi cuello, se desliza entre mis senos marchitos, se mete en mi pubis y moja mi sexo... Mi sexo dormido, que guarda entre sus pliegues una tarde de dicha; una única tarde que jamás se repetirá, porque mis presentimientos, para mi desgracia, nunca me han traicionado.

Francisco ha muerto. ¡¡¡Me quiero morir!!!

CAPÍTULO 4

¡Maldito seas, Francisco! Ojalá ardas en el infierno. Tu repugnante alma y tu endemoniado cuerpo. Destrozaste mi vida. ¿Creías que ibas a durar siempre, que serías inmortal como los dioses griegos? ¿De verdad lo creías? ¿Que podrías mantenerte intacto destilando egoísmo y crueldad?

Tu asqueroso ego y tu dinero mal habido no pudieron garantizarte más años de existencia. Te cogió por sorpresa, ¿verdad? A que no te lo esperabas, ¿eh? Te miro y por primera vez te veo ínfimo, ya no puedes alardear de nada. Se acabaron los pulsos y las batallas entre nosotros. Ninguno de los dos ganó, ¿o tal vez sí? Sí, he ganado yo, porque sigo viva y tú estás muerto. ¿Cómo podré vivir ahora sin venganza, si durante todos nuestros años de matrimonio, si es que a este engendro se le puede llamar así, lo único que me levantaba de la cama era urdir alguna maldad para dártela de regalo?

No puedes verme. Tus párpados inertes serán devorados por los gusanos... ¡Qué pena me da! No podrás sentir ese último dolor, el asco de sus babas sedientas deslizándose por tu cara, engullendo tus ojos; esos que lamieron con su lascivia tantos cuerpos.

Me gustaría que sólo por un instante pudieras verme. ¿Sabes qué traje lleva puesto «tu mujercita»? El rojo; el que me regalaste para que lo llevara el día más feliz de mi vida y aún estaba por estrenar. Voy vestida de fiesta, Francisco, porque esto es una celebración. Sí, cariño, tu muerte es mi gran alegría. No te imaginas lo feliz que me haces. Después de tantos años, debo agradecerte esta dicha. Hasta fui a la peluquería y me hice la manicura eligiendo el color de la laca de uñas con total parsimonia, mientras los de la funeraria colocaban tu ataúd en el gran salón. ¡Qué remedio! Lo dejaste todo por escrito y no hubo manera de cambiarlo. Ya ves, por mí te hubiera quemado vivo. No me hubiera gastado ni un céntimo en tu muerte.

Esta noche, cuando todos marchen, después de esta ridícula farsa en la que pediste convertir tu sepelio, me quedaré contigo y hablaremos, ¡claro que hablaremos!; por primera vez me escucharás sin interrumpirme, maldito imbécil. ¿Alguna vez pensaste en cómo me sentía con tu continuo y recochineante desprecio? ¿En cómo me sentiría hoy, viendo este degradante espectáculo? ¡¡¡Qué humillación!!! Todas tus fulanas desfilan por mi casa —porque es Mi casa, aunque te duela oírlo—, con trajes negros y pañuelos, llorando la muerte de tu entrepierna ¡ja ja ja, se te murió, Francisco! Con tu muerte, tu maldita arma ha quedado inservible. ¿Qué te llevas? ¿Con qué impresionarás en el infierno?

CAPÍTULO 5

Imagino lo que debió pensar mi mujer al abrir el sobre con mi última voluntad. Sabía que la fastidiaría con éste, mi postrer deseo. Aunque, de todos los anhelados, fuera el que menos acompañara a mis verdaderas ganas; las que no le conté a ninguno, ni siquiera a Juan, mi único amigo. Las que ahora, que nadie puede oírme, grito: haber terminado mis días pegado a mi Alma hasta morir de amor y de viejos. Pero hubiese sonado ridículo y del todo increíble, pues estoy convencido de que nadie, absolutamente nadie, ni siquiera el más listo habría imaginado que dentro de mí existía un corazón limpio, capaz de sentir amor por ninguna mujer. Que yo era el desperdicio de un amor triste y frustrado. Sorprende que no se me hubiera notado, siendo yo tan pasional y vehemente en todas mis acciones, pero también de eso se trataba: de engañarlos.

No sé realmente si estando en un cajón, ya de por

sí algo tan jodido, pueda uno aspirar a tener un último deseo. Ahora sólo pienso en el hecho de sentirme aquí, tan quieto, en este espacio opresivo, con el aire viciado a colonia y silencio; un aire sin vuelo, estancado y mustio. Estando aquí, encerradito en esta acojinada estancia, pienso que todos los mortales, en algún momento de su vida tendrían que ensayar a estar muertos; sí, tal como lo oyen. Meterse en la última residencia. Probar la comodidad del cajoncito y su nula capacidad de maniobra. Estoy convencido de que si se hiciera, las funerarias terminarían desapareciendo, pues les aseguro que éste, sin lugar a dudas, es el peor sofá en el que me he tumbado. Pero, en fin, no nos quedemos en tantas elucubraciones y vayamos al grano. Lo que me movió a montar tremendo funeral fue el hecho de querer ser finalmente como ellos.

Me gasté la vida entera tratando de colarme en sus clubs, en sus romerías y sus fiestas; en sus fastuosos encuentros desbordados de linajes, pasados, pedigrís y reglas elitistas que les hacían sentir superiores; aunque hoy, visto lo conseguido, no puedo quejarme. Sevilla acabó rendida a mis pies; por las buenas y por las malas. Y ésa fue mi gran venganza. Logré enquistarme en ellos como un grano que les nació en plena frente, y por más que trataron de extirparlo creció y creció hasta que de tanto verlo reflejado en sus espejos acabaron por aceptarlo a regañadientes.

Siempre quise tener un funeral majestuoso, no

sé por qué. Quizá me viniera de la infancia; de cuando atravesaba el puente que me separaba de ellos, ese río que dividía a los que tenían más de los que no teníamos. Le dije a mi madre que oiría hablar de mí, que yo vengaría sus carencias, pero desgraciadamente se fue antes de verlo, y aunque me suplicó que siguiera por la amable senda del conformismo, me negué a obedecerla. Ésa se la dejé a mis dos hermanos, tan pusilánimes y apocaditos los pobres. Lo mío era más fuerte que yo. Yo sería Grande, no como don Lucio Martineo de Zurita y González, que heredó sus linajes como si los hubiera ganado en una tómbola. ¡No!, yo sería Grande por méritos propios. Creo que tenía metido en el tuétano de mis huesos mi humilde nacimiento. Un hecho que, evidentemente, no pude controlar. Mi madre dando alaridos en su casa pariéndome, por no tener ni una mísera peseta para pagar un parto decente en una clínica, con sábanas limpias, monjitas y enfermeras arropándome con una manta de *cashmere*, en lugar de esa habitación oscura y helada. No, no se lo merecía. Y mi padre, el pobre, tan mínimo, tan don nadie en su condición de lustrabotas sin zapatos que brillar. Lamiendo con su lengua los desprecios de los señoritos apostados delante del Hotel Alfonso XIII, que era donde se reunían los perfumados de pañuelo y gomina; eso cuando le dejaban hacerse en el último rincón, donde no estorbaba ni a los perros.

Ahora vais a decir que les tenía envidia y os aseguro que no era nada de eso, en absoluto. Era más bien una fuerza venida de no sé dónde, de demostrarle al mundo que se puede ser Grande habiendo nacido Ínfimo. Que todo parte de la convicción y la seguridad que tengas en ti. Del querer ser y levantarte cada día con esa idea recorriendo tu sangre hasta ponerla en ebullición. Que este tipo de cosas no las da ni el linaje ni una excelente nutrición, porque ahora que nadie me oye ya puedo confesarlo: ni siquiera leche pude beber en mi infancia, salvo algún que otro sorbo robado en la vaquería de la esquina antes de que me persiguieran por ladrón; ni carne, salvo los restos que roía en las basuras de los restaurantes de la calle Betis y que compartía con los perros; ni huevos, salvo el único que me daba mi madre por mi cumpleaños y que tenía que esperar trescientos sesenta y cinco días para volver a degustar.

¡Dios, cómo me aburro en esta inmovilidad! ¿Cuánto tiempo habrá pasado desde que me metieron aquí? Parece que le hubieran arrancado las agujas al reloj, a no ser por el continuo tic tac del viejo Junghans, que con su péndulo sigue marcando mi silencio. Me tendrían que haber dejado con los ojos abiertos, ¡maldita sea!, no sé cómo no se me ocurrió ponerlo por escrito; por lo menos me distraería viendo las caras de mis deudos asomándose con su curiosidad malsana, imaginando el día en que en mi lugar fueran ellos los que reposaran su cabeza en esta almohada final. Me lo estaría pasando en grande observando sus expresiones, muchas de ellas, estoy convencido, de falsa conmiseración. ¿Vendrá ella a despedirse de mí?

Mi Alma, ¡Ay... mi Alma! Amor mío, ¿quién te habrá comunicado mi muerte? ¿Qué debiste sentir al enterarte? ¡Pobre amada mía, cuánta vida perdida! Teniendo todos los años, no tuvimos casi tiempo de nada. Aunque si hubiera sabido que justo despedirnos iba a terminar así, me habría quedado pegadito a tu pecho, abrazado a tu vientre; tal vez me hubieras librado de la muerte. No te imaginas lo feliz que fui en esas horas. Esa tarde la guardaré para siempre, amor mío de mi vida tuya.

CAPÍTULO 6

La casa, si es que a aquel maravilloso palacio se le podía llamar así, estaba ubicada en el Paseo de las Delicias. En la Exposición Universal de 1929 había sido sede del Pabellón de Colombia. Un espléndido templo dedicado a Bachué, la diosa femenina creadora del género humano. Durante su infancia, Francisco había pasado cada día por delante para ir al colegio y su extraña fachada lo intimidaba. Aquellas esculturas de mujeres desnudas custodiando la entrada se le clavaban en las ingles y le invitaban a vivir oscuras delicias que su imaginación saboreaba. Se empeñó en comprarla a pesar de que Morgana, su mujer, le insistió en que no sería en absoluto cómoda como residencia. Pero él, que siempre se salía con la suya, la remodeló magníficamente, construyendo en sus terrenos tres pabellones de salones majestuosos y exuberante vegetación donde se paseaban a sus anchas altivos flamencos, casuarios y pavos reales. Con pasillos acristalados que se comunicaban desde el interior con la nave central. En ella había sido colocada la capilla ardiente.

Una cola larga y sinuosa como humo retorcido colapsaba la avenida de la Palmera y desembocaba en la entrada del lujurioso pabellón. Miles de personas vestidas de solemnísimo luto aguardaban impacientes su turno para ver al finado y presentar sus condolencias; algunos de ellos sólo iban a matar la curiosidad de ver al vivo, al más vivo de todos los vivos sevillanos, finalmente muerto. Otros, los que más, iban porque verdaderamente sentían el profundo dolor de su desaparición.

El inmenso portal de hierro retorcido parecía a punto de venirse abajo ante tal avalancha. Al traspasarlo, la estancia se convertía en un santuario. Una isla de grutas y fuentes cristalinas en las que maravillosas Vírgenes —la del Rocío, la Esperanza Macarena— se bañaban a la luz de una paz vegetal rota por el bullicio enardecido que pujaba por entrar.

Millares de velas y antorchas encendidas convertían el jardín en un mágico escenario de libélulas y cocuyos danzarines, donde un embriagante aroma de azahares, que a pesar de la canícula veraniega continuaban florecidos, insistía en perfumarlo todo.

Aunque el amanecer había anunciado un día de sol rotundo, en el instante en que los empleados de la funeraria instalaron el féretro en el salón —las once en punto de la mañana—, Sevilla entera se oscureció de golpe. Todo se detuvo. Bares, terrazas, quioscos, restaurantes, tiendas, bazares, mercados y cuantos establecimientos estaban abiertos cerraron sus puertas en una coreografía mustia y triste, colgando en sus vidrieras y portales carteles con la frase «"El Hermoso" ha muerto», ante los ojos de cientos de turistas despistados que no daban crédito a lo que presenciaban. Sólo se escuchaba el desconcertante chirrido de ventanas y rejas. Se izaron las banderas a media asta y de los balcones empezaron a ondear crespones que se elevaban como gigantescas águilas al ritmo del lamento de un redoble de campanas como jamás se había escuchado en la ciudad. Era como si un mandato divino hubiese obligado a llorar a todos sus habitantes. Las floristerías producían coronas, mantos, cruces y óvalos de jazmines y fresias —las preferidas del difunto—, placas de marmolitos y claveles, con dedicatorias a cual más triste.

Una luna de pan apareció, bañando de solemnidad el escenario. Las sombras de los asistentes crecían indolentes y burlonas acompañando los gritos de las plañideras y los cantos rocieros que habían sido contratados para llorar y cantar, cuantas horas hicieran falta, la muerte de Francisco Valiente.

En el interior, a modo de palio eclesiástico, cuatro gigantescos cirios encendidos grabados con el escudo familiar custodiaban el ataúd colocado en el centro de la sala. Las llamas crecían, escribiendo con su danza vocales en el borde de los techos. La antigua lámpara veneciana con su luz espectral iluminaba el regio salón cargado de antigüedades traídas de todo el mundo por donde desfilaban la flor y nata de la sociedad andaluza. Gentes de todo rango social que habían estado unidas al difunto en el amor o el odio, la lujuria o la prudencia, el exceso o la contención, la admiración o la repulsa, hacían acto de presencia, reverenciando al hombre que descansaba impasible, elegante y bello sobre la fastuosa cojinería de brocados de seda vicentina. A escasos metros de él, una mujer destacaba —como gota de sangre sobre sábana blanca— por su alegría contenida, su inapropiado aunque espléndido traje de seda rojo palabra de honor y su mantilla dieciochesca bordada a mano por las monjas. A pesar de que nadie entendía el rojo sangre de su vestido, todos los visitantes asumieron que, dadas las bohemias excentricidades del muerto, aquello hacía parte de la *mise en scène*.

—Señora, me uno a usted en la pena —le dijo a la mujer el marqués de Pozoalegre, besando su mano.

—Una incalculable pérdida —añadió el alcalde, recordando la fortuna aportada por el difunto a su última campaña electoral.

—Esta ciudad no será la misma sin él —le susurró al oído la duquesa de Abla, con su hablar difuso de labios ensimismados—. Era un ser absolutamente encantador, querida. ¡Un ángel!

—¡Lo echaremos tanto de menos! Su marido era un auténtico caballero; un hombre como jamás ha existido en Sevilla —añadió emocionado el Hermano Mayor de la Cofradía del Señor del Gran Poder.

—¡Qué desgracia! ¿Cómo podremos seguir sin él? —dijo, con sus ojos encharcados de emoción, un maestrante al tiempo que se enjugaba una lágrima.

—Tanto arte no puede haber desaparecido —comentó compungido el diestro Angelín de Linares.

—No puedo creer que un ser como él no tenga licencia para vivir siempre. Personas así nunca deberían morir. Ha sido el motor de nuestra ciudad —dijo la superiora del colegio Los Valientes de Sevilla.

—Me duele tanto su desaparición. Pensé que iba a ser inmortal —comentó un empresario.

—Los que estamos aquí deberíamos estar orgullosos de haberle tenido entre nosotros —apuntó estremecido el arzobispo—. Lo que hizo por mantener nuestras tradiciones es inconmensurable.

De repente, entre la trastornada y expectante muchedumbre y los pavos reales que aleteaban desorientados en medio del enredo vegetal, se fue abriendo paso con andar solemne una pálida mujer. Su marmóreo rostro, desvanecido entre tules negros, aguantaba con expresión estoica su mutismo. Todos los murmullos cesaron.

Era Alma.

Caminaba despacio, elegante y triste, haciendo caso omiso a la multitud. Era tal su magnetismo que todos acabaron, ungidos por su fuerza, creando un pasillo. A cada paso que daba, sus huellas dejaban pequeños charcos de lágrimas. Se dirigía hacia el féretro, poseída de dolor. Al verla, Morgana levantó la mirada esperando que su cuñada se manifestara ante ella y por un día ambas representaran la comedia de sentirse unidas, aunque sólo fuera por el dolor de una y la alegría de la otra, pero ella hizo caso omiso a la viuda y se plantó delante de Francisco. Nadie dio crédito a lo que vio. Otra vez el reloj moribundo que colgaba de la pared marcó con un quejido ese momento.

CAPÍTULO 7

Estás aquí, amor mío. Te esperaba, te siento. De repente, todo cobra sentido. Puedo oler tu piel..., tu pelo. Tu embriagador perfume me llega como un soplo de vida que me impulsa a levantarme; a despertar de este sueño que me ata y somete. Obligo a mis párpados a que se abran, aunque sólo sea un instante; un último segundo para mirarte y hundirme en las entrañas de tus ojos, pero no responden. No puedo hacer nada. Yo, el todopoderoso Francisco Valiente, debo rendirme a la mísera voluntad de la muerte.

Siento tu respiración..., tu aliento tibio... Pero ¿qué demonios haces? ¿No ves que pueden verte? Por favor, no lo hagas. No quiero que me veas así. ¿No te das cuenta de que el solo hecho de acercarte a mí, después de lo que hemos vivido, puede matarme de nuevo? Me pregunto si un muerto puede morir dos veces. Sí, quizá se puede morir, revivir y remorir siempre que sea el amor el causante de esa muerte. ¿Cuántas veces en mi adolescencia llegué a creer que el día que estuviera contigo moriría? Y al final, fue así. Aunque los médicos hubieran dicho otra cosa, estoy convencido de que mi encuentro contigo me mató. Sabía que mi corazón no resistiría tenerte entre mis brazos.

Alma..., ¡escúchame! Ojalá puedas oírme. Hazme caso aunque sólo sea por una vez en tu vida: no te acerques a Morgana. Es una maldita arpía y no conoce la naturaleza de nuestro amor. Su corazón rezuma venganza y maldad. Nadie entendería lo que por años nos unió en silencio. Ella se encargará de destrozarte ante los ojos de los demás hasta convertir lo nuestro en algo sucio y mezquino. ¿Sabes por qué? Porque has sido lo único verdaderamente limpio y bello que tuve; porque se muere de envidia de no haber conseguido que la amara como a ti; porque haciéndolo, colocándote en boca de todos, tendrá un último regalo: le habremos puesto en bandeja ejecutar su última venganza contra mí. Y la verdad, por lo que a mí respecta, me tiene sin cuidado. Pero tú sigues viva y hará que esas hienas carroñeras te devoren y hagan una carnicería con tu honra. Quizá no te importe, pero a mí sí. Éste es un endemoniado duelo entre nosotros que, para mi desgracia, no acabará con mi desaparición. Su vida se nutre de hacer el mal y ahora me doy cuenta de que debo protegerte. No sé cómo tú y yo acabamos haciendo parte de esta familia tan extraña. Creo que todos ellos están absolutamente locos, sí, locos. Tanta rigidez y contención aunque aparentaran con sus modales, tan educados y pulcros, ser cuerdos y actuaran como dando ejemplo a todos. Una familia de postal retocada, con sonrisas solícitas y ademanes medidos, sin decir ni una palabra de más ni una de menos. Sus mil y una decorosas reglas y ceremonias asfixiaban. Esa falta de naturalidad les convirtió en estatuas de piedra. Monumentos de mármol que de tanto y tanto ensayar regalaban alegrías postizas, enfados silenciosos y rabias e insultos energúmenos, eso sí, tratados por lo bajo para que nadie se enterara, porque el «qué dirán» era el ojo inquisidor. Tú, sin quererlo, me metiste en esto. Bueno, en realidad no fuiste tú, fue tu desgraciado padre el que nos desgració a todos. Si no hubiera pactado tu matrimonio desde tu nacimiento, yo no estaría aquí. Pero ya ves. Un solo gesto, un golpe errado de timón, una decisión de tu «querido» progenitor nos desgració a ti, a mí y de paso a Morgana y a tu marido. Eso, sin contar a nuestros pobres y queridos hijos, los que vinieron de estas uniones equivocadas. Ahora que desgraciadamente no puedes oírme, quiero decirte que lo que más hubiera deseado en esta vida es que mis hijos hubiesen salido de tu vientre. Haber vivido contigo todo lo que no pudimos vivir. Igual te sonará extraño, pues estoy convencido de que todo lo que llegó a tus oídos era que, como hombre, yo no valía nada. Pero no te equivoques. Muchas veces, los seres humanos actuamos no como queremos, sino como podemos. Simplemente somos unos supervivientes y acabamos dejándonos llevar por la vida y sus circunstancias, y al final la vida pasa factura. Ya sé que todos, y sobre todo yo, nos encargamos de denigrar la imagen o idea que podías tener de mí. Me dejé llevar por el instinto animal, por la rabia de haber sido rechazado por ti, y urdí la peor venganza sin saber que vengándome de ti me estaba haciendo un daño irreparable. Me enquisté en tu vida para joderte y acabé jodiéndome y maltratándome como no te imaginas. Lo peor es que nunca te lo dije, y mira que tuve todos los años y ocasiones para hacerlo. Pero empecé un juego que creí que dominaría y éste acabó por tragarme. ¿No lo comprendes? No me extraña. Sería iluso creer que ahora puedas entenderlo todo, cuando hice lo inimaginable para confundirte. Para que me odiaras hasta el límite.

Empecé a urdir mi venganza en el momento justo en que me enteré de que te ibas con él. En realidad, el motor de mi vida fue la revancha. Descubrí, amor mío, que se podía vivir haciendo daño y que, además, haciéndolo me hacía fuerte. De no tener absolutamente nada, de ser un pobre diablo, podía pasar a ser un diablo venerado, deseado, ensalzado, imitado, adorado. ¿Que qué me quedó de todo esto? Ya lo ves. Cuando uno ama mucho, corre el riesgo de sufrir mucho. El corazón va siempre acongojado y triste. Perdido en la marabunta de las frivolidades y de los egos saciados a punta de bragueta. Hoy seduzco a una, mañana a otra y a otra y a otra; una suma que crece y te enaltece (vaya imbecilidad). Trofeos para tu estúpida gloria. Cada una lleva su historia a cuestas; historias que no te atraen lo más mínimo y a las que tú les vendes tu atención, pensando en que a cambio de ese ratito de decirles «te comprendo y me interesa lo que me cuentas» tendrás una carne nueva entre tus piernas. No compensa, ¿sabes?, no tiene ningún sentido; ningún sentido práctico. Y la vida, al final, busca practicidad.

Oye, ¿qué demonios haces? No abras la caja. No se te ocurra levantar la tapa. No quiero que este frío que me invade te llegue. No alcanzas a imaginar lo que es el helaje de la muerte. ¿Crees que no lo siento? Mientras estuve vivo, nunca se me pasó por la mente pensarlo. Ojalá me cubrieras ahora. No te pido mantas, ni cobijas: sólo tu piel. Déjame que guarde para siempre el calor de tu cuerpo entre mis brazos. Ese calor, el de la entrega mutua, no puede compararse con nada. Hice el amor —vaya expresión tan mal utilizada—, perdón, corrijo: hice el sexo con tantas mujeres en mi vida que, aunque alguna vez traté de llevar la cuenta, me perdí. ¿Para qué contar lo que, una vez hecho, borré de mi memoria? Cuerpos que utilizaba y de los que no me quedó absolutamente nada. Sí, tal vez una postura inventada para quedar como el mejor. Unas medias de seda, unos ligueros... zapatos de tacón de aguja... Un sofá y unas velas; varios gin-tonics. Una boca voluptuosa, una lengua inquieta, unos senos turgentes. Escenarios buscados con premeditación y alevosía para darle realce al acto. Bazofia, pura bazofia, porque no eras tú la protagonista, amor, no era contigo.

¡Qué tozuda eres, Dios! Te dije que no lo hicieras y no me has hecho caso. ¿Para qué quieres abrir la bendita tapa de esta asquerosa caja que me atrapa? A estas alturas, es mejor que nuestra historia se quede entre nosotros, ¿no crees?

CAPÍTULO 8

La primera vez que lo vi cruzaba con María del Mar, mi amiga del alma de aquellos años, la Glorieta de Bécquer del Parque de María Luisa. Ese día, en la clase de lengua castellana la profesora Rocío me había hecho recitar delante de mis compañeras un poema suyo que hablaba del amor y a mí, que eso de hablar en público debido a mi extrema timidez se me daba muy mal, me temblaba la voz y el cuerpo.

> *Podrá nublarse el sol eternamente;*
> *podrá secarse en un instante el mar;*
> *podrá romperse el eje de la tierra*
> *como un débil cristal.*
> *¡Todo sucederá! Podrá la muerte*
> *cubrirme con su fúnebre crespón;*
> *pero jamás en mí podrá apagarse*
> *la llama de tu amor.*

En aquel entonces yo no entendía el verdadero sentido de esas palabras y me parecía algo exagerado el hecho de que se nublara el sol, se secara el mar y hasta el eje de la tierra se rompiera sólo por el hecho de amar a alguien. Nos veníamos riendo, repitiendo el sonsonete, «podrá nublarse el sol...» como si fuese una cancioncilla tontísima, burlándonos de los poetas que nos obligaban a estudiar y de sus amores desgarrados e imposibles, cuando lo vi de lejos, delante de aquellas esculturas de mujeres en mármol heridas por un Cupido alegre, que representaban «el amor ilusionado», «el amor poseído» y «el amor perdido».

Era todo ojos. Unos ojos tristes y húmedos que le ocupaban la cara, como dos puñados de tierra mojada, brillante, a la espera de fecundar semillas. Pensé que los poetas tenían razón. Que unos ojos pueden clavar puñales que van directamente al corazón y lo dejan herido de goce y dolor.

Yo, por no saber no sabía nada de nada de la vida, salvo lo que oía de las chicas de tercer grado que no querían tener ningún tipo de relación con nosotras, las menores. Nuestro gran pasatiempo a la hora del recreo era escucharlas, eso sí, cuidando de que no nos descubrieran pues el castigo por entrometernos en sus asuntos podía ser terrible. Hablaban de chicos y de las cosas que hacían con ellos cuando nadie las veía: besos y toqueteos impuros que llevaban directamente al infierno, pero con los que nosotras soñábamos.

Estaba solo, recogiendo pequeñas piedras que guardaba en sus bolsillos. Una de ellas, estando a punto de pisarla con mi zapato, había sido rescatada por sus dedos in extremis. Al cogerla, me miró directo a los ojos y a mí no sé por qué me salió decirle «perdón» cuando ni siquiera la había rozado. Quizá porque me di cuenta de que lo que para mí era una simple piedra sin importancia alguna para él era un diamante, o qué sé yo. La verdad es que en ese momento me pareció un gitanito de esos a los que mi padre les daba de vez en cuando alguna moneda a la salida de la misa, pero cuando me fijé bien, me dio la impresión de que era un príncipe sin reino. Un niño solitario que tal vez no tenía ni familia ni amigos; nadie que se interesara por él. Una especie de Oliver Twist. Un chico escapado del orfanato de la Casa Cuna, donde cada mes entregábamos la ropa que ya no usábamos.

Me miró y con sus dedos untados de tierra me ofreció la piedrecita que acababa de recoger. La recibí y recordé las palabras de mi padre: «Esta ciudad está llena de peligros para chicas tan guapas como tú. Nunca recibas nada de alguien que no conoces.» Entonces, aunque deseaba con toda mi alma quedármela, se la devolví. Él insistió: «Es sólo un corazón, ¿no lo ves? Tengo muchos. El Parque está lleno de ellos. Quédatela.» Y sin esperar a que le contestara, sacó de sus bolsillos muchas más. En ese momento, María del Mar me tiró del brazo y en secreto me dijo: «Es mejor que nos vayamos, Alma. Es un... vagabundo.» Yo no quería, pero mi amiga era una marimandona y aunque me moría de la rabia de estar a sus órdenes, siempre acababa obedeciéndola como una imbécil. Así que, al final, tiré la piedra al suelo y salimos corriendo, huyendo de no sé qué peligro.

Después de esa tarde, vinieron muchas más. Pero nunca volvió a acercarse. Se quedaba sentado en uno de los bancos y, al ver que me aproximaba, clavaba sus ojos en los míos y con ellos me decía cosas que mi corazón escuchaba con una mezcla de temor y alegría. Palabras que me hacían arder el cuerpo como si tuviera la peor de las fiebres y me dejaban exhausta, completamente muda y etérea. Por esos días, mi tartamudeo congénito empeoró. En el colegio era todo un drama cuando me preguntaban algo; hacía esfuerzos sobrehumanos por decir las lecciones, tanto que para tratar de aliviarme las monjas acabaron por examinarme sólo a nivel escrito. Lo peor es que todo me lo sabía de memoria y en mi mente las respuestas fluían con total rapidez, pero al llegar a la garganta, no sé por qué, las palabras se me amontonaban unas encima de otras y no había poder humano de desatascarlas. Y si por el colegio llovía, por la casa no escampaba. Allí mi mutismo era total; no me salía ni una sola sílaba.

A pesar de sentirme enferma, quería más de esa enfermedad. Era como si sus ojos me llenaran de vida y me elevaran a otros mundos que se apartaban por completo de los algodones, las normas, los linajes y las composturas. Un mundo donde la palabra «libertad» era la puerta de acceso que permitía tocar la tierra y el cielo, untarse de barro, ensuciarse el vestido y los zapatos, gritar, saltar, sudar y despeinarse. Con él quería pecar, hacer lo que las del tercer grado contaban en el recreo.

Sin que nadie lo supiera empecé a escaparme los sábados, con la disculpa de ir a visitar a mi amiga. Cuando estaba segura de que nadie me seguía, desviaba mi camino y corría hacia el Parque, a la Glorieta de Bécquer. Descubrí que, bajo el banco donde se sentaba, el gitanito de los ojos húmedos y pelo enmarañado me dejaba piedras y notas. Frases que me parecía haber leído en viejos libros que mis padres guardaban como un tesoro en un arcón de su habitación y a los cuales accedía a escondidas, pues según ellos eran lecturas prohibidas para mi edad. Cosas que una niña de doce años no podía leer porque eran pecaminosas. Palabras en las que yo no veía ni por asomo dónde podía estar aquello tan sucio que llevara al pecado. Eran páginas maravillosas que te adentraban en un universo donde el amor era el motor de la vida de sus autores. Algunos de ellos se habían suicidado en el intento de alcanzar la plenitud a través de él. Capítulos enteros que hablaban del sufrimiento, de vidas complicadas, del dolor del rechazo. Paisajes desolados y tristes... El mar y la luna como protagonistas de frustraciones y desengaños. La mayoría eran historias de amores contrariados o prohibidos, cuerpos que se consumían de pasión. Descripciones que me producían escalofríos, palpitaciones y humedades íntimas.

En aquellos días, respiraba, comía, estudiaba y vivía sólo pensando en él. Sabía que si no rendía en el colegio, los sábados no podía escaparme. Fue la época en que llegué a sacar las mejores notas. Todos mis movimientos y quehaceres tenían como única meta poder ir al Parque. En aquel banco de la glorieta me esperaba la felicidad. Decidí empezar a contestar a sus misivas con ilustraciones hechas en acuarela que, según decía la hermana Julia, se me daban muy bien. En ellas trataba de ilustrar lo que sus palabras me decían.

De lunes a viernes nuestro lenguaje era de ojos y silencio. Pero el sábado... el sábado era otra cosa. Era palpar en vivo y en directo su corazón, y a eso me volví adicta.

María del Mar estaba intrigadísima tratando de entender a qué se debía ese cambio tan marcado en mi comportamiento y no paraba de preguntarme, pero yo había decidido proteger mi secreto de todos. Nadie, absolutamente nadie, iba a enterarse.

Ése fue el comienzo de todo.

Ahora que estoy delante de él, con esta madurez que jamás imaginé que llegaría a tener, con este dolor que casi me impide respirar, me doy cuenta de que de nada sirvieron todos estos años de sacrificios y vacíos. Qué estúpidos llegamos a ser los seres humanos imaginando que llegará el día menos pensado en que un hecho ajeno a nosotros nos conducirá al camino correcto, el que de verdad nos marca el corazón. Qué ingenuidad pensar que otros harán lo que por nosotros no hemos sido capaces de hacer.

Durante toda mi vida creí que algo inesperado, quizá un golpe de viento despistado, haría que la veleta de mi destino girara y me llevara hasta él, y nunca, nunca hice nada. ¡Cuánta debilidad enmascarada de valentía y sensatez!

No puedo creer que jamás lo volveré a ver.

Me miro como si fuera una de estas personas anónimas que hacen cola para verlo, portando entre mis manos esta carta que he escondido durante tantos años para que nadie la encontrara —palabras que para muchos no significarían nada—, vestida como si fuera la verdadera viuda de Francisco, y me doy pena. ¡Qué imagen más patética debo dar! Ahora, que ya es tarde para todo, que ya no sirve para nada lo que haga. Ahora, que yo me quedo aquí y él se va. Ahora, soy valiente.

CAPÍTULO 9

¿Será arpía la mosquita muerta? ¿Cómo se atreve a ir vestida como si fuera la gran viuda, haciéndose la adolorida ante mis ojos? Sabía que algo se traía entre manos la muy pécora. ¡Siempre lo supe!

Entró en nuestra familia siendo el ejemplo a seguir. Desde pequeña me tocó aguantarme los piropos y halagos que mi madre hacía de ella. Tan bella, tan pulcra, tan decente, tan perfecta. Alma por aquí, Alma por allá, compórtate como ella. Sus vestidos, su decoro, su saber estar. ¿Que dónde le hacen los trajes? Pues vamos allí. Me convertí en su copia y, como todos sabéis, la copia siempre es peor que el original.

No hablaba, ella nunca hablaba; según mis padres, eso era signo de inteligencia. Pero yo sabía que era una tartamuda, una pobre y desgraciada tartamuda. En el colegio todas lo sabíamos, pero en mi casa nadie se lo creía. Hasta mi madre llegó a comentarme que lo que yo decía era envidia cochina.

Su familia impecable, sus mantillas, su docilidad, su feminidad, su inteligencia, su donaire... todo era un modelo a imitar. ¡Malditaaaaa! Sus apellidos que hacían juego con los nuestros. Dos escudos unidos para fortalecer dinastías, estirpe, nobleza, decoro y etcétera, etcétera, etcétera. Pura basura. El tonto de mi padre nos la vendió como si fuera la Virgen de la Luz y la Bondad. ¡Me parto de risa! Sabía que algo se traía entre manos. Siempre perdonando los desmadres de mi marido. Siempre callando lo que todos criticaban. ¿Cómo no iba a hacerlo, si la mosquita muerta siempre estuvo enamorada de él?

Lo que no acabo de entender es, sabiendo las porquerías que mi marido hacía a diestra y siniestra, cómo lo justificaba. Pero ya se sabe, cuando alguien está enamorado no puede permitir que el ser que ama —en este caso, este hombre tan asquerosamente obsceno— sea de otra forma a como lo imagina, y prefiere disculparlo con tal de que su imagen, la imagen falsa que tiene de él, no se vea mancillada. Vestirlo con los ropajes de la ignorancia y de su amor incondicional: ojos que no ven, corazón que no siente.

Pero, por más que me devano los sesos, me cuesta entender... ¿qué tipo de juego se llevaban entre ellos?

Mientras tanto yo, la pobre imbécil, pariendo hijos como una coneja. Uno, dos... siete. Siete años de embarazos, con mi cuerpo deformado por la bendita maternidad que todos aplaudían. Hembra, varón, hembra... haciendo cara de mujer abnegada y solícita, mientras el asqueroso se lo hacía con cuantas mujeres se le cruzaban en su camino.

Pero la venganza siempre es dulce. Un plato que se sirve frío. Me convertí en la más deseada y repugnante de las mujeres. Nunca sabré cuántas se folló Francisco, pero por lo que a mí respecta, creo que lo superé.

CAPÍTULO 10

Abrió la tapa del ataúd despacio, como si temiera despertar al muerto, con su mano de encaje negro que sudaba pena. Al hacerlo, Alma fijó sus ojos en los párpados dormidos de Francisco. Se quitó el guante y cogió una de sus manos, que a pesar del rigor mortis conservaba el último hálito de calor. La acercó a su boca y la besó despacio. Después, la pasó por sus mejillas, buscando que sus dedos la rozaran. El marido, desde una esquina, la observaba atónito, mientras abrazaba a su hermana Morgana. ¿Qué demonios hacía su mujer besando la mano de su cuñado?

Sin mirar a nadie, como si Francisco y ella estuvieran solos, Alma deslizó por entre la americana de Francisco un sobre que traía escondido en el escote, y volvió a colocar la mano de su amado en su pecho. Después, acarició con ternura sus cabellos, las incipientes canas que empezaban a aflorar de sus sienes;

sin prisa —un espacio detenido en el tiempo— y con su dedo índice repasó su frente, sus cejas y sus ojos. Se deslizó por su nariz hasta alcanzar la comisura de sus labios. Le arregló el nudo de la corbata azul y finalmente, tras permanecer unos minutos observándolo, se inclinó y besó largamente sus labios.

¿Qué diablos hacía su mujer besando al muerto? ¡Maldita sea! ¿Se había vuelto loca?

—¡Alma! —gritó enfurecido su marido.

Ella parecía enajenada. Por primera vez obedecía al mandato divino de sus sentimientos. ¿Qué importancia tenía que los demás se enteraran de lo que durante toda su vida había guardado? Que vinieran aquellos que se sentían poseedores de la verdad suprema, blandiendo sus espadas viperinas, sus estúpidas reflexiones y sus diatribas sobre el decoro. Que se acercaran con sus dedos acusadores —el que esté libre de culpa que tire la primera piedra—, si es que se atrevían a arrebatarle el único instante de cordura y coherencia. Verían con quién se iban a encontrar. Que sus hijos supieran de una vez por todas que su madre no era santa, ni abnegada, ni sacrificada. Era simple y llanamente una mujer desgraciada, muy desgraciada. La enamorada de un sueño. Que aprendieran la lección, para que nunca les sucediera nada igual. El que se acercara a ella a quitarle ese momento de intimidad iba a encontrarse con una fiera. Porque estaba dispuesta a morder.

Sí, morder y desgarrar la carne de quien osara decirle la más mínima palabra.

—¡ALMA! —volvió a gritar Beltrán autoritario, ante la jadeante muchedumbre ávida de espectáculo—. ¡Ven aquí inmediatamente!

El marido se levantó de la silla y como un energúmeno se acercó y la tomó del brazo. Al hacerlo, su mujer le dio una sonora cachetada.

—¡Suéltame! ¿Cómo te atreves a hablarme así? ¿Qué te has creído... mi dueño? ¿Acaso ves en mi frente: «pertenece a Beltrán Romero de Hinestrosa»? Quítame tus manos de encima. No te atrevas a tocarme más en tu puñetera vida.

—Alma, estás fuera de sí. Ven conmigo —le dijo al oído, tratando de retirarla disimuladamente al ver que los observaban.

—¿Qué, tienes miedo a que esta gente... —Señaló con su dedo índice a quienes miraban silenciosos el espectáculo—... piense que eres un cornudo? ¡Por favor! Sabes que toda nuestra vida ha sido una comedia. Una triste y estúpida comedia de malos actores. No te hagas ahora la víctima. Asume que todo ha sido un fracaso. ¿Qué esperabas, un milagro? No me digas que a lo largo de nuestra vida no sentiste que entre nosotros no existía más que un estúpido compromiso. Ni tú ni yo fuimos capaces de enfrentarnos a la verdad, a esa verdad que nos hubiera redimido de este tedio asqueroso que floreció de pura desgana. Quizá en el momento justo en que me desvirgaste con tu machombría nos faltó la fuerza suficiente para decírnoslo a la cara. Sólo te faltó correr con la sábana ensangrentada, la prueba de que ya me habías violado, y enseñarles a tus amigotes y a tus venerados padres que era merecedora de entrar en tu palacio y ser la madre de tus hijos, pues estaba impoluta, virgen y mártir por la gracia tuya.

Mientras lanzaba su diatriba, Morgana se acercó a su hermano y le susurró al oído.

—Haz callar de una maldita vez a tu mujer. Demuestra que eres hombre. ¿Qué diablos te pasa? ¿No te enseñó nuestro padre quién es el que manda en casa? Si no la callas tú por las buenas, la haré callar yo por las malas. No sabes de lo que soy capaz. Esta im... no me va a dañar mi momento de gloria.

Pero Beltrán no hizo nada; no hizo nada porque en el fondo la amaba. Era la mujer de su vida. En verdad no la había elegido él, pero desde el instante en que sus padres habían decretado que lo fuese la había amado con todas sus fuerzas. Alma continuaba hablando, mientras Morgana la acuchillaba con sus ojos de vidrio punzante.

—Reconócelo, Beltrán, nos acostumbramos a esa marmótica rutina del diario vivir. Nos enfundábamos nuestros trajes de aparente avenencia que hacían juego con nuestras amistades. Todos ellos tan felices, tan pletóricos, tan formales, tan educados, tan viajados, tan cultos, tan familiares, tan santos, tan oportunos, tan realizados, tan felices, tan tan tan... ¡¡¡Qué asco!!! Las reuniones de mujeres: «Querida, ¿estás bien?»... ¡Cuánto interés y estúpida formalidad, cuando yo estaba convencida de que les importaba tres pepinos cómo podía sentirme! Y el retintín de siempre de doña perfecta: «No sabes lo que me regaló Javier para mi cumpleaños, es tan maravilloso.» ¡Por favor!... ¿y las neuronas? ¿De recreo? ¡No! ¡Muertas por falta de riego sanguíneo! Pero con hablar de haber leído el bestseller de moda o haber asistido a la última exposición en la Tate Modern de Londres o a la del Pompidou de París todo quedaba resuelto, y como todas iban de iguales, la listilla que tenía un poco más en su haber «cultural» ganaba. Ya se sabe que entre los ciegos, el tuerto es rey.

»¿Crees que íbamos a vivir así hasta que la bendita muerte nos separara? ¿Que seguiríamos haciéndonos los locos, los mentirosamente felices, los amalgamadamente unidos, los inmutables para siempre? Ay, mi pobre Beltrán, ¡qué ingenuo llegas a ser! Nadie, ni tú ni yo ni la endiosada y pobrecita tonta de tu hermana, que de seguro en este mismo instante me mataría si pudiera. —Miró a Morgana, que se acercaba peligrosamente a ella—. ¿A que tengo razón, Morgana, a que te encantaría acabar conmigo, pero hay demasiados testigos, verdad? Ninguno nos merecemos esta parodia, Beltrán. Y en ese ninguno no incluyo a Francisco porque ya no está. Ya hemos sufrido suficiente, ¿no crees?

De repente, un aleteo enloquecido hizo que el salón se silenciara por completo. Una humareda azul iridiscente entró desde el jardín, dejando a su paso un desordenado rastro de plumas que flotaban en el aire como diminutos pájaros en vuelo. Un esplendoroso pavo real se posó en el féretro y elevando su cabeza retó a todos con su mirada. Instantes después, abrió su fastuoso plumaje; sus ocelos dorados en azul y verde se convirtieron en ojos pendencieros. El animal lanzó un graznido espeluznante que silenció a Alma y a los asistentes al velorio. El salón quedó sumido en un erizado mutismo. Minutos más tarde, una vez hubo conseguido que su presencia cerrara la discusión, volvió a elevarse. Voló hasta Alma y se posó entre ella y Beltrán, convirtiéndose en su escudo protector. Se sacudió con fuerza, sabiéndose todopoderoso, y de nuevo extendió su cola con soberbia. Morgana se acercó a él y, como si hablara con una persona, le ordenó.

—Lárgate de aquí, maldito bicho. ¡Os voy a matar a ti y a todos! De vosotros, no quedará ni una sucia pluma viva. ¡Lo juro! Ya se os fue vuestro protector. ¡Laaaaargoooo!

Pero el pavo real la miraba desafiante.

—No me lo puedo creer. Este asqueroso pajarraco mira como mi marido. ¡Fuera de aquí, Francisco! ¡Lárgate de una puta vez! ¡Déjame en paaaaaaaaazzzz!

De pronto, de entre la muchedumbre, una esbelta joven de larga y negra melena y rostro inmaculado se abrió paso hasta acercarse a Morgana y la abrazó.

—Madre, creo que necesitas descansar. —Y dirigiéndose a los comensales, continuó—: Por favor, perdonad. Ha sido un día muy duro para la familia. ¡Lo sentimos muchísimo! Estamos destrozados con la muerte de mi padre.

—¿Qué tonterías estás diciendo, Macarena? ¡Suéltame! No necesito descansar, ¿qué demonios te inventas? Ahora es cuando empieza mi vida. Soy libre, ¡LIBRE! ¿Es que no os dais cuenta?

—Madre, por favor —insistía con dignísima paciencia su hija, mientras en la puerta del jardín se agolpaban, inquietos y ordenados como un ejército alado, decenas de pavos reales.

Unos encima de otros fueron formando una torre azul, que acabó por sellar la entrada del salón. La estancia se convirtió en un templo añil fosforescente. Una especie de altar indio cuyos dioses emplumados clamaban justicia. Era como si la luna se hubiera derramado sobre la estancia, tiñéndolo todo con su luz.

CAPÍTULO 11

¿Creíste que no iban a hacer nada por mí? Ay, Morgana, Morgana, querida, piensa un poco. Mis pavos reales conocen tanto como yo tu odio; lo han vivido en carne propia. Tienen grabado lo que hiciste aquella noche con el que más amaba. ¡Qué malvada has llegado a ser! Mira que aparecer en la fiesta de nuestro veinte aniversario portando en la bandeja mi idolatrado pavo. No te lo perdonaré jamás. Tu histérica risa de alegría, los velos de tu vestido azul flotando a tu alrededor, la humeante fuente adornada con motivos alegóricos a él. El aroma a especias y a carne jugosa; aquel tocado en tu pelo hecho con sus plumas. ¡Retorcida alimaña, así te pudras! Cuando te vi entrar en el salón, supe que algo maquiavélico te traías entre manos. Y cuando depositaste la bandeja en la mesa y me miraste a los ojos con ese cariño indescriptiblemente helado, me di cuenta de lo que habías realizado. Hay que ser muy mala para hacer lo que hiciste. Planear con tanta frialdad aquella muerte: ¡un asesinato! Eso fue lo que cometiste. No sabes lo que deseé estrangular tu delicado cuello con el *foulard* que llevabas, pero me aguanté cuando vi cómo reía tu mejor amiga. Allí empecé a planear mi venganza: dulce, dulcísima venganza. La próxima sería su idolatrada hija; una nueva conquista, otra virginidad en mi libro de cuentas... un pavo real más que engrosaría mi haber. ¡Ja! Todos saborearon y agasajaron tu culinaria. Y hasta yo acabé riendo y comiendo de tu cocinado, alegre porque ya había encontrado cómo joderte. ¡Se me daba tan fácil!

Por eso, no te asombres si ves lo que ellos hacen por mí; porque, aunque yo no esté, van a proteger lo que tanto he amado. Porque me conocen más que nadie y saben de mi vida secreta. Saben a quién he amado y sigo amando (¡joder, cómo me molesta esta incómoda quietud! Esto no es tan confortable como aparenta, os lo aseguro).

Escúchame bien, Morgana. Si te atrevieras a hacerle algo a Alma, si por un instante se te pasara por la cabeza rozarla o herirla, aunque sólo fuera con el pétalo de una rosa, toda la manada se lanzaría contra ti. Que te quede bien clarito, que con los *Pavo cristatus* no se juega. Me los he estudiado a fondo: son fieros aunque aparenten sólo belleza.

En cuanto a ti, mi Alma, ¡qué bien has estado! Cómo desearía aplaudirte. Te juro que he hecho todo lo que he podido para que mis manos se juntaran y poder celebrar la actuación que acabas de realizar. ¡Has estado magistral! ¡Cuánta fuerza y valentía! La que, desgraciadamente en este menester, me faltó a mí en vida. Qué ironía que hayas sido tú la que al final te lanzaras a evidenciarlo todo sólo con un gesto: tu beso. Eso sí, tengo que decirte que he sentido auténtica pena por tu marido. ¡Pobre Beltrán! Siempre fue un pelele en manos de sus padres y su hermana. Tan educado y aconductado. Tan temeroso de hacer lo incorrecto. ¡Pobrecillo, lo tenía todo para ser feliz, absolutamente todo! No como yo, que me tocó trabajármelo duro para conseguir, entre comillas, lo que quería. A él le dieron, en bandeja de plata, dinero, posición, futuro (con novia de «buena familia» incluida); pero ni aun así supo aprovecharlo. No lo culpo. Tampoco podía, tampoco pudo. Tú eras mía, a pesar de su compromiso matrimonial. Desde el momento en que te vi aparecer por primera vez en el Parque, nuestra unión quedó escrita en el alma de los dos: en la tuya y en la mía. Con nuestro infantil pacto de sangre. Sin ceremonias extraordinarias ni público. Tu sangre y la mía mezcladas. Tus ojos y los míos, fusionados por la bendita bendición de la retina, la que no vende ni compra absolutamente nada porque no tiene ni idea de lo que es el dinero y las conveniencias.

La vida a veces es tan injusta. ¡¡¡Dios mío, le da pan al que no tiene dientes!!! Y tu marido no tenía los suficientes para morder el tierno pan que se le brindaba. No se daba cuenta. Nadie se da cuenta. Ni siquiera cuando se trata de pegar el primer bocado. Eso siempre lo decía mi madre. ¡Somos tan torpes! Dejamos pasar lo bueno pensando que todavía vendrá algo mejor... y así vamos... Si por un segundo nos dejaran ver nuestro futuro, cuántas cosas atraparíamos en el instante, cuántos aciertos florecerían. Entonces, la tristeza y la frustración seguramente no existirían. Pero nos tocó aprender a base de errores; de darnos contra la pared creyendo encontrar en ella la salida.

La mayoría de los mortales nos movemos por el mundo dando saltitos, como en el juego de la oca: de error en error y tiro porque me toca. Estamos con la gente equivocada. Edificamos nuestra vida según los cánones de la sociedad. ¿La sociedad? ¿Qué demonios quiere decir eso? Yo esperaba el gran milagro. ¿Y cuál era mi milagro? Que la vida me llevara al amor verdadero. A ti, mi Alma. Que el amor fuese eterno y se elevara por encima de toda la inmundicia humana. Que derribara los obstáculos, las idiotas barreras creadas por la sociedad. ¿Y qué diantres hizo? Llevarme a todas las mujeres habidas y por haber; a todas menos a ti. Yo no quería, pero mi ego, eso que después de filosofar mucho se yergue en el calzoncillo, ese colgajo del cual dependía para quedar bien ante ellas, se lo gozaba. Me convertí en el gran pavo real, el REY de algo intangible: la NADA, con penacho incluido. ¿Sabes lo que llegué a hacer? Sólo tú, mi vida, podrás entenderme. Cada vez que conquistaba a una «virgen», que me follaba a una mujer impoluta, al día siguiente me compraba un pavo real que aparecía en el jardín pavoneándose de su conquista. Todos creíais que lo hacía porque tenía debilidad por esos animales y cuando oía vuestros comentarios me burlaba, aclaro que sin ninguna mala intención. Simplemente me sentía como un niño haciendo pilatunas.

Mi amor, te juro por mi vida... bueno, por mi muerte, ya que estoy muerto remuerto, que nada significaba para mí todo eso. ¡Estaba tan perdido! Por Dios, ¡qué gilipollas llegué a ser!

Alma, amor, ayúdame a limpiarme. Ahora que lo confieso todo siento un descanso como no te imaginas. No tengo ningún reparo en hablar contigo y tratar de que me entiendas, porque estoy convencido de que tu amor sobrevuela estas ridiculeces. Porque sé que tu grandeza es capaz de entender mis miserias. Es posible que no sea el único que haya actuado así. Me avergüenzo tanto que no te imaginas. Pero sé, tengo la absoluta certeza después de lo que he visto que has hecho, que me entiendes. Has comprendido mis debilidades.

Todo lo hacía porque no podía tenerte. Porque para mí eras inalcanzable. ¡Cuánto vacío! Me he hallado perdido. Aparte de ti, los únicos que han tenido valor en mi vida son mis hijos. Ellos han sido el gran bastión. Siempre estarán por encima de mis miserias y en estos momentos soy incapaz de meterlos en mi desasosiego.

Quise tener el TODO, así, con mayúsculas, y al final entendí que no existen los extremos. El todo y la nada son intangibles muy relativos. Al final de los finales aprendes a quedarte en el «quieroynopuedo», que también tiene su salida. Es el camino del medio, el del «pioresnada», que según se mire puede llegar a ser un mucho. Y mi medio era estar cerca de ti; saber qué hacías, lo buena madre que eras, lo conciliadora que podías ser cuando había una discusión familiar.

¿Crees que no me di cuenta de las veces que llegaste a defenderme cuando todos se lanzaban contra mí? Fuiste la única persona que puso la mano en el fuego cuando me tildaron de estafador. La única que me fue a visitar a la cárcel cuando me tomaron preso; eso no se me olvidará jamás. Cuando estás en las malas, en lo peor de tu vida, es cuando te das cuenta realmente de quién es tu amigo, de a quién le importas. Aquellos meses fueron decisivos para mí. Sé a ciencia cierta que toda Sevilla conspiró en mi contra. Todos, incluso los que hoy se pasean por aquí con sus pañuelos perfumados y sus lágrimas de cocodrilo, pasaron por las caricias de mi bolsillo. A todos los compré con mis tretas estudiadas...

¡¡¡Ufff, qué cansancio me produce esta quietud, por Dios!!!

CAPÍTULO 12

Me sentía solo. ¿Verdad que puede sonar ridículo? Pero es así como me sentía. Ni los que se creen muy inteligentes, ni los más idiotas podrían entenderlo. Sólo los que se sitúan en el punto medio —como están la mayoría de los mortales— lo saben.

Mi soledad era como un ave de rapiña que se mantenía al acecho, agazapada en mi corazón. Una especie de enfermedad que me llevaba a enfermarme más, pues su remedio consistía en buscar compañías que no conducían más que a buscar compañías y compañías y compañías: un pozo negro sin fondo. El problema de la soledad es que hay muchas maneras de enfrentarla. Unos deciden permanecer en la oscuridad rumiando sus vacíos, y otros, como yo, eligen superarla pagando ya sea con dinero o con labia a desconocidas de cama fácil. El alcohol, la noche y la mentira son el escenario. Después, llega la mañana a estropearlo todo. Nada es lo que parece. Te vas con ese regusto a haber metido la pata hasta el fondo. Con ese fibrilar del corazón, esa taquicardia obtusa que te va marcando que la jodiste, que no te ha servido de nada trasnochar, ni follar, ni hacerte el romántico, ni jugar al feliz. Que sigues arrastrando la puta soledad como un grillete cerrado cuya llave se perdió en la esquina del «nunca jamás».

Mi vida se malogró el día en que dejaste de pasar por el Parque, Alma. En ese momento me di cuenta de que todo había cambiado; de que algo se interponía de verdad entre los dos y que, inevitablemente, sería un desgraciado para siempre.

Yo te había ido siguiendo sin que te dieras cuenta y sabía a ciencia cierta dónde vivías. Sobra decirte que a mi edad, visto cómo sobrevivíamos mi familia y yo, aquella casa me pareció un sueño imposible; un palacio como los que solían aparecer en los cuentos de las mil y una noches. Una casa que ocupaba nada menos que una manzana: ¡una manzana!, lo que en mi barrio ocupaban veinte o treinta, ni siquiera adosadas: ¡hacinadas!

Una mansión donde podían vivir no una familia, sino cien. Había gastado tardes enteras observando tus quehaceres. Cómo llegabas, quién salía presto a recibirte. Conocía perfectamente a los tuyos de verlos cada día entrar y salir. Deduje quiénes eran: padres, primos, amigos, criadas, y lo que cada uno podía significar para ti. A todos los envidiaba porque podían convivir contigo o compartir tus momentos. Podían tocarte y besarte; verte reír o comer; bostezar, estornudar y dormir.

Imaginé y comprobé con mis propios ojos la rutina de cualquier casa donde el dinero abunda. Y no dejaba de comparar. Lo que tú tenías y yo no. Pero no sentía rabia ni envidia; era curioso. Creía que te lo merecías, porque eras una princesa, mi princesa.

Mientras en la tuya todo era derroche (las basuras que escarbaba a hurtadillas así me lo confirmaban), en la mía, en cambio, era ahorro.

La rutina vuestra era el despilfarro por puro aburrimiento y gula: panes a mediomorder, tortillas, jamones (patas de las que mi madre habría hecho las sopas más extraordinarias), latas de manjares que yo nunca había probado (como melocotones en almíbar) tiradas sin abrir. La nuestra, la creábamos cada día, improvisando según las existencias. ¿Que no había comida? Pues cambio de rutina: a buscar cómo y dónde conseguirla. Pidiéndola, robándola o, en caso extremo, lavando ollas y cacharros a cambio de un plato de lentejas. ¿Que los pies crecían? Pues para eso existían las cuchillas de afeitar que recogíamos en las basuras de los que tenían. Con ellas se les hacía cirugía de alto voltaje a los zapatos; en esto mi madre era una experta. Colocaba los zapatos en cuestión sobre la horma de hierro de la caja de embolar con la que mi padre sacaba brillo a los zapatos de otros y con precisión de cirujana extirpaba sus punteras. Al ponérnoslos de nuevo mis hermanos y yo sentíamos que estrenábamos calzado. Los dedos quedaban liberados del yugo. Aunque en invierno sufriéramos los rigurosos helajes, al final preferíamos esa fría libertad al calor oprimido.

Pero no quiero irme por las ramas. La historia es larga y tendida, tan tendida como tendido me encuentro hoy.

¿Os había dicho que nunca quise ser malo? ¿Quién en la vida, sabiendo que puede ser feliz siendo bueno, opta por volverse un maleante? Señoras y señores, pensad por un instante... Eso es: habéis acertado... ¡un imbécil! Sólo un tonto de capirote podría creer que haciendo el mal lograría alcanzar la gloria absoluta sin efectos secundarios. Y heme aquí, que no sólo lo creí sino que, para más inri, me vanaglorié de haberlo conseguido. El problema es que de todo esto me vine a dar cuenta hace apenas unas horas. Mientras me vestían y acicalaban para la última «fiesta».

CAPÍTULO 13

El tiempo que se va, no vuelve. Sin embargo, porque soy terca de nacimiento y porque en el fondo debo ser una estúpida masoquista, escarbo con desesperación en el baúl de mis recuerdos tratando de encontrar los instantes que me llevaron a amar con tan enfermiza obstinación al repugnante de mi marido. Pero sólo me aparecen los hechos que me impulsaron a aborrecerlo, lo cual ratifica el dicho de que del amor al odio sólo hay un paso.

Nunca en mi juventud creí que dentro de mí pudiera llegar a almacenar tanto desprecio por el hombre que convertí, por obra y gracia de mi absoluta ingenuidad y —también tengo que decirlo, por una metida de pata—, en el padre de mis hijos. Pero así es la vida: aunque estés convencida de que tú eres quien ha elegido cómo vivirla, los hechos pueden terminar arrastrándote al lodo, haciéndote tomar dos tazas del potingue que tanto desprecias. Acabas víctima de tu propio invento.

¡Jamás de los jamases me pasó por la mente que el odio fuera tan esclavizante! Porque siempre que hablas de él, lo haces de forma banal: «odio el ruido, odio la vulgaridad, odio el color amarillo, odio tener que madrugar...». Odio, odio, odio. Utilizas la mágica palabrita para que tus amigos entiendan que hay hábitos que no vas a vestir en tu puñetera vida. Pero odio, lo que se llama odio de verdad, es peor que la muerte, pues tiene la habilidad de matarte dejándote viva. Tu odio es tu propio asesino; un parásito hambriento creado por ti del que no puedes huir. Te acompaña todos los segundos de tu vida; incluso cuando duermes se apodera del último recurso que tienes para vivir lo que no puedes: tus sueños. Desayuna, come y cena contigo. Pide y pide hasta hacerte vomitar bilis, y si no le das devora las paredes de tu alma como una carcoma, convirtiendo en polvo lo único por lo que vale la pena vivir: el amor.

Sigues andando, viajando, riendo, seduciendo y hasta te ven más bella que nunca porque el brillo de tus ojos, cuanto más odias, más crece. Sí, es tremendamente engañoso. He tenido suficientes años para analizarlo. La podredumbre del odio ni huele ni se ve; no es una descomposición física que se pueda apreciar y quede al descubierto.

Hoy, sinceramente, me siento un poco extraña. No quisiera por nada del mundo pensar que puedo estar sintiendo algún tipo de pena por la muerte de Francisco. Pero, maldita sea, no sé por qué, por una fracción de segundo me pareció sentir cierto... ¿dolor?

La verdad es que la primera vez que oí hablar de él era una niña. Tendría quizá unos diez años y ni remotamente se me pasó por la cabeza que el niño al que mi hermano regalaba sus pantalones usados fuese el mismo del que después oiríamos hablar tanto. Eso lo supe muchísimo más tarde, cuando estaba perdidamente enamorada y con el fragor de la calentura aquello me pareció una absoluta nimiedad.

En su adolescencia, mi hermano no paraba de hablarnos de él. Le tenía una admiración que rayaba en el enamoramiento. Todo, absolutamente todo lo que Francisco hacía era digno de imitar. Hasta a mi padre le llegó a pasar por la cabeza que Beltrán se nos había pasado al «otro equipo», y el solo hecho de pensar que su bienamado hijo en quien tenía puestas todas sus complacencias podía acabar homosexual le hacía coger unas depresiones de padre y señor mío que acababan ahogadas en whisky. Hasta que lo entendió. Se trataba simple y llanamente de que Beltrán admiraba de Francisco su carisma, fuerza y valentía; justo de lo que él carecía.

Se convirtieron en costumbre las sobremesas ambientadas por las espectaculares hazañas colegiales, «franciscadas», como las bautizamos, que mi hermano contaba con su don de escritor frustrado, sin saltarse ni un punto ni una coma. Historias que habían embrujado a todos los curas del colegio. Al final de cada una de ellas, siempre acababa apostillando: «Tienes que conocerlo, Morgana. Es la persona más lista y maravillosa que he conocido.» Y claro, llegó el día en que en plena Semana Santa, en la *madrugá* del Viernes Santo —para ser más exactos el 25 de marzo de 1965— lo conocí. Me acuerdo perfectamente porque ese día estrenaba el vestido de georgette bordado que mi madre me había traído de su último viaje a París y toda yo olía al incienso de las iglesias que había recorrido. Habíamos ido a visitar los Sagrarios. En aquel entonces, yo era una niña ingenua y devota; creía a rajatabla lo que mis padres me habían enseñado y lo que la Santa Madre Iglesia y las monjas me inculcaban, algunas veces a punta de pellizcos.

Ser buena consistía en agradar a Dios por encima de todas las cosas. La pasión y muerte de su hijo representaban la ignominia e injusticia de nosotros, los pecadores. Él había acarreado con nuestras equivocaciones y por nuestra culpa su adolorido cuerpo sangraba.

Yo, toda pulcra, vestida de blancos encajes y plácida sonrisa, no había cometido pecado alguno, quería ser la más buena del mundo para subir al cielo como la Virgen lo había hecho, sin hacer ninguna parada en eso tan feo que llamaban purgatorio, el temible horno donde la gente se achicharraba entre el calor y los aullidos.

Así pues, exhalaba religiosidad, devoción, obediencia y, todo hay que decirlo, perfume carísimo. Me sentía como una de las Vírgenes que salían a hombros por las calles: pulcra, bella, virginal y limpia.

Mi hermano salía con la Cofradía de Nuestra Señora de los Anhelos porque de pequeño había visto su imagen y se había enamorado de ella. No era ni costalero ni capataz —a su edad era impensable—, ni nada que se le pareciera; asistía sencillamente como un niño que amaba y deseaba entrar en esa Hermandad e iba a hacer lo que hiciera falta por unirse a ella. Y su amigo, como él, luchaba por lo mismo. Aunque, si lo hubiese querido, Beltrán lo habría tenido mucho más fácil, pues mi padre era Hermano Mayor del Señor del Gran Poder, pero él prefería ir como su amigo, implorando conseguirlo por méritos propios.

Me había hablado tanto y tanto de Francisco que, para mí, él se había convertido en uno de aquellos pasos que desfilaban por las calles en Semana Santa. Lo iba a conocer porque, sencillamente, era digna de conocerlo.

En medio de la bulla semanasantera, aproveché un momento de descuido de mi madre y me escabullí por entre el gentío hasta llegar cerca de donde se encontraba mi hermano. Me di cuenta al instante de que Francisco era Francisco porque irradiaba una luz sobrenatural; algo que sólo había visto en las estampitas de los santos que coleccionaba y guardaba como un tesoro en el misal de mi primera comunión.

Sobre sus cabellos caracoleados reverberaba un halo azul que lo separaba del mundo. Una especie de llamado divino que parecía decir: «Contempladme, siervos, y arrodillaos ante mí; yo soy la verdad y la vida.» Sus dientes blanquísimos, sus manos de dedos delgados como pintados por El Greco, pronunciaban poemas sacrílegos que yo adivinaba con dulce temor. Y en sus ojos esa llama enardecida bailando loca sobre mí, quemándome. Algo que yo desconocía. Esa lujuria manoseaba mi pecho con descaro, recorría mi cuerpo y se metía ahí con todas su fuerzas... Sí, exactamente ahí.

Sólo verlo, caí rendida a sus pies.

Entendí de inmediato la devoción que mi hermano le profesaba. Era el diablo, Lucifer en todo su esplendor, pero mi estúpida ingenuidad lo había confundido con un ángel.

Su endemoniada estrategia ya estaba trazada. Me cogió del brazo y apartándome de la muchedumbre me condujo hasta un callejón oscuro, increíblemente vacío, donde sólo se escuchaba mi corazón enloquecido escapando por entre mis piernas. Nadie me salvó, ni siquiera mi hermano, y es que en el fondo estaba suplicando que nadie me salvara de sus llamas. Quería quemarme entera, inmolarme en sus brazos.

Lo primero que sentí fue su lengua violando mi boca. Una espada rajando en dos mis labios. Esa voracidad líquida desconocida me sabía a miel de azahar. Estaba atemorizada pero también envalentonada. Quería meterme entre sus labios; tocar con la punta de mi lengua ese fondo oscuro y acuoso lleno de palabras que no pronunciaba; beberme sus entrañas y que me bebiera hasta la última gota. Sentía mis mejillas hirviendo, mis piernas temblando. Una voz interna me ordenaba que huyera, que aún estaba a tiempo de escapar, que gritara pidiendo auxilio. Otra me suplicaba seguir. Hundirme en ese lodo caliente que succionaba y elevaba.

Todo giraba... y giraba y giraba. Mi vestido de georgette inmaculado empezaba a mancharse y no podía hacer nada. La tela se deshacía entre sus manos. Toda yo era una pira ardiendo. Humareda de cabellos, piel y huesos convertidos en cientos de quejidos. Cenizas al viento.

Sus dedos en mis muslos trepaban con una lascivia sin límites. Una fiera hambrienta queriendo atrapar su presa. Me apretaba, me hacía daño. Escalaba como un ave de rapiña, clavándome sus uñas en mi piel hasta llegar a mis braguitas. Mi deseo de que de una vez entrara, de que sus dedos me penetraran, me consumía; pero él, verdugo implacable, no lo hacía. Frotaba su índice por encima de la seda hasta hacerme gemir. Restregaba su cuerpo contra el mío para que sintiera su pantalón erguido y caliente. Ese animal imponente que yo nunca había sentido y bullía por salir.

De repente, cuando estaba a punto de morir en sus brazos, me dejó; allí, tirada, tiritando de ansiedad y amor en aquel zaguán donde no llegaban ni las almas de los muertos. Acurrucada, con mis piernas abrazadas. Apretando entre mis muslos mi alma para que no escapara tras él...

Había conocido la muerte en vida: el Deseo.

A lo lejos, una voz desgarrada cantaba una saeta:

> *Angustiáaaa*
> *y sin consuelo,*
> *y con el alma*
> *partíaaaaa,*
> *fijó su vista*
> *hacia el cieloooo*
> *ofreciéndole*
> *su vidaaaa*
> *para mitigar*
> *su dueloooo...*

CAPÍTULO 14

No quería hacerle daño. A ella no. Lo juro por mis 5.989 pavos reales.

A pesar de haber llegado a odiarla con todas mis fuerzas y de habernos maltratado mutuamente hasta lo indecible, tengo que reconocer que Morgana fue una pobre víctima; un simple instrumento que yo utilicé a destajo para que Alma sintiera el mismo dolor que yo viví cuando me dejó por Beltrán.

Encontré el arma que la iría matando poco a poco, pero no la calibré bien y terminó apuntándome directamente a la sien.

Recuerdo perfectamente la noche en que la conocí. La ciudad entera hervía de fervor. El aroma de los cirios derretidos y el incienso de las cofradías se mezclaban con el salitre de las lágrimas de todos los devotos y las voces perdidas de los saeteros. Una luna de cobre incendiaba el cielo; decenas de arreboles ardientes caían sobre la ciudad en espirales y yo lo tomé como una señal divina que me indicaba que ese día mi vida daría un vuelco. Me quedé largo rato contemplando el espectáculo celeste; pensando en Alma y en mi pena secreta. En lo que por su culpa me veía obligado a hacer esa noche, y de repente llegó a mi nariz el olor del jabón de coco con el que lavaba mi madre. Su mano áspera, de tanto fregar suelos, pasó como una lija por mi mejilla. Se me acercó y me susurró al oído.

—Ayy, mi Currito, no sé por qué, mi corazón me dice que no andas por buen camino.

Yo desvié el tema con una pregunta.

—Madre, ¿te has dado cuenta de que hoy seguramente nadie mirará hacia arriba? Vírgenes y más Vírgenes llorando muerte, y Cristos desfilando dolor... La gente como nosotros sólo ve el suelo. ¡Pero mira qué cielo y qué luna! ¡Anda, deja de pensar tonterías y disfruta conmigo de este instante, ma!

Ella insistió.

—A mí no me vengas con evasivas, Curro. ¿De dónde diablos estás sacando todo lo que estás trayendo a casa, ah? ¿Ese jamón y esas latas de sardinas?... ¿Y leche y huevos?... ¿Y de dónde a acá, tú con perfume fino? ¿Qué ha sido del niño sencillo al que inculqué tantos valores?

—Y dale con emborronar la poesía de esta noche, madre. Si no vas a acompañarme en silencio, ¡déjame tranquilo y vete! Ten en claro una cosa: tu hijo te va a sacar de la miseria, le cueste lo que le cueste. Eso está escrito en el cielo de esta noche, aunque tú desconozcas su idioma.

—No digas tonterías, hijo. No tienes por qué sentirte avergonzado de la pobreza. No es más quien más tiene, sino quien más es. No lo olvides nunca.

—Ma... ¿habrá alguien fuera, en ese infinito renegrido? ¿Algo más allá de lo que alcanzamos a ver?

—Sigues cambiando el tema. ¿No será que te has enamorado? Sólo los enamorados no correspondidos se fijan en el cielo. A mí no me engañas, ¡pobre hijo mío! ¿Quién es ella? ¿Es del barrio? Ojalá fuera la hija de la comadre Lola. He visto que no para de mirarte. No es mala chica...

—¿Crees que me fijaría en semejante ordinaria que huele a cebolla y ajos? Por favor, madre, ¡ésa no me da ni a la suela del zapato!

—No hables así. ¿Qué te has creído? Ya está bien de tantas ínfulas. No olvides nunca de dónde venimos. Deberías estar agradecido con la vida...

Era imposible explicarle a ella mis planes. Su corazón era demasiado bondadoso; en él no había cabida para la maldad, y menos la que podía venir de alguien de su propia sangre. ¿Cómo decirle que el hijo que conocía, a quien le hablaba de esa manera, ya no existía? Acababa de nacer otro Francisco: el que todos iban a respetar. Mi silencio dio por zanjada la charla.

Me fui. Salí de casa duchado, peinado y acicalado con mis mejores galas: todas robadas, a mucha honra. Perfumado con Varon Dandy, una colonia que en aquel entonces me parecía finísima, también adquirida con mi espléndida astucia en un gran almacén —lo de robar se había ido convirtiendo en una gustosa y temeraria costumbre diaria que se me daba muy bien.

¡Era increíble! Vestido de esta manera podía mezclarme entre los más señoritos y ser como el que más: nadie hubiera dicho que no era uno de ellos. Rebujito por aquí, vinito por allá. Puros y gomina. Gritar, asentir, dar la razón al estúpido de turno. Mentir, recitar dos o tres frases robadas de algún filósofo o poeta en desuso y... ¡Eureka! Al final, el hábito sí hace al monje.

Beltrán ya me había dicho que nos encontraríamos con su hermana en la esquina de la calle de la Luna y que lo haría parecer una pura coincidencia. (Yo le había confesado mi amor platónico por ella, cosa del todo falsa, aunque dada su belleza era para enamorarse perdidamente; la consideraba un diamante de gran pureza. Sabía que no había conocido hombre alguno, pues en aquel entonces eso era algo natural; la severidad de sus padres sumada a las prohibiciones a las que nos tenían acostumbrados el estricto Régimen y aquel catolicismo exacerbado del momento eran su certificado de autenticidad.) El pobre, tan ingenuo, se lo creyó a pie juntillas y lo dispuso todo para que yo pudiera quedarme a solas con ella y declararle mi amor. De mis verdaderas intenciones evidentemente no tenía ni puñetera idea. ¿Cómo iba a imaginar que su mejor amigo, a quien tanto admiraba, fuese a resultar tan ruin? Así que me lo allanó todo. Se encargó de distraer a sus padres mientras yo me la llevaba «al huerto».

Fue fácil, demasiado fácil engatusarla y eso me molestó mucho, para qué negarlo. Me estropeó el juego. Yo quería que se me resistiera; tener que obligarla, porque la resistencia tiene de por sí su encanto. Es un sí y un no juntos que excitan —un cuerpo templado, como la piel de un tambor a punto de rasgarse—. La intensidad de la resistencia es directamente proporcional al deseo de ceder. Sabes que al final caerá y la lucha por conseguirlo agiganta el placer.

Pero no se defendía de mis embestidas; en mis brazos parecía una gata tan sumisa y entregada que me aburrí. Por eso me largué y la dejé tirada. Desaparecí un mes de su vista (tiempo que utilicé para dar rienda suelta a mis lucrativos negocios intraescolares de los que les hablaré más adelante). Por su hermano supe que la pobrecita ni comía ni dormía; le empezaron unas terribles palpitaciones que ningún médico, a pesar de las muchas exploraciones que le hicieron, logró entender. Su cuerpo se llenó de unas manchas moradas como mapas oceanográficos que su madre, tan religiosa, acabó relacionándolas con el Viernes Santo y la pasión de Cristo, por haber sido el día en que le salieron. Y claro, de pasión sí eran, pero no de la que pensaba su madre sino de la otra, la que si no se sacia acaba por enloquecer a las mujeres: la estaba consumiendo la pasión de la carne.

Estuvo recluida en su habitación el mes entero, llorando de impotencia sin confesarle a nadie su pena y sin mirarse al espejo por temor a ver su cara convertida en un mapamundi. Sólo se vino a curar el día en que me oyó hablando con su hermano en la sala de su casa. Le había vuelto, como se dice, el alma al cuerpo.

Yo, que a esas alturas ya me había leído, a escondidas claro está, la obra completa del marqués de Sade y estaba impregnado de maldad, jugaba a ser bueno, educado y galante. Sabía que para llegar al corazón de una hija primero hay que saciar el de la madre. Así que me dediqué a llenarla de piropos y a hacerme indispensable, hasta que se enamoró de mí. No como hombre, o quizá al principio sí. Confieso que tuvimos un desliz, largo como un tobogán, que empezó en el baño de invitados con un apasionado beso, con maniculitanteo y refriegue de bragueta, y acabó en castigo divino de cara a la pared. Ella iba tan caliente que casi no me tocó hacer nada; se trataba simple y llanamente de seguirle la corriente. ¡Era tan cómodo! Llevaba la batuta y dirigía el concierto en SI SI SI bemol. ¿Que por qué era en si bemol? pues porque no paraba de decir sí, sí, ¡así sí!..., sí, sí, síii... Se trataba de no perder el ritmo de sus síes y crear con ella una sinfonía de quejidos.

Me contó sus frustraciones sexuales y la frigidez que sufría con su marido. Yo me hacía el que la comprendía y recostaba mi cabeza entre sus pechos, pidiéndole que me alimentara. Me agarraba a sus pezones como un niño hambriento y le succionaba hasta el alma. Satisfacía sus elementales y casi infantiles fantasías sexuales —que pasaban por nalgaditas y pellizcos que la ponían a aullar como una gata en celo—. Me pagaba habitaciones en hoteles selectos con meriendas espectaculares: *foie gras*, quiches, tartas de mil y un sabores; platos exquisitos jamás saboreados que yo, con tanta hambre como la que pasaba, me los zampaba de un bocado. Todos, valga la aclaración, mojados con vinos de las mejores añadas. Jugando siempre a que el postre era ella. Así aprendí que la mujer regada con *champagne* sabe mejor.

Se desvivía por darme gusto con tal de que la transportara con mis embestidas al séptimo cielo; yo, a cambio, la hacía morirse de la risa con mis pseudoingenuidades y mi descaro carnal. Sus mejillas recobraban una lozanía y una belleza púberes que sólo yo disfrutaba.

—Mi amor, tú eres mi tratamiento antiedad —me decía al oído con su voz musical.

Una tarde me llevó al Hotel Alfonso XIII y en la cafetería su marido se despachaba a gusto un coñac y un puro con el alcalde de la ciudad; pasamos por delante de sus narices, nos miró y continuó charlando como si nada. Para mí que la imagen de su mujer le era tan repetidamente cotidiana que había acabado haciendo parte de un paisaje que ya no veía.

¡Ese día la hicimos grande!

Yo le había hablado de mi debilidad por los inciensos que quemaba la Cofradía del Cristo de los Perdidos y se me apareció con varias cajas de «Magníficat» y «Litúrgico Superior» —unas mezclas que contenían mirra y especias que fabricaban en la calle Camón Mejías—, y un incensario en filigrana y plata antigua —regalo de un obispo de México, como me aclaró orgullosa—. Yo, que no tenía ni idea de cómo quemarlo, quise demostrarle mi dominio y coloqué en el interior del recipiente (que, para mis adentros, también deseaba robar) la totalidad del «Magníficat» y lo encendí. Una gran llamarada subió por la pared convertida en una embriagante lengua de humo. La humareda era tal que hubo que desalojar todo el hotel. Huéspedes desnudos, enjabonados y descamisados, y personal y bomberos corrían despavoridos sin entender que el edificio de repente se hubiese convertido en un descomunal botafumeiro que derramaba por pasillos, escaleras y ventanas ríos de aroma a iglesia. Mientras, en el interior de la habitación, nosotros, los culpables del desatino, nos amábamos sin vernos; con lágrimas en los ojos, perdidos en el humo santo y el placer sublime.

Al día siguiente, todos los diarios lo publicaban en primera plana.

¡Cómo llegué a reírme y a disfrutar recordándolo, años después, en mis largas noches de cautiverio!

¿Que cómo acabó nuestra relación? Pues como acaban todas las calenturas. Debió sentirse culpable de ver lo que hacía con un muchacho tan tierno e «ingenuo»; alguien que podía ser su hijo. Le debió entrar el remordimiento de conciencia, o el temor a Dios... ¡yo qué sé! Lo único que recuerdo es que se acabó sin que nos diéramos cuenta. Nunca más volvimos a vernos como amantes. Empezó a temer que yo revelara a alguien lo nuestro y prefirió crear un pacto mudo conmigo. El precio de mi silencio era que ella me entregara a Morgana. Que facilitara y apoyara mi relación con ella.

Me convertí en el hijo perfecto y listo que nunca tuvo. La antítesis del blando de su Beltrán. Todo lo que yo hacía o decía lo alababa; en sus ojos veía terror y admiración a partes iguales. A veces la arrinconaba y trataba de besarla o tocarla, buscando intimidarla, hasta hacerla huir. Se dio cuenta de que si iba en mi contra podría soltarme de la lengua y empezó la lucha con su marido por defenderme de todos sus ataques.

Su marido... ¡ay!, su marido: otro caso a analizar.

Mientras yo sólo era el amigo de Beltrán, me tragaba y hasta me trataba con cierto cariño. Pero cuando empecé a convertirme en su hipotético yerno, me transformé en su enemigo.

Tuvieron que pasar algunos años para que el padre de Morgana acabara siendo mi gran aliado. El compinche de mis más sonadas juergas. El alcahueta y defensor de mi inocencia marital. Y todo porque lo tenía cogido por los...

Terminó viviendo de mi dinero y comiendo de mi mano. El ilustrísimo don Raimundo Romero de Hinestrosa, transformado en un baboso lameculos. Ayayay... como diría mi madre: «por la plata baila el perro».

CAPÍTULO 15

«Respetemos siempre el vicio y no combatamos sino la virtud.» Eso no lo dije yo, lo dijo Donatien Alphonse François de Sade, Marqués de Sade, pero yo me lo apropié durante mi adolescencia. Y es increíble cómo escandalizaba a los mojigatos y causaba admiración en los tontos ilustrados.

Así empezó mi leyenda.

En aquella época, el foco lo tenía puesto en hacer que todos se fijaran en mí y me respetaran, sobre todo por las malas. Mi madre siempre decía de nosotros: «Pobres, pero honrados», pero a mí lo de honrados y pobres me sabía a lo que sabemos y preferí: *cum finis est licitus, etiam media sunt licita,* algo así como «el fin justifica los medios».

Tenéis que entender que al principio yo fui un niño humillado y menospreciado por muchos. El hecho de estar en un colegio tan selecto y elegante me causaba más complejos que alegrías. Ver a mis compañeros con sus libros recién estrenados, forrados y marcados con etiquetas de primera mano: Colegio tal, Curso tal, Pertenece a tal, mientras los míos estaban descuajeringados y marcados con un nombre que evidentemente no era el mío. Y de ello se daban cuenta TODOS. Ésa era mi entrada triunfal de cada año escolar. Zapatos rotos remendados por mi padre; pantalones con el culo desteñido por el uso, heredados de algún compañero que para más burla decidía estampar su nombre en maldita e indeleble tinta china con el único fin de reconocerlos apenas me paseara por el patio. Risas y burlas a tutiplén.

¿Sabéis lo que era esperar los viernes a que tus propios compañeros de clase trajeran comida para los niños pobres, que en este caso sólo era yo, y tener que salir de allí con la mochila cargada de patatas, arroz y lentejas, escondiendo entre los libros las barbas de las cebollas mientras tus compañeros se descojonaban en tu cara?

Pero fíjate tú cómo es la vida, ellos acabaron haciendo cola a la salida del colegio. Los de mi clase y los mayores. Todos suplicando ser mis amigos; pagando sumas desorbitadas por las magníficas redacciones que les vendía; por las operaciones de aritmética y geometría y las tareas de historia y ciencias. Ejercicios que copiaba de los cientos de cuadernos que descubrí en una habitación secreta del colegio cuando el hermano Rosendo —que me quería como a un hijo porque me lo había metido en el bolsillo con mi voz angelical, mi obediencia y mi astuto y estudiadísimo servilismo— me llevó al ala del edificio donde se encontraban las celdas de los novicios; una zona que estaba prohibida para los alumnos.

Yo, que llevaba varios días tratando de infiltrarme en el lugar, de pronto tuve la idea de ponerme enfermo. Empecé a retorcerme de dolor en pleno ensayo del coro y el padre Rosendo decidió que lo mejor era que descansara en su habitación. Me dejó allí mientras el ensayo continuaba —sabía que duraría una hora— y en ese tiempo decidí explorar el lugar, sumergido en esa penumbra escolástica con olor a sotana rancia y a libros ácidos que me hacía sentir parte de la comunidad y hasta dueño de todo lo que veía. Esculqué lo poco que tenía Rosendo y aunque estuve tentado de quedarme un dinero que me encontré escondido en un extraño libro de latín, me detuve a tiempo. Me puse de rodillas en su reclinatorio personal y sentí que el Sagrado Corazón que tenía delante me sonreía y me lo perdonaba todo. A partir de ese instante y seguro de contar con el beneplácito del Señor me dediqué de lleno a buscar sin saber muy bien qué, pero seguro de que cuando lo viera reconocería la señal.

Me paseé por todos los trasteros del colegio; habitaciones cerradas a cal y canto blindadas por telarañas y óxido. Pasé por entre santos de miradas extasiadas —sin brazos ni piernas—, hábitos raídos amontonados, casullas, biblias desmembradas, cálices renegridos (que robé, limpié y vendí) y un sinnúmero de objetos que dormían el sueño de los justos bajo capas de polvo. Iba con el corazón cabalgando en mi garganta —eran mis primeros pasos en aquello de violar la ley—. El temor a encontrarme con el hermano Laureano, director del colegio —el ser más repugnante con el que jamás me topé—, y ser expulsado me consumía. Tenía fama de sanguinario y cruel. Era jorobado y de piel empedrada, torturada por incontables pústulas que siempre segregaban pus y gusanos. Parecía como si se estuviera pudriendo ante nuestros ojos. Siendo incluso benévolos, dado su grado de maldad lo llamábamos El Chepa.

Yo lo había visto con mis propios ojos pegar monumentales bofetadas a alumnos, y después de hacerlo quedarse tan campante soplando sus palmas mientras nos enseñaba su macabra sonrisa de dientes podridos. Por eso cada vez que podíamos nos mofábamos de él.

¡Y claro que me lo encontré! ¡Y claro que lo engatusé! Y no me pregunten cómo, terminé cantando para él el «Largo al factotum» de *El barbero de Sevilla*, un aria que me aprendí en sueños cuando supe que era su favorita (siempre hay que estar preparado por si surge cualquier eventualidad). Allí me di cuenta de que lo mío era el engaño. Eran temor y placer unidos; un cosquilleo en el ego que me elevaba sobre el mundo; una especie de coro interior que me cantaba: ¡qué listo eres, Curro! ¡Eres el mejor!

David había vencido a Goliat.

Después de paladear la primera victoria —mi primera mentira— tras mucho tiempo de haber ido de correcto y santito, las demás se convirtieron en la más deliciosa adicción.

Pero a lo que iba: lo que me encontré en aquella habitación perdida todavía relumbra en mis ojos y en mi alma.

Sólo abrir la puerta, tropecé con un escalón y caí de bruces en los brazos de una mujer bellísima que me miraba fijamente con sus ojos inundados de lágrimas. ¿Qué le habían hecho para que estuviera tan triste y llorara de aquella manera? Vestía un traje deshecho, como de novia antigua, y en una de sus manos llevaba un pañuelo bordado. Sobre su delicada cabeza descansaba una corona de la cual nacía un manto de oro que moría en sus pies. Yo me quedé mirándola en esa oscuridad mohosa, de cenizas volátiles, y caí rendido a sus pies.

Fue la primera mujer de la que me enamoré: la Virgen.

Teniéndola tan cerca no podía desaprovechar la

ocasión de pedirle un primer milagrito; total me tenía abrazado y me miraba con amor. Otra oportunidad como ésa no la iba a tener jamás. De pronto... ¡zas!, lo vi. Detrás de ella, amontonados en pilas que rozaban el techo, cientos de cuadernos antiguos con los mejores trabajos del alumnado que había pasado en los últimos diez años por el colegio: mi primer negocio lucrativo.

¡Había descubierto el tesoro de Tutankamon!

CAPÍTULO 16

¡Cómo no sentir este dolor!

Yo amaba a Francisco con toda mi alma, pero mis padres, que en los temas del corazón eran unos completos ignorantes y vivían ahogados en linajes, tradiciones, apariencias y habladurías, ya habían decidido por mí. Desde antes de que alcanzara esa cosa estúpida llamada «uso de razón», mi marido sería Beltrán Romero de Hinestrosa.

A partir de mi nacimiento aprendí a sobrevivir sin aire. Relamiendo como una limosnera las orillas de la realidad, no la que ellos me vendían, sino la de verdad.

Vivía una mentira que todos se creían y que a mí, como a mis primos, me inyectaron en vena nada más nacer. Como si fuera la magistral vacuna contra ese virus letal —para tantas personas inalcanzable— llamado libertad. No cuestionarse, no mirar, no dudar, no buscar, no soñar. Obedecer, asentir, saludar, hablar de lo que hablan los demás. Callar. Simple y llanamente hacer lo que se espera de ti, sin saltarte ni una sola regla, porque si te la saltas, si haces lo que el mundo no aprueba y da por normal, podrían calificarte de loca y no hay que ser muy inteligente para saber lo que opina el mundo de los que van a contracorriente de lo establecido: el que está loco, apesta.

Mi vida era una especie de teatro en el que todos los actores sabían su papel de memoria y ni por equivocación osaban cambiar. Yo lo observaba todo sin entender muy bien por qué debíamos seguir tantas y tantas reglas. Por qué cada mañana, sin que se modificara ningún acto, se abría el telón al levantarse y se cerraba cuando los ojos dormían. Por eso me volví tartamuda. Para no tener que decir lo que no quería.

Mis padres me lo arrebataron todo y a cambio me dieron un pseudooxígeno para que me creyera que de verdad vivía. Era una prisionera de mi rango, de todos los adornos y las obligaciones que llevaba a cuestas mi familia. Unas cadenas ajenas que me tocó arrastrar sólo por haber sido engendrada por dos personas que vivían en una magnífica prisión que, a pesar de no tener barrotes, era tanto o más que la de Ranilla, donde encerraron a Francisco.

Lo de que mi reino no era de este mundo lo supe desde el principio, cuando todos los amigos de mis padres se acercaron a mi cuna, con esa curiosidad malsana y melindrosa, a conocer el engendrito. En una estúpida y ridícula romería buscaban en mi pobre y magullada cara —producto de mi reticencia a nacer, como si de un mal y acertado presentimiento se tratara— los nobles rasgos de los Zurita y González. Ya desde ese instante, y gracias a mi desconcierto de haber caído de bruces en esta vida, desarrollé una capacidad asombrosa para escuchar y entender no sólo una conversación, sino varias en simultáneo. Por eso mis oídos no daban crédito a todas las sandeces que escuchaba. Me daba cuenta de las críticas y de la falsedad de cada uno de ellos. De sus muecas estudiadísimas donde quedaba claro que nada de lo que decían era verdad. Que sólo hablaban para llenar los minutos y que quedara constancia de que sus cuerpos habían pasado por ahí. Porque el que no dijera nada, el que osara permanecer con la boca cerrada, era como si no hubiera asistido. El silencio era sinónimo de inexistente. Quedaba en la categoría de los invisibles. El hacer acto de presencia en ese acontecimiento era un hecho tan importante como firmar en el libro de condolencias de un muerto.

Sus voces se entremezclaban con sus caras empolvadas y sus dientes mentirosos. Besos con olor a bolitas de naftalina y halitosis. Caras que se me acercaban con sus labios encerados y sus babas colgantes. Y yo sin poder huir.

Voces chillonas afirmando y discutiendo: «Se parece a...», «¡No, no y no! ¡Esta nariz es la de...!», «El color de su pelo es idéntico al de...». Susurros y maledicencias: «Pobrecita, es fea como los..., aunque hay constancia de que los que son feos de pequeños, al hacerse mayores son guapísimos. Mira a... ¡qué cambio! De patito feo pasó a ser un cisne», y etcétera, etcétera.

Tengo la absoluta seguridad de que aunque no me hubiera parecido a ningún familiar, aunque mi padre no hubiese sido mi padre —porque de que mi madre lo era no tengo la menor duda, agarrada como estuve a su cordón umbilical—, todos hubiesen encontrado en mi carita los rasgos de él, así hubiera sido en la planta del pie o en la vuelta de la oreja. Que yo fuera Zurita y González de pura cepa era lo más importante.

Además, como les resulté hija única a la fuerza —no porque en verdad lo hubiese sido, sino por designios de Dios—, y no tenían en quién más depositar sus equivocaciones, vinieron a descargar en mis delicados hombros la carga de ser su hija... ¡Cuánto pesan a veces los apellidos!

Mi madre, tan delgadita y fina, de salud tan frágil, antes de mí tuvo tres abortos —debo aclarar para decepción de las malas lenguas que todos fueron involuntarios—, y un niño, Tristán, que vivió sólo tres meses. Se murió del susto, espantado por un mal sueño mientras dormía. Tal vez ese sueño le mostró en una noche la realidad de lo que sería su vida y al verla decidió apearse cuanto antes. La pena es que eso nunca se sabrá; es una simple deducción que hago, visto lo vivido por mí hasta la fecha.

Era rubio y transparente, como si hubiese llevado desde el nacimiento el miedo a vivir. Decía mi madre que se le veía correr por sus venas la sangre, que evidentemente era azul, y latir su corazón, aurículas y ventrículos, sístole y diástole; y que en su piel se podía leer el futuro, pues cuando lo bañaban solían aparecer en su pecho palabras proféticas, de una nitidez extraordinaria, que hablaban de lo que vendría y entre las que apareció mi nombre. Por eso me bautizaron Alma.

Después, llegó lo importante: hacer de mí una niña «de bien». Fue en este menester en el que pusieron todo su empeño. Mi futuro ya estaba decidido. Todo lo planeado lo llevarían a cabo con el único fin de que las fortunas no se menguaran en caso de equivocación marital. Es decir, en caso de que me enamorara del bolsillo equivocado. Por eso, desde mi cuna concertaron la boda con Beltrán. Fue la primera de las muchas conversaciones que se me quedarían grabadas. Parecía que negociaran un cortijo, cabezas de ganado o miles de hectáreas de tierras. «Si yo te doy esto, ¿cuánto me das por aquello?» Hacían números en mi tierna presencia, creyendo que nadie les oía. Y todo, ¿para qué? ¡Para nada! Mi padre se fue una tarde de primavera, sentado en su mecedora de mimbre y con el gato entre sus manos mientras las palomas cagaban a diestra y siniestra. Viendo cómo florecían los jazmines en el patio. No llegó a darse cuenta de que su gran negocio, aquel en el que la gran perjudicada era su hija, o sea yo, resultó ser un estrepitoso fracaso.

Tantos planes y vidas frustradas, tantas argucias y marrulladas para llegar a lo que nadie se esperaba: que el gran Raimundo Romero de Hinestrosa acabara arruinado, viviendo de las, eso sí hay que admitirlo, generosas limosnas de su yerno. Y yo, pobre de mí, todos los años de mi vida aguantándome sin decir ni pío a la retorcida hermana de Beltrán.

Primero, los sanguinarios mordiscos que me prodigaba con sus afilados dientes de hiena —que tenía de nacimiento, pues había llegado al mundo con la dentadura completica y perfectamente alineada— cuando éramos apenas unos bebés y nos dejaban solas jugando y gateando mientras nuestras madres tomaban el té y despellejaban a media Sevilla. Moretones circulares que nadie veía, pues mi niñera, que era más lista que el hambre, para no ser regañada por mi madre los disimulaba a la perfección con su maquillaje. Y yo, dándome cuenta de todo y sin saber hablar.

Amiga a la fuerza de ese monstruo. Sí, porque ni me lo preguntaron ni tuve elección. Amiga, ¡maldita sea mi suerte!, y compañera de pupitre y recreos, y de trabajos manuales y gimnasia, y de rosarios y misas, y de solfeo y ballet, y de todo lo habido y por haber. Pero yo sabía que me odiaba tanto como yo a ella —y me duele decirlo, porque sentir odio es de las cosas que más he odiado en mi vida—. En sus ojos podía ver esa caldera hirviendo que vomitaba azufre maloliente cada vez que me miraba.

Me hacía todas las maldades que puede llegar a concebir la mente de una niña perversa: imitaba mi tartamudez y mis gestos, enganchaba en mi pelo enormes bolas de chicle masticado, manchaba mis trabajos, escondía mis libros, me ridiculizaba delante de mis compañeras pegándome en la espalda, sin que yo lo notara, papeles con frases como «soy burra», «me estoy meando», «como mocos»... y todo sin que mis padres creyeran nada de lo que yo trataba de contarles en mis compulsivos y terroríficos tartamudeos.

Me faltó carácter, fuerza, envalentonarme y mandar a todos *p'al* carajo... no sé. Fui tan tan bondadosa, tan comprensiva y obediente, tan ridícula y decente —cuando ya la decencia está en franca decadencia— que daba vergüenza ajena.

¡Me harté de tanta miel y tantos halagos que sólo favorecían a los demás y a mí me dejaban arrinconada en la esquina del «ahí te pudras»!

Sólo ahora que tengo cincuenta y dos años soy

consciente de lo increíblemente tonta, buenaza y estúpida que llegué a ser.

Tuvo que pasar una vida entera, medio siglo, para darme cuenta de que mi existencia hubiera podido ser absolutamente diferente si desde el comienzo hubiera cogido las riendas de mi vida y no se las hubiera dejado a nadie. Si me hubiese enfrentado a mis padres y hubiera luchado con uñas y dientes por conseguir vivir mi vida a mi manera y no la que ellos planificaron para mí; si simple y llanamente me hubiese enfrentado a todos sin miedo.

Pero eso, tan aparentemente obvio, no lo venden en ninguna tienda, supermercado o almacén de lujo. Eso, tan codiciado para algunos, llamado autoestima o seguridad en uno mismo —la pócima mágica que tratan de vender psicólogos, psiquiatras, gurús e iluminados, a precios de oro—, eso que te van robando de a poquito extraños, e incluso de lo que se nutren los más allegados desde tu infancia, sólo logras recuperarla el día menos pensado. Cuando a lo peor ya no hay nada que hacer. Cuando algo muy fuerte te sacude las entrañas. Justo lo que hoy, día del velorio de mi Francisco, me ha sucedido.

CAPÍTULO 17

Si hubiera sabido que todo esto era más fácil de lo que creía, lo habría hecho hace muchos años. ¡Dios sabe que sí! Pero para mi desgracia y desgracia de muchos, no lo hice.

Quizá hoy no estaría delante del ataúd de Francisco llorando su muerte, retorciéndome de impotencia y frustración. Quizá él no se habría casado con Morgana. Quizá sus hijos serían míos. O los míos, suyos. Quizá él no habría ido con tantas mujeres de tan «dudosa ortografía»...

¿Habría sido fiel?... Quizá.

Quizá yo no hubiera estado tan triste y amargada toda mi vida. Quizá él no habría robado ni estafado a tantos, ni hubiese tenido esa ambición tan desmedida, ni hubiese llegado tan lejos a costa de aplastar a medio mundo.

Quizá yo no hubiera tenido que mentirle a Beltrán haciéndole creer que sentía lo que nunca sentí. Quizá

Francisco no habría pisado la cárcel nunca. Quizá Beltrán hubiese encontrado el verdadero amor en otra. Quizá Morgana no hubiera acabado tan enferma de odio. Quizá mis armarios estarían más vacíos y mi corazón más lleno.

Quizá nuestra vida no habría llegado a estos niveles de degradación.

Quizá mis hijos serían felices.

Quizá hoy estaríamos, él y yo, tranquilos, contando estrellas, o caminando cogidos de la mano viendo la vida pasar, o leyendo un libro en silencio mientras nuestros hijos se van haciendo adultos. Sintiéndonos todos seguros de pertenecer a una familia donde el amor, el respeto y la cordura son los verdaderos valores que cuentan.

Quizá... Quizá...

Pero ¿de qué sirve ahora lamentarse de aquello que no pasó? El mundo está lleno de hubieras, quimeras y quejas. Frustraciones amontonadas y oxidadas; millares de esqueletos sin enterrar, que sólo sirven para acusar en silencio y dar pena.

Un monumento a los que fracasaron sin intentarlo.

Con ninguno de ellos se puede hacer casi nada, salvo alguna triste o melodramática novela que leerán los últimos románticos trasnochados, o alguna obra de teatro para ser interpretada en un local de mala muerte, a precio de saldo, delante de cuatro ilusos desprogramados.

¡Vaya gracia!

Después de haberte pegado el batacazo —cuando la piel del alma y del cuerpo se te han marchitado y ya has dejado de creer en la vida—, va y te llega la lucidez. Te llega cuando los acontecimientos han cambiado. Hoy ya no es ayer. Aquel ímpetu de creer que te comerías el mundo ha ido languideciendo. No tienes la edad que tenías cuando sentías lo que sentías, ni el corazón limpio e ingenuo. Ha entrado la razón, como una okupa, a adueñarse de todo, hasta de tu conciencia.

¡Y eso es lo más triste!

Cuando te vas haciendo mayor —el espejo se ha convertido en tu terrible enemigo—, la piel se repliega y tu espontaneidad, el creer que todo lo puedes, también se arruga y envejece. Y tienes que asumirlo, como asumes que por más que un atardecer te parezca bello, no puedes retenerlo. Se evapora, y los colores se van diluyendo lentamente hasta desaparecer. Un presente efímero que pasa a transformarse en pasado a velocidad de vértigo.

Acabas rendido a la evidencia de que no eres todopoderoso. Que las circunstancias, finalmente, son las grandes vencedoras.

Tengo cincuenta y dos largos, malvividos y tendidos años. El espejo del salón —que refleja el reloj de pared sin agujas y la interminable columna de deudos que desfilan delante del féretro abierto— me lo recuerda sin piedad. He envejecido de forma melancólica, como las rosas cuando las cortan y colocan en un jarrón que nadie ve. Mi belleza se ha ido cayendo a pedazos —cara y alma fundidas—, como sus pétalos. Miro los pliegues que tengo en mi piel y cada uno de ellos me recuerda la amargura de mi existencia. Arrugas de risa, de aquellas que he visto en muchos amigos, no tengo ninguna. No importa; ya hace mucho tiempo que dejó de importarme. A esta actitud desvencijada y humillante, por otra parte despreocupada, muchos le llaman madurez. Finalmente, la pobre niña rica se convirtió en una pobre adulta sabia.

Y todo, ¿para qué?

El hombre que yace tendido en esa caja, mi amado Francisco, no es ni sombra de aquel hermoso y sencillo niño con el que me crucé un soleado día de mayo en la Glorieta de Bécquer. Y a pesar de no serlo, todavía puedo ver, en el fondo de sus ojos dormidos, su luz. Aquella que me ungió de gloria y dolor. Es lo que tiene el verdadero amor que, una vez te ha elegido, te deja tocado y hundido para siempre.

Y no es que no sepas ver los defectos o carencias del ser amado. Es simple y llanamente que aquel estado de enajenación tiene la virtud de elevarte por encima de las bajezas humanas y hacerte trascender. Aprendes a comprender y a aceptar a ese pedazo de carne y espíritu, con sus miserias y sus lujos. Casi como el amor que sientes por un hijo: en el fondo de tu alma conoces a la perfección de lo que carece, pero siempre encuentras la disculpa perfecta para redimirlo.

Esto era exactamente lo que me pasaba con mi Francisco. Aunque había hecho y deshecho actos a cual más reprochable, inmediatamente me enteraba de alguno mi inconsciente fabricaba su justificación. Eran mi pasión y mi sueño unidos, mi espera y mi tenacidad dando brazadas para no ahogarse en ese mar de negaciones y renuncias.

¡Y así se fue la vida!

De minuto en minuto, de hora en hora, de mes en mes y al final de año en año y de lustro en lustro. Perdonando sin restricciones de ninguna índole, para no morir deshidratada de alma.

¡Pura supervivencia!

Aquí está Francisco, hermoso y sereno, plantado en medio de las dos. Por no ser, ya no es de nadie; ni siquiera de él mismo. Y a pesar de no estar, está más presente que nunca. Si no fuera porque lo han certificado, diría que sólo duerme.

La casa está ebria de su presencia. Por todos los rincones oigo el eco de sus pasos; de su risa y su voz. Parece que se burlara de todos; como si incluso al final también se hubiese salido con la suya.

A pesar de que el salón está a reventar de aromas y perfumes, siento el agrio aliento del odio de Morgana. Sé que me acecha, como un alacrán cuando estudia su presa y busca desesperadamente clavar su ponzoña para descargar su veneno. Pero no voy a regalarle el placer de darme por aludida. Se ha convertido de repente en eso: una asquerosa sabandija que arrastra sus sedas rojas por el suelo. Un insecto al que, por más veneno que trate de inocular, no temo.

En este instante daría lo que fuera por saber qué diablos está pasando por la cabeza de Morgana. ¿El incidente que acabamos de vivir con su hija le habrá producido algún tipo de vergüenza? Debería. ¡Pobre niña!

¿Qué cuchillo cortará este silencio tan grotesca e hirientemente horneado?

CAPÍTULO 18

Eran las dos y diecisiete minutos de la tarde y Sevilla continuaba sumida en la más absoluta oscuridad. En el sopor de la desgracia, nada se movía; ni siquiera una hoja. Sólo una luna repentina vestida de tules se desplazaba rezongona por el cielo, como si fuese la gran diva de una ópera sin ensayar en esa inesperada y desorientada noche.

Tras la intervención de la hija de Francisco, el regio salón donde se velaba su cuerpo permanecía ahogado en un silencio sepulcral. En esa hipócrita solemnidad, cada visitante representaba magistralmente su papel.

Las palabras de Macarena disculpando los desatinos de su madre, en lugar de haber servido para restarle importancia a la estrafalaria escena de celos y reproches conyugales, la había agitado. El público esperaba ansioso el segundo acto. Se abrió el telón en la boca de Morgana.

—Nunca... —empezó a decir en voz baja.

—Nunca... —volvió a repetir, subiendo la voz.

—NUNCA... —le gritó a Alma, mirándola a los ojos—, dejaré que me humilles, ¡zorra!

Pero Alma no se dio por aludida. Imperturbable y distante como una esfinge, continuó acariciando con sus largos dedos el iridiscente copete del pavo real que se había acercado a defenderla, como si se tratase de un cachorro. Haber revelado sus sentimientos ante todos le otorgaba una especie de fuerza divina que la convertía en una Turandot capaz de desafiar o ignorar al mundo. Ésa era la Libertad.

—Es contigo —le increpó Morgana acercándose amenazadora, mientras su hija, tragándose el llanto, trataba inútilmente de calmarla. Junto a ella, Beltrán, en trance de ausencia supina, parecía ignorarlo todo. Su cuerpo se mantenía rígido, estatuado y lejano. No oía, no veía, no sentía. Ni el más ínfimo gesto le delataba. La vergüenza vivida por el comportamiento de su mujer lo había desvinculado del presente.

Un taconeo lento se desprendió del tumulto y dio la cara. Envuelta en humos bordados, una altiva y refinada mujer preguntó con su voz rota.

—¿Os lo estáis rifando?... ¿De verdad os peleáis por él? —Y a continuación soltó una sonora carcajada—. ¡Qué ingenuas! No perdáis más el tiempo. ¿Por qué sufrir por algo que no os pertenece? ¡Francisco era mío!

Un murmullo general convirtió el lugar en un concierto de voces disonantes; agudos y graves interpretaban el «despelleje del difunto» en do re mi, hasta que se alzó otra voz en un solo sostenido en Fa.

—¿Tuyo? —Era una mujer que iba emperifollada como si de una marquesa venida a menos se tratara; cubierta de joyas como un árbol de Navidad barato, arrastraba a dos gemelos que miraban impávidos a la muchedumbre—. ¿De quién creéis que son estos querubines? ¡Miradlos!... —A continuación los colocó delante de todos—. Niños, dejaos ver bien. —Mientras hablaba, peinó con sus dedos sus renegridos rizos—. ¿No lo veis? ¡Son el vivo retrato de su padre!

—Pero ¿qué estupidez decís? —exclamó Mariana La Bailaora, haciendo sonar sus dedos como dos castañuelas, mientras se separaba de la multitud y se plantaba junto al féretro—. Si lo nuestro era un secreto a voces. —Sus pies empezaron un virtuoso zapateado circular alrededor de la caja que hizo estremecer el suelo. Las palabras que pronunciaba parecían acompañar una música muda que la llevaba a mover su cuerpo al compás de sus recuerdos—. ¡Yo fui su gran y único amor! —Sus tacones martillaban magistralmente el final de cada frase—. ¡Ay, si pudieras hablar, Hermoso! Si de tu boquita saliera uno de esos suspiros que exclamabas por culpa de mis manos. —Dio un chasqueado de dedos que finalizó con ocho palmas y un punteado ligero—. ¡Pobrecito mío! Se aprovechan de tu silencio para calumniarte —le dijo a la cara al muerto.

De repente, el pavo real que acariciaba Alma sacudió su plumaje y con un alarido casi humano silenció a los asistentes. Entonces, sin que nadie pudiera evitarlo, empezó a sobrevolar el salón en alocados círculos. Sus plumas, aquellos hermosos ocelos, fueron cayendo sobre todos como alargados copos de nieve azulados. Decenas de ojos índigos que observaban y sentenciaban con levedad etérea todo cuanto veían.

—¡¡¡Por el amor de Dios, debería daros vergüenza!!! Un hombre tan honorable como don Francisco no merece un espectáculo tan deplorable.

Quien así hablaba era el excelentísimo señor don Ramón Viesca de Uruñuela, alcalde de la ciudad, que debía todos sus títulos al velado apoyo financiero que Francisco, en una de sus espectaculares e insomnes juergas, le había ofrecido y él se había encargado de ordeñar a cambio de dejar impoluto el nombre de su benefactor, tras los espesos escándalos que lo habían llevado a la cárcel.

En el mismo momento en que el alcalde hablaba, al otro extremo de la sala se oyó un golpe seco sobre el mármol. El cuerpo de Morgana acababa de caer desplomado entre sus sedas rojas.

CAPÍTULO 19

Por favor, chicas. Comportaos, por favor. ¡No me hagáis esto! Hoy no, que están mis hijos y ellos no tienen la culpa de haberme tenido como padre. Respetad por lo menos mi letárgico estado.

Pero qué disparate acabo de oír, ¡por Dios! ¡Esos gemelos no son míos!... Pobrecillos. Te aseguro que de haberlo sido, llevarían mi apellido; porque para mí no existe responsabilidad más grande que la de ser padre. Eso está por encima de todo.

¡Ayyy, Carmela! Ahora vienes y te plantas frente a mis despojos como ave carroñera a ver qué arrancas de mis huesos. Debo recordarte que la primera tarde que pasamos juntos me echaste un cuento de lo más estrafalario, pero como te quería follar pues me hice el que te creía. Me dijiste que habías soñado que dos hombres te habían amado al mismo tiempo y que uno te había dejado preñada por la boca y el otro por el... ja, ja, ja... Seguro que ya estabas embarazada y vete a saber de quién. ¡Sabandija!

A pesar de todo, bien que te beneficiaste estos largos años, porque en el fondo soy bondadoso y me dolió verte tan desprotegida y venida a menos por culpa de tu flojera y tu ingenuidad sexual. Te abrías de piernas al primer pintiparado que hacía su aparición vendiéndote el oro y el moro. Te compré el piso en el que vives por pura compasión, haciendo que te creyeras portentosa. Haciéndote sentir que valías lo que no vales.

Me debías el favor de haber sido mantenida por mí durante años... ¿Y así me pagas?

No eras tan buena en la cama como te creías. Me daba cuenta de todos tus fingimientos. Tus palabras melosas pidiendo más y más; susurrando «me gusta así o asá», cuando tus pezones permanecían flácidos e inertes y tu pobre y escuálida vagina era un pozo seco.

¿Crees que no me daba cuenta de que no había nada que hacer con tu moribunda sexualidad? ¡¡¡Tonta, más que tonta!!! Estabas más deshidratada y marchita que un desierto, pero yo me hacía el bobo. A eso jugábamos. Agradece a todos los whiskies que me bebía y a mi estado de enajenación pseudorromántica que me engañaba y me hacía creer que vivía el sueño de los bobos. También me encantaba mentir; hacía parte del cuento. Era lo que me la ponía dura. Ya sabes: no existe ninguna historia romántica que se respete que no lleve su dosis de mentira incorporada.

Pero hablemos de lo concreto: de ti. Para que te quede bien clarito: tus carnes fofas no llegaron a excitarme nunca lo suficiente... aunque eso no sea culpa tuya. Ambos jugamos al juego de acompañar nuestras respectivas soledades alcoholizadas, bien diferentes por cierto. Al menos la mía tenía donde caerse muerta. Ahora estamos a paz y salvo, ¿no te parece, Carmela?

En cuanto a ti, Mariana, has de saber que no todo lo que se dice en esta vida es verdad. Que la mentira es un dulce juego al que jugamos todos cuando la realidad ya no sabe qué decir. Una canción que se canta cuando no hay melodías que tararear. Un muro que se escala con las uñas cuando sales de un pozo. El aire liso que despeina tu alma, desaparecida en la frustración de no haber logrado lo que querías.

Hemos bailado, sí, Mariana querida; hemos bailado un bosque de preguntas que nunca necesitaron su respuesta. Así es el baile. Sólo dejarse llevar sintiendo el cuerpo; el sudor de dos pieles con ganas de gritar vida. Manteniendo el compás, sin buscar un porqué. Tu cuerpo y el mío, guitarras desgarradas en manos de un destino de tardes despistadas. Tú lo sabes mejor que nadie. Eres Mariana La Bailaora. Quédate con el recuerdo de nuestros encuentros y que nos quiten lo *bailao*.

Ahora, que todos buscan hurgar en las miserias, me pregunto... ¿no es verdad que todo muerto tiene derecho en última instancia a su perdón?... Mi madre decía que «no hay muerto malo». Claro que hay muertos de muertos; el dicho no vale para todos... pero yo, a pesar de lo que digan por ahí, me considero de los buenos.

Zuuuuummmm... Zummmmmm... Zummmmmmm...

¿Qué diablos es esto? ¡No me lo puedo creer! ¡Auxilio! Por favor, ayudadme. Hay una abeja en mi ataúd. ¡Auxilio! ¡Soy alérgico a sus picaduras! ¡¡¡Hey!!! ¿Es que nadie me oye? En lugar de estar discutiendo sobre el sexo de los ángeles y estar imbecilizados por los chismes, ¿podría algún alma caritativa levantar la bendita tapa y espantar esta abeja de mi nariz antes de que me mate?...

¡Pero qué estoy diciendo! Dios mío, ¿me estaré volviendo loco? ¿Qué diablos importa que me pique?... ¿No estoy muerto?

¡Maldita sea la madre que te parió, abeja de los demonios! Fuera de aquí. ¡Lárgate!

¿Qué está pasando? ¿Me estoy perdiendo algo importante?

Alma, Alma, ven aquí.

CAPÍTULO 20

No era la primera vez que fingía un desmayo. La primera la recuerdo como si fuera ayer; debía tener unos once años y me sirvió para huir de un castigo que la hermana San Dionisio, mi tutora de entonces, me quería imponer. Castigo que me merecía por malvadilla, por haber pegado una descomunal e inmunda bola de chicle en la cola de caballo de la mosquita muerta que... ja, ja, ja... la obligó a ir rapada casi al cero durante un tiempo. La segunda me sirvió para que Francisco no me abandonara... ¡Maldita equivocación!

Luego vino la tercera, la cuarta, la quinta... hasta que me aficioné, como nos aficionamos a fumar, beber o mentir. Se me convirtió en una adicción escandalosamente compulsiva.

Lo de actuar, sinceramente y no es por echarme flores, se me daba genial.

Empecé practicando en casa las mañanas de invierno, en las que me daba pereza levantarme para ir al colegio y verle la cara de imbécil y de tonta al cuadrado a la mosquita muerta que tanto odiaba. O cuando quería algún capricho y mi padre, tan estricto y compuesto, se negaba a concedérmelo. O cuando me daba por llamar la atención sin nada en particular; sólo para comprobar mi magnífica capacidad de manipulación.

Lo primero que aprendí fue a elevar mi temperatura corporal y hacerme la enferma. ¡Era tan divertido! Empezaba desde el día anterior. A la hora de la cena y aunque esa noche sirvieran mi comida favorita, dejaba el plato casi sin probar (no sabéis los esfuerzos que tenía que hacer cuando se trataba de espaguetis). Subía las escaleras a desgana, suspirando cabizbaja, hombricaída y medio ahogada. Me despedía de mis padres y hermano con una voz casi inaudible y me metía en la cama meditabunda y tumefacta. Esa noche, entre las cobijas, vivía una excitación increíble; una ansiedad que me subía por el esófago y me obturaba la garganta. Despertaba cada media hora esperando el amanecer, pues era un reto para mí engañarlos a todos. Al día siguiente me levantaba antes de que sonara el despertador, encendía la lámpara de mi mesita de noche y me ponía debajo de la bombilla hasta que mi frente ardía y el olor a pelo quemado me avisaba de que si no me retiraba, más que dejar de ir al colegio lo que me pasaría sería entrar directico a la unidad de quemados del hospital Virgen del Rocío con quemaduras de tercer grado. Por eso me gastaba tanto tiempo calculándolo todo: el olor era la alarma, el tiempo justo para que llegara la niñera a despertarme. «Niña Morgana, niña Morgana... aquí huele raro, como a quemado.» Y yo, quejándome y quejándome, como si fuera la Virgen de los Dolores. La chica me tocaba y salía corriendo, desesperada: «Señora Luisa, señora Luisa»..., llamando a mi madre, que acudía a poner su mano en mi frente y... leche caliente con miel, «trae toallas húmedas para bajarle la calentura», «pobrecita la niña», «cierra las cortinas», «avisa al colegio y diles que Morgana se encuentra mal», «tráeme el listín telefónico, hay que llamar al doctor Urbano». Toda la casa rendida a mis pies: ¡¡¡Gloria in excelsis!!!

Mi padre acercándose a besarme; su mano enredada en mi pelo, su olor a limpio y a lavanda fresca inundando mi cama. Eran las únicas veces que lo sentía cerca regalándome amor. Si hubiera podido, me habría hecho la enferma todos los días de mi vida, sólo para que me acariciara de aquella manera. Pero eso me lo llevaré a la tumba como recuerdo de mi «espléndida y maravillosa» niñez.

Creían que porque lo tenía «todo» no necesitaba nada. Esto, ahora que lo veo, justifica el descuajaringado comportamiento de mis últimos años. Este ir de mano en mano... ¡qué digo!, de polla en polla hablando en términos académicos, buscando encontrar el hombre que me considerara lo suficientemente valiosa como para entregar su vida por mí. El que me regalara el amor que nunca tuve. Ja, ja... qué risa me da ahora que soy doctor en estas artes y me encuentro frente a los despojos del miserable sabelotodo, que se creyó más listo que yo y nunca se imaginó que en eso de engañar yo le daría diez vueltas y media.

Porque boba, lo que se dice boba, nunca fui. Ingenua quizá, y soñadora hasta los treinta, tal vez. Pero cuando me quedó claro que lo que quería no lo iba a conseguir nunca, decidí lanzarme a la vida contemplativa: la de contemplar y aprovechar el cuerpo de los hombres.

Amantes los he tenido todos y de todos los colores; todavía coletean algunos por ahí; os aseguro que si quisiera, al primer chasquido de mis dedos los tendría de rodillas lamiéndome el... Pero hoy, no sé, estoy como inapetente. Quizá la muerte de Francisco me tenga el buche lleno aunque, a decir verdad, un poco de penita me da; por allá muy en el fondo del fondo, donde nadie llega. Y no sé si sea que me quedé sin con quien competir o quizá se deba a un poco de sensiblería barata, herencia de algún antepasado de yo qué sé dónde. Lo importante es que esta reflexión que estoy haciendo en este instante me está sirviendo para tomar conciencia de que durante mucho tiempo entregué mi cuerpo a cambio de que me regalaran amor. Sí, como tantas ingenuas. ¿Y qué conseguí? Pues lo que tocaba: ¡NADA! Eso me pasa por idiota.

De aquello que buscamos las mujeres (sí, eso, lo que sabemos), ningún hombre, o por lo menos ninguno de los que me he comido, tiene la más mínima idea.

Y no sé ni por qué os hablo de esto, ya que son temas que nunca deberían airearse. Las miserias particulares son como las cacas del gato: dicen que hay que mantenerlas invisibles y sin remover (como las he mantenido yo), revueltas entre la arena del cajoncito que su dueño le ha asignado para tal eventualidad. Se sabe que están allí y pueden hasta oler, pero nadie las ve. Aunque, todo hay que decirlo, el hecho de que estén escondidas no quiere decir que no existan. En eso los perros son más listos: no trabajan. Se hacen los bobos y se desentienden de la mierda. «Que la limpien otros», pensarán (si es que lo hacen) cuando se levantan y dejan su regalito. Ahí van, orondos y campantes por las aceras, con sus cabezas altivas y su cola empinada al cielo, mientras sus dueños se humillan y recogen sus porquerías para lanzarlas al primer contenedor de basura. ¿Que quiénes mandan? ¡Los perros!... ¡Maldito Francisco! Perro entre los que más. Todo el mundo sabía lo que hacía y, sin embargo, siempre encontró quienes recogieran sus porquerías, ¡incluso en la cárcel! Y eso que moví cielo y tierra para que se pudriera allí. Hasta me rebajé como nunca, seduciendo al despreciable del director penitenciario. No para que lo dejara libre, como al principio supuso al ver como lo agasajaba con espléndidos y costosísimos regalos que le llegaban acompañados de mi tarjeta —con membrete grabado en oro— y mi firma estampada con la Montblanc de brillantes, herencia de mi tía (la que sólo uso en ocasiones especiales, cuando tengo que enviar un regalo a los reyes, a los príncipes o a la duquesa, por poner algunos ejemplos), sino justamente para que lo mantuviera allí los años de los años. Trabajando en las labores más jodidas y con los presos más peligrosos. Porque quería que se consumiera de asco, humillación y tristeza entre sus barrotes.

CAPÍTULO 21

Mi historia con el director merecía un capítulo aparte. Fue de lo más grotesca y, valga la pena subrayarlo, viciosa. Aunque soy mujer de gustos exquisitos y durante años me consideré una mojigata perdida, aprendí con él, sí, con él (un tipo tan ordinario y barriobajero), que en la cama lo de ser de alta cuna sirve para muy poco; mejor dicho, para lo único que sirve es para perderse lo mejor.

Siempre había considerado que un encuentro sexual debía llevar obligatoriamente un previo ritual de escrupulosa limpieza: baño con sales y jabones perfumados, cremas exfoliantes y aceites suavizantes y, obviamente, una larga y concienzuda selección de finísima lencería. Jamás se me habría ocurrido dar un beso sin antes haberme cepillado los dientes cuarenta veces arriba y cuarenta abajo, y haberle dado, como mínimo, veinte cepilladas a mi lengua.

¡Mi madre me inculcó tantas manías! Debían verme en todo momento como una «niña buena». Suavidad, pulcritud, chifones y sedas... Caída de ojos, las manos siempre limpias, las piernas cruzadas en el punto justo. Más allá de la rodilla, la pierna debe ir siempre cubierta: «mejor sugerir que exhibir». Copa de champán para desinhibirte «sólo un tris», y en el «acto», un meticuloso tira y afloja que debía ir acompañado de quejidos contenidos, «ni muy muy ni tan tan». «Que no se noten las ganas, hija», recalcaba mi madre. Rechazo a caricias en zonas intocables por «impuras», y a obscenos susurros «para que no te confundan con las mujeres malas».

Pensé que jamás iba a ser capaz de besar una boca sucia ni unas axilas ajolientas y encebolladas; ni comerme un descomunal sexo exhalando aquel olor ácido de macho embravecido a punto de reventar de esperma... Y de pronto, este animal montuno acabó convirtiéndome en la mujer más exquisita, puta y loca de Sevilla. Excitándome sólo con verle aquellas ásperas manazas de obrero curtido. ¡Es increíble!; en estos asuntos no valen ni el pudor ni la decencia. Eso hay que dejárselo a las que quieren morir Vírgenes, sentadas sobre su tesoro; pero ése, definitivamente, hace muchos años dejó de ser mi caso.

La primera cita la tuvimos en su propio despacho. Una habitación lúgubre y escueta, de paredes que muchos años atrás debían haber sido azulonas, pero que la humedad había desconchado y convertido en un viejo lienzo de mapas desconocidos —algo muy esnob, que sólo había visto en locales muy exclusivos de Nueva York y Londres; una moda *underground* para tener en cuenta a la hora de decorar un sitio—. Del techo colgaba un cable rojo del que florecía una luz cetrina, una escueta bombilla, que a mí me produjo el primer rechazo; rechazo que pronto, al pensar en Nueva York y en las últimas novedades que había visto en el SoHo, se convirtió en mi primer goce, pues el solo hecho de imaginarme a mí misma en aquel lugar tan sórdido y a la vez tan vanguardista me excitó. Y yo fui la primera sorprendida, ya que había vivido siempre entre el lujo y la exquisitez (es increíble lo que la novedad puede llegar a producir en las hormonas). Además, se trataba de mentir y ése era mi pasatiempo favorito. Mentir del todo, no a medias, porque cuando se miente a medias la acción deja de tener su morboso valor. La verdadera mentira, la que se enseña totalmente, es muchísimo más excitante, porque te obliga a darlo todo; a disimular y a actuar hasta el límite para que no te descubran... y es entonces cuando dejas de ser tú misma y te conviertes en un ser libre, sin prejuicios. Quizá sea la denigración de ti misma o no... todo depende del cristal con que lo mires. Allí me sentía la *fleur d'élégance*... una elegancia que por primera vez bajaba de las alturas a mezclarse con el pueblo: *l'omnipotence* versus la ordinariez.

Me recibió con ademanes pseudoexquisitos, y no hay peor cosa que un ordinario fingiendo ser un gran señor. Creía que haciéndose el fino me iba a gustar más. No se había dado cuenta de que de estos tipejos estaba hasta el moño y que prefería que fuese auténtico, aunque acabara de embalsamarse en el agua de colonia más barata que nunca en mi vida había olido.

Me besó la mano con aires de marqués ceremonioso, pero yo me le planté delante descarada y le ofrecí mi boca para que entendiera que no estábamos para perder el tiempo. Al quitarme el abrigo, su sorpresa fue mayúscula, pues para este encuentro yo había planeado no llevar ropa alguna, salvo un maravilloso sujetador rojo sin copas —que dejaba los pechos desbocados—, con su braguita y su liguero a juego —que sabía que a algunos hombres les volvía locos y además imaginaba que, dada su condición, le fascinarían—. Sin embargo, y a pesar de todos los supuestos, el muy jodido no me besó. No quería que yo lo dominara (algo típico en ese tipo de especímenes). Me agarró de las manos hasta inmovilizarme y con su nariz de catador de perfumes vulgares fue olisqueando mi escote; subió hasta el cuello y, como si hubiese sido poseído por un animal rabioso, clavó sus dientes. Mientras lo hacía, reventó el sujetador y me apretó los senos, buscando arrancarles sangre o leche... no sé. Me dolió mucho pero me gustó, para qué negarlo. Era algo que jamás había experimentado. Algo que me obligaba a aullar de dolor y placer. Incrustó su lengua en mi oreja y me dijo en secreto la obscenidad más grande que jamás había escuchado. Ni siquiera hoy soy capaz de repetirla. Era una porquería tal que, de sólo oírla, la entrepierna me palpitó y salió volando.

Lo que vino a continuación me produjo tal desquicie que todavía hoy, y mira que han pasado unos cuantos años, me sigue alterando.

Tenía una especie de sala donde debían interrogar a los presos (eso imaginé al verla). Una precaria mesa de madera gastada y recia, como de leñador, y un par de sillas más duras que la pobreza. Pero lo que más llamó mi atención fue la pared de ladrillo visto en la que colgaban unas oxidadas cadenas con sus grilletes abiertos. Al ver aquello, sentí una frenética mezcla de pavor y excitación.

Primero me puso de espaldas a la mesa, arrancó mis bragas e introdujo su enorme sexo hasta hacerme pegar un desgarrador alarido. Ninguna preparación: una violación en toda regla y con mi absoluta aquiescencia. Y aunque en el fondo sabía que debía decirle que no, lo que salía de mis labios era un ¡más! Luego me colocó de cara a la pared, como cuando me castigaban en el colegio, cerró los grilletes en mis muñecas, se tragó la llave y volvió a embestirme como un toro de pura casta. Una y una y una, y otra y otra y otra y otra... tantas veces hasta que de tanto sentir, perdí el sentido. Cuando volví en mí, el toro se había convertido en un manso gatito. Mi cuerpo ya no colgaba de la pared; se encontraba tendido en la escuálida mesa de leñador y mi verdugo derramaba sobre él, gota a gota, burbuja a burbuja, una botella de *champagne* —nada menos que la que le había enviado en mi último regalo.

Se lo iba bebiendo con suaves lamidas. Su delicada lengua, el paliativo que necesitaba, contrastaba con la violencia anterior. Era el ser más dulce y delicado que había conocido. De pronto, lo más pavoroso se convertía en lo más conmovedor.

Mi rostro, impecablemente maquillado, había dejado su máscara en la pared. En una fracción de segundo olvidé quién era y me convertí en agua salada. Por mis mejillas corrían lágrimas; en ellas mi nombre se diluía. Un charco negro.

Las cicatrices de mi alma cayeron y como serpientes huérfanas se arrastraron y desintegraron en el suelo.

¡Cuánta liberación! ¡Cuánto placer! Y... ¡cuánta soledad!

Pero eso no acabó ese día. Nos vimos algunas veces más; hasta que mi estómago empezó a mostrar serios signos de hastío y mi garganta a sentir una descomunal repugnancia.

¡Quién lo dijera! Pero la vida es así. ¡Los humanos somos tan impredecibles! Quizá eso nos haga más enigmáticos o nos regale ese punto de excentricidad. Al final acabamos cansándonos de casi todo. Lo cierto es que no pude más del húmedo y ácido olor de aquella sala, de la violencia de ese bruto, de mi propia denigración...

Tras esa... no sé cómo llamarla... ¿repugnante?, ¿excitante?, ¿aberrante?, experiencia sexual, tuve que aislarme durante cuatro semanas en una clínica de desintoxicación sensorial en un pueblo de Suiza para curarme de las terribles secuelas que me dejó. Allí me gasté un dineral, pues haber pasado por todas ésas me enfermó.

Vivía encerrada en la ducha, enjabonándome compulsivamente hasta que mi piel sangraba, porque tenía el firme convencimiento de que con aquellos encuentros se me había contagiado su olor, su sudor, su aliento y ordinariez. Pasaba horas y horas sumergida en la bañera, cubierta de sales y plantas medicinales curativas y salvadoras, cuanto recomendaban en los centros de herboristería y en los más afamados laboratorios. Una mezcla de mejunjes carísimos que me devolvieran mi pureza y elegancia. Además, sufría un verdadero síndrome de persecución lingual. No podía ver mi imagen reflejada en ningún espejo o cristal, ya que cada vez que lo hacía veía también su babosa y gigantesca lengua pegada a mi piel. Lamiéndome, como si fuese un perro, mi cara, mis ojos, mi cuello, mis pechos, mi pubis, mis muslos..., y eso me llevaba a un estado de shock e histeria, un asco que me paralizaba todos los músculos y que me obligó más de una vez a ser atendida de urgencia.

Y lo malo fue que de nada me sirvió tanta humillación porque al final, y todavía no me explico de qué manera, a pesar de estar preso y aislado Francisco consiguió quedar libre y sin cargos. Claro que los meses que pasó allí no se los quita nadie, ni a mí el disfrute de saberlo encerrado.

CAPÍTULO 22

Me vais a tener que seguir oyendo por lo menos hasta que llegue la ambulancia.

No hay peor cosa en la vida que vivir atada a una obsesión y mi obsesión era la destrucción de Francisco al coste que fuera.

Es un desastre constatar cómo tanto amor puede llegar a desencadenar tanto desprecio. Al final, el motor que te mueve a regalar ternura es el mismo capaz de producir las peores pasiones. He llegado a ser prisionera de mi propia rabia y de mi propio odio: he sido su más devota esclava. Eso no se lo deseo ni a mi peor enemigo. Ojalá nunca en mi vida hubiese odiado a nadie. Ojalá no me hubiera envenenado la harapienta ponzoña de la felicidad, porque su búsqueda es peor que el virus más agresivo. Al menos, hubiese sido libre. El odio ata más que el amor, ¡os lo puedo asegurar! Eso fue lo que me dejó Francisco. Ya ni siquiera tengo ganas de insultarlo;

se me acabaron las palabras malditas en este lento cansancio que produce maldecir aquello que estás condenado a vivir y a aguantar porque el destino te lo impuso.

¡Cuánta fatiga!

Daría lo que fuera porque me arrancaran del corazón este bicho que me consume y se jacta de matarme por dentro y dejarme el cuerpo y el rostro intactos. Lo he maldecido tanto que mi lengua se ha entumecido. Hoy, que han pasado tantos años de tensiones y desaciertos, me siento agotada. Quizá, al final, ganó él. Mi vida ha sido una batalla de tristezas adornadas de glorias efímeras. He sido la mujer más desdichada que ha existido sobre la Tierra. Sólo verme me dan ganas de llorar. Pero me aguanto porque soy una Romero de Hinestrosa.

Todavía me quedan años... no contaba con eso. ¡Maldita sea mi vida! No tengo ni idea de cómo voy a vivirlos. Ahora que Francisco se largó, me siento tan desorientada. Recé tantas veces a la Virgen de la Macarena para que se lo llevara, porque ella es milagrosa y siempre que le pedí un favorcito me lo concedió, eso sí, a su manera, no exactamente como yo lo quería sino como ella lo consideraba; sucedáneos que me hicieron de pulmón artificial o válvula de escape. Hasta ayudé para que eso sucediera, por lo menos es lo que creo, aunque no sé si me convenga explicarlo ya que me puede comprometer. Además, ¡qué carajo!, todos tenemos derecho a nuestros secretos. «Algo guardo, luego existo»; «algo he hecho, luego existo»; «algo no quiero contar, luego soy de carne y hueso», me digo a mí misma cuando lo pienso y me sirve para relajar mi ligera culpabilidad.

Demasiadas lecturas sobre los Borgia me llevaron a entusiasmarme por los venenos. Aprendí tanto que estuve a punto de crear una boutique clandestina, como las de los grandes perfumistas franceses del siglo XVIII, con el único fin de proveer de vengativas botellitas a todas las mujeres despechadas que, como yo, han aguantado humillaciones masculinas sin chistar. Pero renuncié a ello porque me quitaba demasiado tiempo; además, en un arranque de egoísmo decidí que este conocimiento lo iba a dejar única y exclusivamente a mi servicio. Creo que me convertí, modestia aparte, en una especie de diosa de los brebajes; una Lucrecia sevillana: «la otra gran envenenadora».

¡Qué mundo tan fascinante este de las pócimas malditas!, y mira que me llegó providencialmente, sin que yo lo buscara. Una tarde cayó en mis manos un paquete que venía de una librería y, pensando que era para mí, lo abrí. En realidad, el destinario era Francisco (como bien lo aclaraba la etiqueta), pero de eso me di cuenta después. Empecé a hojearlo y, al ver de qué iba, me lo quedé. *La Roma de los Borgia*, de Guillaume Apollinaire. (Quizá a mi marido le interesaba lo mismo que a mí, quién sabe, pues si de algo estoy segura es de que mi odio estaba muy bien correspondido.) Un párrafo que leí me abrió los ojos y me dio la idea: «La vida humana carece de valor. Su supresión se considera como un medio para alcanzar tal o cual fin y no como un crimen abominable.» ¡Este Apollinaire era sabio! Entendí que ése podía ser un interesante y particular camino para vengarme de todo lo que mi marido me había hecho y aún continuaba haciéndome. Cicuta, arsénico, cianuro, sales de cobre y fósforo, mercurio, *cantarella* o *acqueta di perugia*... un sinnúmero de posibilidades; libros impregnados de polvos mortales, sillas untadas y abrillantadas con líquidos malditos, *venenum atterminatu*, pinturas y tintas estilográficas con su regalito incluido; pipas, tabaco, cuellos de camisas almidonadas de muerte, gotas inodoras, insaboras e insípidas para «endulzar» el final del enemigo. Sentí una felicidad tan grande mientras lo leía (obviamente camuflé mi lectura cambiando la portada del libro por uno de «protocolo en la mesa» que sabía que a él no le interesaría para nada). Hasta pegué un grito en la cama tan bestial que Francisco me miró desconcertado. Fue una especie de orgasmo cósmico; un corrientazo en las venas. Me enfrentaba a un universo inagotable, tan esotérico y fantástico que esa noche no dormí y sólo amanecer me puse manos a la obra. En fin...

¡Que se fue! Francisco ya no está aquí...

¡Por mi culpa, por mi culpa, por mi grandísima culpa!...

¿Por mi culpa? Humm... no está tan claro. Y es que, hasta muerto, Francisco me fastidió, porque su amiguito, el alcahueta que nombró como albacea, terminó impidiendo su autopsia.

Primera pregunta: ¿cómo puedo volver a misa sabiendo lo que he hecho?

Segunda: ¿realmente lo hice yo?

Tercera: ahora, que no puedo hacer nada, ¿qué puedo hacer para no sentirme tan perdida?

CAPÍTULO 23

La ambulancia llegó en diez minutos; el esquizofrénico tiempo que tardó el chófer en sortear las caóticas calles de Sevilla que a esa hora de la tarde, y tras la repentina muerte de Francisco, permanecían en la más absoluta oscuridad. Los semáforos habían enloquecido, los móviles estaban sin cobertura y, cuando la tenían, las llamadas se cruzaban y aparecían desconocidos que insistían en hablar con el que no era. El sistema eléctrico había caído sin que existiera ninguna justificación clara, salvo que había muerto «El Hermoso».

El ulular de la sirena arañó el templado silencio del velatorio hasta hacerse insoportable; como si fuera el quejido de un animal hambriento que pide comida y un lecho donde descansar su último aliento.

Morgana yacía en el suelo, durmiente y lejana, derramada sobre el mármol; rodeada de pavos reales que la observaban desconcertados, con sus plumajes envainados y sus picos abiertos. Sus senos, marcados por el escote, subían y bajaban morbosos al ritmo de una respiración sincronizada y actuada que simulaban a la perfección un soberbio desvaído; en eso era maestra.

La ambulancia aparcó con premura al lado del coche de la funeraria que había transportado el cuerpo de Francisco. Los enfermeros, camilla al hombro, se abrieron paso entre la negra multitud y los pavos reales que se paseaban orondos por el salón. Mientras tanto, Morgana permanecía en el suelo, tumbada cuan larga era, rodeada de gente que murmuraba estupideces a su alrededor. Pero Beltrán no se dejó engañar; el episodio no lo cogía por sorpresa. Conocía de sobra sus fingidos y espectaculares desvanecimientos: en ese momento era lo que tocaba. Otra vez su hermana había conseguido convertirse en el centro de atención.

Nadie se atrevió a tocarla. Salvo los recién llegados, quienes rápidamente y siguiendo el protocolo para estos casos levantaron sus pies que continuaban dentro de los Chanel verdes de su último viaje a Milán.

A pesar del desmayo, la enferma presentaba un buen color y su respiración era tranquila. Comprobaron su pulso y trataron de reanimarla sin resultado, hasta concluir que era un desvanecimiento emocional provocado por el tremendo estado de shock que vivía la paciente por la muerte de un ser «querido».

Mientras le hacían todo el reconocimiento, Morgana reía por dentro. Que en medio de ese caos, de esa estúpida y arreglada ceremonia manipulada por su marido, ella fuese la protagonista absoluta la tenía alborotada. Le dieron ganas de emborracharse, gritar y bailar aunque fuese sin música. De que todas las campanas anunciaran al viento su triunfo. Francisco lo había previsto todo... o casi todo, pero la había subestimado olvidando que ella era más astuta que él. No había calculado que al final de sus finales, en su propio velorio, su esposa y mejor enemiga pudiera robarle el *show* desmayándose.

Ahora ella, Morgana Romero de Hinestrosa, la vilipendiada y humillada, le ganaba la batalla del protagonismo: era la triunfadora. A nadie le importaba el muerto; sólo la viva. En el cuadrilátero de la vida, en el último *round*, era la vencedora.

Es verdad que todos los que estaban allí habían ido a despedir a Francisco Valiente, «El Hermoso», pero también era cierto que nadie, absolutamente nadie, en ese instante pensaba en él.

Había resultado lista; más lista e inteligente que la propia crueldad.

¡¡¡Viva!!!

CAPÍTULO 24

«En este mundo, tanto físico como moral, el bien deriva del mal, lo mismo que el mal deriva del bien.» Lo dijo Casanova y lo suscribo al pie de la letra. Ese hombre me caía simpático. Un genio de la vida mundana. Un ser extraordinario que supo sortear y trampear la vida. Es admirable todo lo que llegó a hacer. Pienso que él y yo habríamos podido ser grandes amigos, pues teníamos muchas cosas en común; muchas más de las que os podáis imaginar.

Para qué nos vamos a engañar. A pesar de que nos separen siglos, hábitos y nacionalidades, y de que la liberación de la mujer sea un hecho más que reconocido que yo personalmente aplaudo y suscribo, el hombre sigue siendo hombre y en su condición de macho le cuesta unificar genitales y corazón. Posiblemente a Giacomo le pasara lo mismo que a mí: llevar la sublime agitación entre las piernas y el corazón en el cerebro. Eso les pasa a los grandes.

Debo aclarar lo que nadie se atreve a decir: que pocas veces cerebro, corazón y genitales nos coinciden. A mí sólo me pasó una vez.

Giacomo era listo, culto e inteligente; sagaz como un águila. Hizo lo que le dio la gana; fue víctima de sus sentidos, sus descarríos y sus errores, pero también los disfrutó y se regodeó en ellos. Lo aborrecieron y amaron a partes iguales y hasta se ganó el odio y el desprecio. Se ganó todos los enemigos y, aun sufriendo, no se dejó amedrentar por los infortunios. Quizá buscó ser inmortal caminando todos los caminos habidos y por haber. Y lo consiguió a pesar de su grotesco final. De que acabase convertido en una especie de ornamento o curiosidad, viviendo en la biblioteca del Castillo de Dux del conde de Waldstein y muriese medio chiflado, sin dientes y paupérrimo, disfrazado y maquillado como galán de un París ya perdido. Pero lo entiendo; prefirió vivir así antes que estar muerto en vida. Y es que no tiene ningún sentido pasar por el mundo sin pena ni gloria.

Yo puedo estar muerto pero, como el veneciano, he conseguido que hablen de mí y seguramente seré recordado por mis fechorías y mis trampas. No puedo evitarlo; para el vulgo es mucho más atractivo poner la luz en mis episodios más oscuros. Aunque mucha de mi fortuna la hubiese empleado en hacer grandes obras, sufragar necesidades ajenas, regalarle a mi Virgen vestidos de oro y piedras preciosas, coronas, puñales y sayas, y hubiese construido albergues y colegios para aquellos que como yo sufrieron la pobreza en sus carnes, de todas formas seré calumniado y se ensañarán con mi nombre.

No me importa. En verdad, me resbala.

Porque hasta los más malos tienen justificación para su maldad. Yo me convertí en un salvaje marrullero. Un coleccionista de sensaciones y de trampas; de mujeres y de... Tal vez era un libertino. Jamás dejé que alguien me eligiera o eligiera por mí. Me gustaba generar a mi alrededor admiración y miedo. Que se me respetara por mi dinero, mis influencias y mi don de gentes; por mi impecable elegancia e impasibilidad, esa manera magistral con la que aguantaba las embestidas de la vida para que ningún gesto, ni siquiera aquellas arrugas que se forman en la boca cuando algo te desagrada, pudiera delatar lo que por dentro sentía; gestos que aprendí a dominar a la perfección en la época en que me dio por despilfarrar los primeros dineros jugando al póquer.

Toda mi vida adoré el sexo y creí fervientemente que su uso y abuso me llevaría al nirvana. No sé dónde lo leí; tal vez cuando era joven y me dio por el hippismo tardío, obviamente sin vestir floripondios ni greñas largas; cuando me dio por los gurús y por toda esa corriente tántrica que se originó en los sesenta. Lo cierto es que quería impresionar con mis conocimientos y me aprendí de memoria lo que consideraba que me podría servir para mis fines. Qué estupidez tan grande pensar que el ensamblaje de dos cuerpos desconocidos, dos cuerpos sin alma, podría dar algo de sí. Luchaba por quitarme de encima esa doble moral que me inculcaron y que a tantos hizo daño. Una empanada mental que me hacía pecar y arrepentirme compulsivamente. Porque creía que condena y salvación estaban en la misma moneda y que todo dependía de cómo caía ésta tras las piruetas que hacía cuando la lanzaba al aire.

Crecí oyendo mil y una recomendaciones y advertencias sobre la masturbación. El miedo a tocarme y a que se me llenara la cara de granos sanguinolentos o a que me viniera una turberculosis agresiva me mantenía en permanente estado de pánico. La fórmula: mal piensas, más mal actúas, era igual a confesión al cuadrado. «Francisco, si no existe arrepentimiento a conciencia, la absolución es un caso perdido», me decía en cada confesión el padre Rosendo. Pero yo no me podía arrepentir de nada porque me lo gozaba todo. Me gustaba abusar de mi cuerpo y conocerlo hasta agotarme. Y terminé, según Rosendo, blasfemando en mi última confesión, cuando tuve la osadía de preguntarle con mi astuta inocencia: «Padre, ¿debemos permitir que un ser bondadoso sea capaz de castigar nuestros pensamientos carnales?... Si Dios nos dio el cuerpo, ¿no es éste el mejor instrumento para alcanzar la gloria?»

Por eso, para no deberle nada a nadie, me convertí desde muy temprana edad en mi propio juez. Para liberar a quien fuera del trabajito de tenerme que oír, ser mi acusador, mi consejero o mi encubridor. De esta manera, todo lo que hacía me parecía bien. Yo mismo era mi abogado defensor, mi confidente, mi hermano, mi padre y mi madre... mi benefactor, aunque me hiciera el bobo y me aprovechara de aquellos que aparecieron a lo largo de mi vida tratando de salvarme para con ello redimir sus propios pecados.

Ése fue uno de los motivos de mi éxito; lo que al final me llevó a la gloria.

CAPÍTULO 25

Y no me quiero desviar.

En la vida de los seres humanos a veces suceden episodios que, no importa la edad que tengas cuando ocurren, se te convierten en paisajes que te marcan y persiguen hasta la muerte. Como cuando pones en la mañana la radio mientras te duchas y escuchas la primera canción. La melodía, al haber entrado en tu cerebro limpio y descansado, queda grabada y sigue cantando día y noche hasta que la maldices. Y si sueñas, la melodía está ahí; y si te levantas, y si caminas, y si vas en el coche, y si estás en silencio y si hablas y si te acuestas... la maldita te persigue hasta enloquecerte. Eso fue lo que me ocurrió con el episodio que viví la mañana en que vi la cara pletórica de Beltrán.

Su timidez y poquedad habían cedido, y todo él transpiraba entusiasmo y felicidad. Le pregunté en el recreo qué demonios le pasaba para estar tan eufórico, pues su pesimismo hacía parte de sus nostálgicos versos y de su andar cabizbajo y pausado —por cierto, rasgos de los que me había aprovechado para ser su amigo y entrar en ese mundo tan exclusivo y excluyente—. Como siempre hacía, partió la mitad de su bocadillo. Me miró con unos ojos que ese día le brillaban como si toda la noche y sus estrellas se hubiesen condensado en ellos y me dijo entregándomelo: «Toma, es de jamón de Jabugo», y bajó su mirada, pero su expresión era de júbilo.

—¿Qué te pasa? —insistí—. Te encuentro un poco raro; me ocultas algo.

—Tengo... tengo novia.

—¿Novia... tú? —le pregunté incrédulo, sospechando que debía de ser alguna mentira que me soltaba para hacerse el importante conmigo—. No me hagas reír.

—La más bella y buena de Sevilla —me dijo, pegando el primer mordisco al crujiente bollo de pan que escurría aceite.

—¿Dónde te la buscaste? —le pregunté curioso.

—Tú no sabes de eso, Curro. Nosotros no tenemos que buscar novia; nos la encuentran nuestros padres... y la mayoría de las veces salimos ganando.

—¿O sea, que no te enamoraste de ella y estás dispuesto a comerte un plato que no te gusta?

—¡Pero qué estupidez dices! Es la muchacha más bella de Sevilla... ¡Y será mía, Curro, mía!

—Mía, mía... —le dije burlándome—. ¿Y se puede saber quién es esa hermosura?

—No la conoces. Tú no puedes acceder a esas alturas. Es Alma Zurita y González. La hija de los dueños de los aceites Zurita y González.

Cuando oí su nombre, me dieron ganas de vomitar. De devolver todo lo que había comido y bebido desde la primera leche que había mamado en el instante de nacer. Corrí al baño apretando mi boca con mi mano para que no se me escapara la vida, y él salió tras de mí.

—¿Te pasa algo, Curro? —gritaba el pobre inocente, persiguiéndome.

¿Cómo podía explicarle que lo que me pasaba era que me estaba muriendo por dentro?

Tras devolver hasta mi apellido y el apellido de mis tatarabuelos, Beltrán quedó convencido de que el bocadillo me había hecho mucho daño y que debía hablar con su madre para que se ocupara de decirles a las sirvientas que cambiaran la merienda.

Ese día, ese fatídico día, mi futura vida de hombre de bien se fue al traste. Decidí volverme malo con alevosía. Yo, el don Nadie, el que escuchaba sin pestañear, iba a ser el don Todo.

Me explicó que sus padres habían organizado una cena formal en donde harían las presentaciones de rigor. Me contó con excitación y lujo de detalles (como quien cuenta la mejor película que ha visto en su vida) cómo habían llegado padre, madre y Alma a su casa. El protocolo y los vestuarios. La antesala: «¿Qué tal el tiempo?... Hace frío, ¿no? Dejad los abrigos aquí. Vicente, por favor, guárdalos en el ropero. Vamos a tomar el aperitivo en el salón.»

Cómo él, escondido tras la puerta, antes de las presentaciones formales había oído la conversación que le resolvía la vida. Lo que los respectivos padres habían acordado y que a él le parecía fantástico porque, como yo sabía, había nacido sin fuerza para tomar decisiones por sí mismo.

La cena había sido perfecta. La mesa larga, vestida con mantelería bordada, cubertería de plata, porcelanas y cristales de Bohemia, desbordaba platos exquisitos que eran acompañados por magníficos vinos. Y todos en sus asientos representando sus papeles. Morgana al lado de Alma, aguantando y sonriendo sin probar bocado porque la odiaba, y ese día que para su hermano era un día de gloria, para ella era de absoluta desgracia. Los sirvientes con sus bandejas, la mirada pletórica de los padres, las sonrisas medidas de las respectivas madres, el rostro tímido de Alma; su palidez nívea, la hermosura de su futura esposa.

Y bla bla bla... de un momento a otro su boca se movía y yo no podía oír nada. Dejé de escuchar todo lo que me explicaba con su euforia ridícula y una fuerza interior me convirtió en sordo y me obligó a huir.

Esa tarde, al regresar del colegio me encerré en mi habitación (si es que a esa pocilga se le podía llamar así) y durante tres días no salí. Escribí, grité, taché, rompí, maldije, lloré y hasta me oriné sobre mis propios escritos de la rabia y frustración que me produjo la noticia. Pero al final redacté la carta más sentida y verdadera que jamás hice en toda mi vida.

Las palabras tienen un poder supremo; son capaces de limpiarte, aunque a veces salgan como escupitajos. Mi carta era una carta que lloraba y disparaba. La maldecía y bendecía al mismo tiempo. En ella vacié mis lágrimas y mi corazón. Ese día decidí que ese músculo no me servía para nada y traté de arrancármelo con mis dedos, y casi lo consigo. Pero mi madre, como todas las madres del mundo se preocupó, y al ver que no salía ni a hacer mis necesidades, a punta de martillazos tiró la puerta abajo y logró entrar. Me encontró acurrucado en un charco de sangre, desnudo y helado, pero vivo.

Fui un cobarde.

Y es que no podemos olvidar que somos humanos y todo lo que sentimos, nuestras emociones más íntimas, provocan reacciones del todo absurdas. Ahí no entra la razón. La pasión, aquella que nos lleva a amar, es la misma que nos incita a matar. En ese momento, al ver que yo no podía morir, quise matar a Alma. Sí, matarla, pero que quedara viva por si acaso; mejor dicho y para ser más claros, malviviendo.

¡Qué sentimiento más contradictorio! Porque si no iba a ser mía, no quería que fuera de nadie. Pero no pude, porque seguía queriendo que fuese mía. Mi deseo me contuvo y aquella espera tan sin futuro se convirtió en mi alimento y mi enfermedad. Y no me considero un hombre herido, aunque pueda parecerlo, ni quisiera generar compasión de nadie. La supervivencia es así. Nos agarra por donde puede y nos somete. En los momentos más duros de nuestra vida, cuando hemos palpado la frustración y la impotencia, nos sale de improviso la omnipotencia y la fuerza... o la indiferencia.

¡Qué poco sabemos de nosotros mismos! Quizá mi destino fuese tener que vivir este dolor para convertirme en este ser repugnantemente seductor. ¿De quién es la culpa?

Había quedado hechizado, en un estado de enamoramiento maldito, una especie de hipnosis fallida que me condenaba al desvarío y a la eterna búsqueda de lo perdido para siempre.

Un beso. ¡Qué cosa más ridícula!

Toda mi vida la gasté sin haberle dado un solo beso a Alma, salvo en mis sueños. Hasta la tarde antes de mi muerte.

¡Ahhhh! La gloria. Por esa tarde, por esa sola tarde, valió la pena haber vivido.

CAPÍTULO 26

¿Qué clase de castigo me llegaba del cielo? ¿Por qué otros podían tener lo que yo no alcanzaba? No entendía nada y menos a Dios.

Alma me hacía sentir especial, como si yo valiera la pena. Era un ser mágico que lograba sacar lo mejor de mí y sólo con creer que me amaba, mi vida, mi desgraciada y paupérrima vida, tenía sentido. Por eso, su pérdida no era una pérdida cualquiera, era la pérdida de ella... y la mía.

Pasaron algunos días hasta que la herida de mi pecho sanó, obviamente en falso. Desde fuera sólo se veían marcadas las cinco cicatrices de los dedos —mis cinco huellas dactilares—, pero la podredumbre había quedado dentro y se extendía como una plaga mortal. Cuando pude volver a la vida, lo primero que hice fue regresar al Parque y dejar la carta bajo el banco de la Glorieta de Bécquer; en aquel agujero donde cada sábado colocaba las piedritas que recogía para ella y las notas de amor que les robaba a los poetas malditos. Porque tras nuestro primer y único encuentro, no volvimos a hablar. Salvo con los ojos, nuestra comunicación nunca fue de viva voz; era como si sólo pudiéramos comunicarnos con el lenguaje mudo de las cosas. Nos lo decíamos todo a través de dibujos o de regalos sencillos que encontrábamos en el suelo: flores, hojas caídas, semillas, alas cargadas de polen que alguna mariposa había perdido en su último vuelo... una página robada de un viejo libro, la llave oxidada de una puerta invisible...

La carta era terrible y despiadada, la de un niño enamorado y perdido en turbulencias. Y la dejé ahí, abandonada, como si allí quedara guardada mi voz, mis gritos y mis lágrimas, pero nadie la recogió. Sobre ella cayó la lluvia, la polvareda, el barro y la única nevada que viví en la ciudad.

Tras lo que me confesó Beltrán en el recreo, Alma nunca más volvió a pasar por el Parque de María Luisa, o por lo menos yo nunca la vi. El maldito sobre, que llevaba todo lo que mi corazón aguantaba y me había costado setenta y dos horas de penurias y sesenta céntimos, acabó muchos meses después —por arte de una iracunda ventolera que hizo volar todas las flores de Sevilla y arrancó a destajo enredaderas y naranjos amargos— entrando por mi ventana. Apareció una tarde a los pies de mis zapatos; sucio, desafiante, maltrecho, medio roto, manchado, desteñido... y sin abrir.

Quizá más adelante, si no me canso —porque he de deciros, aunque os cueste creerlo, que la muerte también cansa—, os explique lo que escribí. Para que lo tengáis en cuenta a la hora de juzgarme y os enteréis de viva voz —mejor dicho, de muerta voz—, del tipo de persona que fui antes de convertirme en estos despojos que esperan acabar siendo ceniza.

CAPÍTULO 27

Confieso que leí la carta.

No la fui a buscar el sábado, como siempre hacía, porque, al salir de la cena del pacto de «amor interesado» hecho en casa de Beltrán, mis padres empezaron a vigilarme prácticamente a todas horas, y sobre todo los fines de semana. La recogí el lunes siguiente, muy temprano, cuando iba de camino al colegio. Logré escabullirme inventando que ese día debía llegar antes de las siete, aduciendo que tenía un examen importantísimo y una compañera me iba a explicar algo que no entendía.

Con el susto estrangulándome el cuello, llegué a la Glorieta de Bécquer y me escondí detrás del viejo ciprés de los pantanos y de las mujeres de mármol que aquel día estaban más heladas que nunca. Esa mañana, el Parque había amanecido impávido. Me sorprendió su silencio sepulcral y ese estado de mustia levitación: ni siquiera el silbo de un pájaro rasgaba el lugar. Después de dar una ojeada general y saberme íngrima, me acerqué al viejo banco que se había convertido en mi trono y reino por gracia del amor. Y descubrí la carta. Supe que se trataba de algo muy serio, pues nunca antes Francisco había empleado un sobre, y menos cerrado. Me pareció oír sollozos y gritos que provenían de él. Estaba pisado por una piedra con forma de corazón, como todas las que Francisco me regalaba. La recogí temblando, sin tener ni idea de lo que había dentro, pues ignoraba que él se hubiera enterado de lo que me acababa de suceder en casa. Hasta ese momento desconocía que fuese al mismo colegio de Beltrán —en realidad lo desconocía todo de él—, y menos que fuese su mejor amigo. De repente, como me sucedía desde pequeña, tuve la clarividencia de mi desgracia y me invadió un aterrador miedo a abrirla. Porque, no sé cómo explicarlo, una voz interior me decía que era mejor no hacerlo para salvarme del dolor, y otra me obligaba a abrirla para hundirme en él. ¿Y si la abría y decía algo bueno? ¿Y si mi presentimiento se equivocaba? Me la guardé en mi pecho para sentirlo pegado a mi piel, vigilando que nadie me observara, y corrí como una loca por las calles desiertas. Mientras lo hacía, los sollozos provenientes del sobre se hicieron más evidentes y empezaron a mojar mi uniforme. Llegué al portal del colegio —que, dada la hora, todavía permanecía cerrado—, con la blusa empapada por sus lágrimas y el ahogo que me asfixiaba la garganta. Y me senté en las gradas desolada y perdida, sin saber qué hacer... sin poder contener el río de llanto que emanaba del sobre.

Así me encontró la hermana Rosario, una novicia más buena que el pan. La que durante el tiempo que estuvo en el colegio, y hasta que el novio la rescató para devolverla al mundanal ruido, me hizo de hermana mayor.

Me llevó a escondidas hasta su cuarto y con mi tartamudeo, que ese día estaba más alborotado que nunca, le expliqué como pude lo que me había sucedido. Le entregué el sobre, muerta de temor, y como estaba mojado fue muy fácil abrirlo; pero la tinta se había corrido y era imposible su lectura. Sin embargo, yo no sabía que en el oscuro tema de las misivas Rosario era una experta, y sin dudarlo me hizo acompañarla hasta el baño. Llenó el lavamanos de agua, sumergió en ella los papeles con la letra de Francisco y las palabras se desprendieron de la carta y empezaron a nadar en el agua hasta ahogarse en un charco azul. Al darme cuenta de lo sucedido y temerme lo peor, la hermana Rosario me tranquilizó con la mirada. Con unas pinzas de las cejas extrajo las páginas y las colgó en una cuerda mientras traía una plancha de ropa que guardaba en el armario. Después de planchar los papeles, comprobé con tristeza que las palabras habían desaparecido; y cuando me iba a poner a llorar, de pronto vi como Rosario iluminaba los papeles con una curiosa lamparilla que emitía un color violeta y los párrafos, convertidos en grito, aparecieron.

Primero lo leyó ella y al comprobar su contenido me miró a los ojos con lástima y desconsuelo, dobló la carta y me prohibió que la leyera.

—Hay amores que sólo causan dolor, pequeña —me dijo la novicia acariciando mis mejillas—, y para tu desgracia, éste es uno de ellos; estarás unida a él, aunque te mueras.

—Qué... qué... qué... quéeeee... qui-qui-qui-quieee... —Pero a mí no me salían las palabras.

—¡Pobrecita mía! —continuó diciéndome, al tiempo que guardaba la lamparilla bajo el colchón de su espartano catre.

Dobló la carta, la introdujo de nuevo en el sobre y me la entregó. Consultó el reloj de su muñeca y abrió la puerta:

—Ve a tu clase, Alma, tus compañeras te esperan. Ya son las ocho.

Esa misma tarde, en medio del recreo —mientras las profesoras se encontraban reunidas—, subí a la habitación de Rosario y sustraje la lamparilla.

Me deslicé hasta la capilla del colegio y, escondida detrás de la Santísima Virgen de Regla, leí la carta. Al acabar, un dolor brutal en la parte baja de mi abdomen, como si me desgarraran la cadera, me dejó sin aliento. Y un líquido caliente, pegajoso y espeso me fue escurriendo por la parte interior de mis muslos...

Acababa de convertirme en mujer.

CAPÍTULO 28

Y devolví el sobre.

Esa misma tarde, con mi uniforme azul empapado en sangre y la horrible sensación de estar muriendo desangrada —ya que mi madre aún no me había ilustrado en el tema de la menstruación por considerarlo demasiado delicado y prematuro para mi edad—, dejé la carta de nuevo en el banco, bajo la piedra con forma de corazón. Preferí que, dado que mi muerte era inminente, lo mejor sería que Francisco nunca se enterara de que la había leído y de que el odio que exudaban sus escritos me había matado.

Pero no me morí.

A pesar del terrible sangrado que me duró cuarenta y cinco días con sus noches. A pesar de sentirme enferma y sucia, y ducharme hasta diez veces al día. A pesar de la incomodidad de llevar aquellas compresas que me obligaban a caminar con las piernas abiertas. A pesar de que cada mañana, además de beber unos amargos reconstituyentes cargados de hierro, me obligaran a beberme unos nauseabundos batidos de hígado de ternera crudo para que la anemia no acabara conmigo.

A pesar de todos los pesares, no me morí.

Durante meses dejé de hablar por completo; sólo abría mi boca para comer lo mínimo. La poca energía que me quedó de aquella hecatombe la empleé en convertirme en la mejor estudiante del Colegio España. Mi padre empezó a llevarme cada mañana en su coche —algo que antes nunca hacía—, porque tanto él como mi madre estaban muy preocupados por mi situación. Y es que ya habían sufrido la muerte de mi hermano Tristán y no querían quedarse sin descendencia. Y eso que el médico les había asegurado que mi traumático caso no era el único, y que en chicas con altísima sensibilidad la regla podía llegar a producir este tipo de desbarajustes.

La verdad verdadera fue que se me juntaron tres desgracias: una, la de haber perdido al amor de mi vida; dos, la de haber ganado mi infelicidad para construir con ella mi futuro; y tres, la del puntual sangrado mensual que me convertía en apta para dar a luz los hijos que vendrían de mi patético desamor por Beltrán.

Nada llamaba mi atención. Empecé a palidecer hasta hacerme transparente —como mi hermano Tristán—, y a deambular como un fantasma por todos los rincones. Iba como ánima en pena tratando de encontrar mi lugar en este mundo, pues sentía que con aquella carta lo había perdido.

Vinieron médicos, psiquiatras y homeópatas —cada uno de ellos con su respectiva y milagrosa solución—, y me recetaron desde pastillas para la depresión, la angustia y la obsesión compulsiva hasta granulitos de todos los colores para tomar en ayunas y cuando hiciera falta. Pero al ver que todo aquello no funcionó, que la medicina no había resuelto mi transparencia psíquica y física, entonces a mi madre se le ocurrió la fervorosa idea de echar mano de las Vírgenes, quienes al final siempre la habían sacado de apuros. Además de visitar a cada una de ellas, empezamos a asistir a solitarias procesiones, singulares rezos y cánticos de selectos grupos de oración. Tan desesperada estaba que terminamos peregrinando hasta el Santuario de Nuestra Señora de Lourdes, en los Pirineos franceses, con un frío mortal que me congeló la sangre y nos obligó a abraSarnos (sí, con s) en las llamas de una descomunal chimenea que al final me hizo volver en mí, y mi transparencia —que comenzaba a ser crónica— remitió. Lentamente mi piel marchita empezó a transformarse en una piel sonrosada y viva. La sangre volvió a correr por mis venas..., todo un milagro que mi madre atribuyó absolutamente a la Virgen.

Fue a partir de esa fecha, muy a mi pesar, que mi noviazgo con Beltrán se formalizó y mi resignación se convirtió en la tarea más difícil de mi vida.

CAPÍTULO 29

Se la llevaron.

Al ver que Morgana no reaccionaba adecuadamente a los estímulos, los enfermeros decidieron trasladarla de urgencia al hospital Virgen del Rocío.

La colocaron en la camilla tal y como estaba, con sus sedas escarlatas en volandas, sus uñas pintadas de rojo vino, sus zapatos verde *chatre* de último modelo y una máscara de oxígeno que le restaba belleza, según comentaron *sotto voce* los asistentes. Y así, en medio de los cirios y los rezos, atravesaron el negro tumulto velador. Y en el instante mismo en que abandonaba el salón, los pavos reales, al unísono, se cagaron.

[Cuentan los que lo vivieron que, cuando los enfermeros pasaron con el cuerpo desmadejado de Morgana por delante del ataúd, un vaho rojo con olor a azufre cayó sobre el féretro y por un instante el salón se convirtió en un pestilente infierno sin llamas.]

Detrás de la camilla, Macarena, la hija mayor de Francisco y Morgana, corría abrazada a su tío, que trataba de tranquilizarla asegurándole que todo era una *farsa* alarma de su madre.

—Cariño, tienes que entender que ella, aparte de madre, es una gran actriz. Ya tienes edad para comprender su historia —le dijo Beltrán cariñoso—. Necesita ser protagonista de esta obra; es el último pulso con tu padre. Su vida ha sido una larga y tortuosa batalla de desencuentros. Va siendo hora de que alguno de vosotros se entere. Tú eres la mayor, y ahora que tu padre no está y tu madre está como está, debes asumir la dirección de esta familia. El amor también es tratar de comprender lo incomprensible y tener compasión por aquellos que no supieron conducir sus vidas. A su manera, y aunque ahora te cueste mucho entenderlo, tu padre ahora está en paz, y también a su manera, tu madre ha descansado. Me da mucho dolor decírtelo; aquel matrimonio no debió producirse nunca.

Pero Macarena no podía entender que el amor de sus padres pudiese contener tanto desprecio y fuese tan turbio y bilioso. No estaba preparada para el odio. Ella quería creer que aquel cuento de hadas que escuchaba de pequeña podía ser posible; quería soñar con el «y vivieron felices y comieron perdices para siempre».

¿De qué le hablaba su tío? Estaba en el velorio de su padre, y su madre estaba inconsciente. Cabía la posibilidad de que sucedieran dos desgracias juntas: que el mismo día no sólo perdiera a uno de sus progenitores, sino a ambos. Y eso era demasiado para ella; la superaba. Sus seis hermanos —a pesar de que el dinero no sólo les sobraba sino que se derramaba— eran una carga muy pesada para asumirla. Tenía un exceso de responsabilidad, sobre todo hacia su madre, a la que veía inmadura e impulsiva, y aunque la idolatraba, en el fondo la hacía responsable de haberle robado su juventud. Sin contar con los despropósitos y vergüenzas vividos por culpa de su padre. Todo en su casa era tan absurdamente vergonzoso y «normal» que había perdido el norte.

Pero cuando estaban a punto de meter la camilla en la ambulancia y el tumulto de gente cada vez se hacía mayor, Morgana se incorporó de repente y arrancó de su cara la máscara de oxígeno.

—¿Qué estáis haciendo? ¿Quiénes sois? ¿Adónde creéis que me lleváis, desalmados? —gritó energúmena, interpretando el papel de su vida—. ¿No os dais cuenta de que me estáis apartando de mi marido? Ésta es su despedida y quiero estar con él, acompañándolo hasta el final. ¡Bajadme de aquí!

Los desconcertados enfermeros colocaron la camilla en el suelo, la tranquilizaron y al asegurarse de que se encontraba en pleno uso de todas sus facultades le dieron a firmar un documento, y tal como llegaron se marcharon.

Mientras Beltrán observaba la escena sin participar, Morgana tranquilizó a los asistentes, apoyó el brazo sobre el hombro de su hija y juntas volvieron al salón donde permanecía Francisco rodeado de cirios encendidos y de gentes de todo tipo y condición social que se acercaban a verlo.

—Mira, ¡una abeja! Le va a picar una abeja. ¿Está dormido?... ¿Por qué está tan quieto? —La voz de un niño rompió el silencio. Un hombre andrajoso lo llevaba cargado y le enseñaba el muerto. A su alrededor, una mujer y ocho niños más, en edades comprendidas entre los dieciocho y los seis años, rodeaban el féretro. El niño estaba pegado al ataúd y miraba impasible su contenido, como si observara la atracción de una feria ambulante. De todo lo que veía, lo único que llamaba su atención era el insecto que se paseaba orondo por la cara del difunto—. Le va a picar... —volvió a decir asustado; puso la mano sobre el cristal y empezó a golpearlo con su pequeño puño—. Heyyy, ¡despierte, señor! ¡Despierte!

—Lleváoslos de aquí —ordenó Morgana y continuó—. ¿A quién se le ocurre traer a un chico tan pequeño a... —Avanzó hasta donde se encontraba la familia y les ordenó—: Fuera, fuera... apestáis.

—Tttt tttt tttt... —El hombre hizo varios chasquidos con la lengua—. Mucho cuidadito cuando se dirija a mí, señora. De aquí no me mueve nadie... hasta que me pague —le dijo amenazante—. Su marido no va a salirse con la suya, ¡no señor! Eso puede darlo por seguro. Estará muerto, cosa que celebro como no se imagina, y deseo que se pudra y arda en los infiernos, si es que lo aceptan y no va a otro sitio peor donde se descomponga despacio y sea la comida de las ratas; el problema es que, por desgracia, rata no come rata. Pero usted está viva y va a pagarme hasta el último centavo que él me robó. El muy maldito creyó que yo nunca saldría de la cárcel y, mira por dónde, van y me liberan justo el día de su entierro. Si es que al final la justicia divina es la única que trabaja.

—Largo de aquí... ¡Laaaaaargo! Me estáis ensuciando mi alfombra persa —gritó mezquina, Morgana—. No tenéis ni idea de lo que me costó que me la enviaran; está hecha a mano y tiene más de mil doscientos setenta nudos por centímetro cuadrado. Beltrán, por favor... Macarena... dile a Vicente que avise a los criados que vengan. Alguien que me ayude. ¡Qué falta de consideración, por Dios! ¿Es que no hay nadie que respete el dolor de esta viuda?

—Usted paga porque paga o si no... —El hombre miró a su parentela, entregó el niño a su mujer y se hizo con una espléndida escultura de Modigliani que presidía una esquina del salón.

El alcalde, que en ese momento se encontraba en los jardines fumándose un puro y bebiéndose un fino, fue avisado de inmediato.

CAPÍTULO 30

¡No me lo puedo creer! Me había olvidado de ti, Casto Robledo. Estaba convencido de que ya habías muerto. ¿Así que todavía andas por aquí? ¿Cómo es que te dejaron libre?

Qué regalito más bonito te he dejado, Morgana querida. Ya me dirás cómo te lo sacas de encima.

Vamos a ver, Casto, ¿cómo puedo explicarte que yo no tuve nada que ver con tu condena? La culpa de que fueras tan ingenuo y te creyeras el negocio que en aquel entonces te propuse fue sólo tuya. Yo siempre tuve especial cuidado de leerme con pelos y señales todo lo que me ponían delante antes de echarle mi firma.

¿No pensarás que te iba a adoctrinar en los posibles riesgos que había al construir en aquel terreno fangoso? Todo el mundo sabía que esas hectáreas eran un moridero en donde no irían a pastar las vacas aunque estuvieran muriéndose de hambre. Tú quisiste financiar aquello y luego firmaste todo lo que te iban poniendo por delante sin leértelo. Por principio, siempre hay que desconfiar de los paraísos que te venden (de eso tan bueno no dan tanto, amigo), pero, como comprenderás, no era a mí a quien le tocaba advertírtelo. Te podías haber asesorado bien. ¡Ay! Casto, Casto... confiaste demasiado en mí. Invertiste todo el dinero que tenías. Me acuerdo que hasta trajiste los ahorros que guardabas en Suiza, y eso que yo no te obligué a que los pusieras. Fuiste tú mismo quien se entusiasmó y en tu ambiciosa euforia me confesaste que tenías escondidos esos dineritos allá y que para hacerlo más grande lo mejor era meterlos en el negocio. Yo sólo ponía la idea, ya sabes. Luego el proyecto se hizo inmenso y la gente se fue ilusionando. Porque se vive de ilusiones, amigo, pero hay ilusiones de ilusiones. Yo sólo te vendí una ilusión —envenenada eso sí— y tú picaste.

Ése sería el maravilloso sueño de las clases medias. Cuatro mil viviendas rodeadas de verde, tres lagos con su Club de golf, sus restaurantes, sus gimnasios con *spa*, salones y piscinas cubiertas. Varios supermercados, dos hoteles cinco estrellas. Todos los que se sumaron creían que lo que tú financiabas saldría adelante. En realidad, creían en ti, Casto. Fuiste tú el que les defraudaste. Luego vinieron los problemas de alcantarillado, de agua, los eléctricos, la falta de dinero, la obra con todos persiguiéndote.

¿O es que no te acuerdas del juicio?

Ya sabes cómo se mueve la justicia.

Tú me acusaste ante el juez y me llamaron, pero en un juicio lo único que tiene valor es LA PRUEBA; eso deberías saberlo de memoria teniendo una abogada como mujer. Por cierto, aquí entre nos, la pobre Julia tenía una manera de hacer el amor un poco aburrida, ¿no estás de acuerdo? Podías haberle enseñado y que no fuera tan tímida y estrecha en según qué cosas; y mira que traté de emborracharla alguna vez para sacarle más salero, pero siempre iba medida (que esto no, que lo otro tampoco, que por detrás no porque me duele, que así no porque me da cistitis). Aunque también es cierto que si no hubiera sido por ella no me hubiera embolsillado tanto dinero; no el tuyo, claro está, sino el que vino después, el de los demás inversores.

Como te decía, LA PRUEBA es lo único que culpabiliza al inocente o presunto inocente. Y yo desde muy pequeño aprendí a no dejar huella, quizá porque lo había visto en las películas o por pura meticulosidad. Con decirte que ya cuando robé mi primer cáliz me puse los guantes blancos de mi primera comunión, y lo seguí haciendo hasta que se me quedaron pequeños y me convertí en un profesional. Es lo que tiene ser autodidacta, que se aprende haciendo; se trata de ensayar, y si el ensayo funciona, pues a repetir.

Bueno, lo de no dejar huella es un decir. Corrijo: si se trata de que has hecho una buena acción —algo que quieres que la demás gente se entere, un acto de caridad que seguramente puede llegar a servirte como escudo protector en un momento en que se te ha girado la tortilla—, entonces cobra vital importancia dejar todas las huellas posibles.

Sí, mi querido Casto, en la vida todo hay que cogerlo con guantes... y con pinzas, por si acaso. No hay más que ver a la policía científica con sus zapatos cubiertos, sus bolsas y sus guantes blancos recogiendo pelos, huellas, residuos de ADN, restos de lo que sea, buscando pruebas, porque todo habla. Y eso por no mencionar a los médicos forenses, maestros en encontrar lo inencontrable; cuando no hay pruebas fuera las buscan dentro. Escarban en el cuerpo del que en vida tal vez gozara de prestigio pero por culpa de la muerte se ha convertido en un amasijo de huesos, órganos, vísceras y músculos cercenados. Todo a su servicio. Lo que un día pudo casi matarte de placer, ahora son trozos de carne sueltos que no sienten nada mientras son analizados milímetro a milímetro. Muchos aprenden cortando y analizando el cuerpo ajeno, pero como no es el de ellos... A mí de sólo pensarlo me dan ganas de salir corriendo.

Por eso, porque les tengo manía —aunque no dudo de que en muchos casos policiales sean francamente necesarios—, dejé por escrito ante notario y con todas las firmas posibles, que a mí no me tocaran ni un pelo.

¡Faltaría más ser manoseado sin que uno se entere!

En eso debo agradecer la amistad que tengo, bueno, que tuve (todavía no me acostumbro a hablar en pasado), con mi apreciado Plácido Buenaventura, a quien finalmente y dada su fidelidad demostrada con creces convertí en mi albacea. Si no fuera por él —que por cierto bastante dinero me tocó dejarle para que se comprometiera en serio a hacer respetar mi voluntad—, ahora quién sabe qué funeral me hubiera hecho la retorcida de mi mujer.

CAPÍTULO 31

Y ustedes se preguntarán, ¿por qué quise hacer ese testamento vital?

Muy sencillo. Porque empecé a sospechar que Morgana podría hacerme algo sin que yo me diera cuenta. Para ser más exactos: matarme. Y lo digo así, como si estuviera hablando de cualquier tontería —de si hace calor o frío, o de qué húmeda está la tarde, o de que se secó la buganvilla de la entrada—, y es que nuestra relación ya se había ido de madre y el odio nos tenía absolutamente atrapados. La necesidad de hacernos daño y escalar esa montaña que cada vez ofrecía horizontes más retadores eran una enfermedad terrible. Subir, subir, aunque nos hiriéramos; aunque nuestras manos y nuestros pies sangraran y nos asfixiáramos. Y coronar la cima del acto que más le doliera al contrincante. Un juego macabro pero muy adictivo; casi tanto como el amor no correspondido.

Estábamos unidos hasta la muerte. Era tal nuestra enfermedad que dejó de importarnos salvarnos. Permanecíamos al acecho el uno del otro, siempre en guardia. Por eso me di cuenta de que sus comportamientos habían cambiado. Se comenzó a preocupar en exceso por mi bienestar (cosa en ella del todo increíble). De la noche a la mañana se volvió simpática y hasta cariñosa. Quería que nos fuésemos de viaje, darle vitalidad a nuestra relación; era tal su falsedad y cinismo que incluso llegó a gestionar una audiencia papal en el Vaticano para que el Sumo Pontífice nos diera una bendición especial a nosotros y a nuestros hijos, y a pesar de tener fecha y hora, gracias a Dios nunca llegamos a ir. ¡Qué ridículo más grande habríamos hecho!

Intentó por todos los medios volverme a seducir vistiendo trajes con aquellos escotes que sabía que me ponían caliente; caminando desnuda por la habitación con su escultural cuerpo que, todo hay que decirlo, la maternidad no había logrado estropear en lo más mínimo. Ligueros y zapatos tacón de aguja, bragas carísimas, corsés asfixiantes, pantalones de látex... botellas heladas de *champagne* en la cubitera junto a la cama, etcétera, etcétera. Un desfile diario de exquisiteces que me volvían loco genitalmente hablando, pero que por el solo hecho de maltratarla y hacerla sufrir ni me los miraba. Y no se daba por aludida... Lo aguantaba todo; eso fue lo que más llamó mi atención.

Ahhh, y casi me olvidaba, viajes exclusivos a Londres y a Milán de donde volvía cargada de regalos. Los jerséis y las americanas del mejor *cashmere* de Loro Piana, las corbatas de Tom Ford, las camisas hechas a medida con mis iniciales caídas al más puro estilo italiano, los zapatos de ante de color *tobacco* de mi marca favorita John Loob, mis pañuelos Etro, mis puros Cohiba, mi whisky The Macallan... hasta que un día, la muerte súbita de cinco de mis hermosos pavos reales me puso en alerta máxima. El veterinario no supo dar con la causa. Entonces, me pasó una sombra por la mente.

¿Y por qué lo sospeché? Pues porque a mí también se me había pasado por la cabeza matarle su querido caballo y algo más terrible: matarla a ella. Pero juro que sólo lo pensé. ¿Quién en su vida, en un momento de ira, no ha deseado la muerte de un ser «querido»? Yo se la deseé tantas veces que ahora que lo recuerdo me faltan dedos en mis manos y mis pies para contabilizarlas. Muchos, muchos dedos; un ejército de dedos.

Imaginé estrangulándola con su bufanda azul la noche en que apareció adornada de plumas ofreciendo en su humeante bandeja mi adorado pavo real asado (y perdonad que os lo repita). Imaginé asfixiándola un mediodía en que empezó a mofarse de Alma imitando su tartamudeo hasta conseguir que todos los invitados se desternillaran de la risa. Cuando la descubrí hablando de mi pasado burlándose de mi santa madre, que lo único que hizo fue querernos y sacrificarse por nosotros, llamándola puta desgraciada. Fueron tantas y tantas las veces que soñé con su muerte que al final me di miedo a mí mismo.

Por eso, cuando redacté el testamento dejé muy claro que si yo llegaba a morir antes que ella, como finalmente sucedió, había perdido esta lucha y ya no valía la pena desentrañar nada de nada por respeto a mis hijos. No quería que al final se quedaran sin padre y, para remate, con una madre en la cárcel. De todas maneras, todo lo que digo son puras conjeturas, pues constarme no me consta nada; pero todavía no me tocaba palmarla, creo yo.

La petición que redacté era que sólo morir me llevaran de inmediato a una cámara frigorífica, para evitar perder mi lozanía y mi saber estar. Porque una de las cosas que no soporto es la descomposición de un cuerpo. ¡Lo siento!..., hasta sin vida sigo siendo un maniático perfeccionista de la belleza. Tengo que admitir que mi vanidad y excesiva pulcritud han rozado límites insospechados, y que el solo hecho de llegar a pensar que mi cuerpo iba a desprender un olor distinto al que fuera mi Fico di Amalfi de Acqua di Parma me superó. Y como en vida creo que logré controlarlo todo, me ocupé también de controlar mi muerte. No quería que me inyectaran ningún tipo de químicos para retrasar la putrefacción de mi cuerpo. Mejor ser enterrado, como máximo, en veinticuatro horas.

Por eso mi féretro, a pesar de que nadie lo sepa, es un perfecto frigorífico. Porque así lo pedí yo y mis deseos fueron órdenes. Ahora descanso sobre un colchón de hielo que me está matando de frío, pero ya no puedo hacer nada. Todo sea por la belleza.

No tengo la culpa de que en Sevilla les diera por llamarme «El Hermoso». Un calificativo que me obligó a empezar a ir al gimnasio, ¡pobre de mí! Yo, el rey de las noches y los saraos; yo, que siempre me burlé de los que hacían ejercicio y malgastaban las horas forjando músculos, acabé corriendo y haciendo ejercicio como el que más (aparte del que diariamente hacían mis pobres y cansadas neuronas).

¡Vanidad de vanidades! Valga el sacrificio para que todos me vean en mi último día fresco y lozano.

CAPÍTULO 32

No existe edad para la soledad. Es una bestia que ataca en cualquier momento.

Esto lo afirmo ahora, mientras observo el descomunal gentío que se acerca al féretro donde yace mi Francisco.

Me sorprende esta capacidad de aislarme que de repente me ha brotado de no sé qué lugar. En los momentos más trágicos suelen suceder este tipo de reacciones del todo inadecuadas. Somos capaces de volvernos indiferentes y hasta fríos y analíticos, cuando en realidad lo que querríamos sería lanzar un desgarrador grito que nos liberara del amasijo de lágrimas atascadas y del desconcierto sin salida en el que nos encontramos.

En medio de este inconsolable dolor, soy capaz de reflexionar y pensar en cosas que seguramente no debería. Quizá sólo sea un mecanismo de defensa para evadir este aterrador instante. ¡Quién sabe!

Se me vienen a la cabeza cosas nimias, ridículas; como que olvidé decirle a la chica que estuviera pendiente porque hoy el jardinero iría a plantar en el invernadero las orquídeas venidas de Colombia y hasta le gasto el tiempo a recordar su nombre: *Cattleya trianae*. Y me doy pena y vergüenza y me recrimino, pero sigo distrayéndome. Me miro los zapatos y descubro que en uno de ellos hay un rayón que no sé dónde me lo hice y pienso en la penúltima vez que me los puse y me acuerdo de que fue en una estúpida cena de compromiso donde todos reían mientras saboreaban ostras Guillardeau del calibre tres, y me veo limpiándome el zapato con mi saliva y mi dedo (tratando de disimular) mientras los demás continúan riendo en el velorio y ni se enteran de la ordinariez que acabo de hacer. Y de allí doy un salto mortal del pasado al presente y me dedico a observar los atuendos de las mujeres que pasan por delante del féretro... porque hace rato me he convertido en esfinge y ha dejado de importarme todo. Ni siquiera reacciono cuando Morgana finge su desmayo y monta su ridículo numerito.

Muchos de los presentes afirman haber venido para acompañar a Francisco en su último viaje, pero es la mentira más grande que alguien pueda llegar a creerse. Hoy está solo, más solo de lo que siempre estuvo... a pesar de ir siempre acompañado. Y aunque me duele reconocerlo, mientras lo miro no sé por qué me viene a la mente la impresionante imagen de aquel soberbio gatopardo disecado que me observaba con sus ojos de hielo desde la vitrina del loco taxidermista de la calle Descalzos, cada tarde al regresar de mis clases de baile. Lo miraba y lo miraba fijamente, esperando el momento en que sus pulmones respiraran y le rescataran al fin de su sueño; porque lo que yo quería era verlo saltar, verle un soplo de vida y que lanzara a los vientos un furioso rugido, aunque atacara.

Es lo que siento en este momento.

Preferiría ver a Francisco pavoneándose... de pava en pava, a pesar de ser un espectáculo tan grotesco y triste para mí. Preferiría verlo riendo y haciéndose el importante y poderoso; con su bilis cargada de ego y prepotencia —convencido de que haciendo eso me hería, ¡pobrecito mío!, cuando en verdad a quien estaba hiriendo era a él mismo—. Sí, preferiría mil veces verlo así que en esa impávida quietud.

Su cuerpo, su solitario cuerpo, está expuesto a un público distante y frío, más frío que él mismo. Personas que no tienen ni idea de lo que es el dolor de la pérdida ajena y que tanto les da lo que hay en aquella caja, porque de un momento a otro dejarán de pensar en el inerte amasijo de carne y huesos. Ya que este velatorio es un evento social como cualquier otro, que sirve para dejarse ver y que los demás tomen conciencia de que, a diferencia del difunto, ellos todavía están vivos («¡¡Ufff, qué descanso!!», suspiran por dentro), y aún pueden beber, charlar, reír, comer, hacer el amor... Entonces, para dar fe de lo que sienten, saldrán al jardín donde como en el mejor de los banquetes se encontrarán con decenas de camareros que se pasean enguantados con sus uniformes de gala y sus bandejas de plata, ofreciendo el aperitivo que les reafirmará que están vivos y servirá para espantarles la sombra del miedo; de imaginarse metidos en el cajón como el muerto que reposa en el salón. Y para tranquilizarse del todo tomarán algún vinito hasta ponerse alegrones, picarán dos croquetas, cinco pinchitos de tortilla y siete cortes de jamón. Y comentarán las últimas noticias y...

«El muerto al hoyo y el vivo al bollo.»

No hace falta morirse para saber que uno nace solo y muere solo. El acto de la muerte es un acto tan solitario... sin duda el más solitario de nuestra existencia. Y reconozco sin un ápice de temor que en este momento me gustaría estar metida en el ataúd, abrazada a él; porque ahora, a pesar de tener mis hijos y de saber que me necesitan, no le encuentro a mi vida ningún sentido. Desearía, ya que no pude vivir, al menos que me hubieran dejado morir con él. Pasar juntos este último trance. Y que de nuestras soledades vividas ésta fuera la última soledad acompañada.

Aprovecho el desmayo de Morgana y todo el enredo que se genera a su alrededor y desvía la atención, y me acerco a Francisco. Vuelvo a sentir ese vacío en la boca de mi estómago, como si me hubieran arrancado todos mis órganos y sólo quedara la cáscara de lo que un día fui. ¿Adónde habrán ido a parar su alma y el amor que guardaba por mí?

Nunca, nunca lo había visto tan bello y sereno. ¡Nunca! Ni siquiera el día en que volví a verlo años después, cuando ya estábamos en plenos preparativos de boda con Beltrán y me lo presentaron. Se acercó a mí, con su camisa azul intenso, sus pantalones beige de raya impecable y una helada soberanía en sus ojos. Tomó mi mano y en un gesto protocolario la acercó hasta su boca, pero no la besó. La soltó y, como si no me hubiera visto en su vida, lanzó una frase mecánica que había oído muchas veces en muchos labios: «Es un placer conocerla. Beltrán me habla maravillas de usted. Está muy enamorado. Por cierto, felicidades. Sé que la boda es inminente.»

Se había convertido en todo un hombre: el hombre más hermoso de Sevilla... y también en el prometido de Morgana.

Aquel día sentí por segunda vez la muerte.

CAPÍTULO 33

Beltrán me avisó con un mes de antelación del compromiso de su hermana y de la boda que a un año visto se haría en la Catedral de Sevilla por todo lo alto, pero pocos días después —por un tema de «fuerza mayor» que más adelante explicaré— se precipitó. Sus padres acabarían montando a última hora y casi en menos de una semana una fastuosa comida en el Cortijo que tenían en Villamanrique de la Condesa, con más de seiscientos invitados para presentar en sociedad al novio.

Tras la formalización de mi relación con Beltrán, la enconada aversión que ella y yo nos teníamos de toda la vida aumentó; claro está que no por mí, pues mi carácter conciliador me llevaba a aguantar lo que fuera con tal de que la paz que me rodeaba —incluso la más falsa— no se viera perturbada.

[Por eso, a lo largo de mi vida sufrí tanto y acabé haciendo lo que los demás querían que hiciera. Por eso me salieron tantos tumores y lunares extraños y me operaron tantas veces. Seguramente cada uno de ellos era un grito o una rabia; frustraciones, tristezas, llantos aguantados, besos no dados..., todo convertido en continuas dolencias sin ninguna explicación; la mayoría de ellas hacían acto de presencia con el único fin de llamar mi atención y me diera cuenta de que no podía seguir así. Pero me lo sacaban, y tan pronto era extirpado aparecía en otro lugar.]

Aunque Beltrán me tenía ampliamente enterada del asunto entre Morgana y su pretendiente, su familia tardó bastante tiempo en airearlo y sacarlo a la luz pública. Se decía que ellos mismos habían hecho correr rumores por todo Sevilla que lo dejaban como un auténtico marqués con marquesado. Que a pesar de que el futuro yerno no pertenecía al círculo social sevillano, era un talentosísimo joven que, amén de haberse hecho a sí mismo, había heredado de una antigua pariente, además de una gran suma de dinero y bienes inmuebles, un título nobiliario. Por decir, lo decían todo. Que era políglota, autodidacta, bueno, santo, devoto, adorador de la Virgen, elegante, refinado, un lince en los negocios y que, como el rey Midas, todo lo que tocaba se convertía en oro.

Lo que no comentaron a nadie y mantuvieron en el más absoluto de los secretos fue que adelantaban el matrimonio de su hija porque la había dejado embarazada, y si no la casaban urgentemente el mismo día en que Beltrán y yo teníamos planeada nuestra boda, su vientre se encargaría de cantarlo a los ocho vientos.

Así que ese día que todavía desconocía el porqué de tanta prisa y no tenía ni la más remota idea de quién era él, ese día que mi ignorancia ni siquiera me hacía sospechar que nos casaríamos los cuatro —Francisco, Morgana, Beltrán y yo— en una gran ceremonia, ese día de cándida ignorancia que aún no se había convertido en el que sería uno de los momentos más trágicos de mi vida, ese día yo, la tonta Alma Zurita y González, sólo tenía una infantil curiosidad por saber quién sería el pobre que iba a tener que cargar con aquella víbora.

CAPÍTULO 34

A menudo pienso en el padre Rosendo.

Creo que murió sin tener conciencia de lo importante que fue para mí. Si a alguien tenía que haberle dado las gracias de lo que llegué a conseguir en mi vida fue a él. Pero desapareció o, mejor dicho, lo desaparecieron. Estoy convencido de que acabaron enviándolo lejos de España, quizá a evangelizar pueblos de algún país centroamericano o de la India, ¡quién sabe!... un lugar remoto que le restituyera la fe, porque creyeron que la había perdido conmigo; que había sido yo quien lo había alejado de Dios.

¡Mira que hay que ser muy malpensado!

Al ver la devoción casi religiosa que puso en sacarme adelante, comenzó a coger fuerza el rumor de que se había enamorado de mí, ya que de otra manera no se explicaban cómo era posible que me ayudara tanto y que profesara tanto cariño por un chico como yo, tan pobre y sin clase. Y tal vez fuese eso, precisamente eso, lo que le llevó a actuar así conmigo; quizá debió identificar en mi pobreza y fragilidad el niño que un día fue.

Podré haber sido de todo en esta vida, pero nadie me tildará de malagradecido. Por eso, antes de irme, quiero que quede constancia de todos sus favores y de lo que hizo por mí. Os aseguro que si no hubiera sido por él, no habría llegado hasta aquí.

¡Bendito sea!

Fue el primero que se encariñó con mi madre y que luchó por conseguirle aquel puesto de aseadora en el colegio San Francisco de Paula tras encontrársela todos los santos días, a las cinco y media de la mañana —lloviera, tronara o relampagueara, hiciera frío o calor— barriendo las aceras y las escaleras de acceso a las aulas. La intención de mi madre, más que conseguir aquel trabajo, no era otra cosa que obtener una plaza para que yo pudiera estudiar en ese colegio, considerado el mejor de Sevilla en educación para hombres. Porque con su humilde sabiduría intuyó que de todos mis hermanos el único que tenía ambición era yo; el único que podría llegar lejos. Sí, realmente mi madre era una sabia.

La acompañaba cada mañana y la ayudaba a recoger papeles y basuras, procurando generar lástima. Tratando de no levantar la mirada (como me había enseñado), mientras cantaba canciones religiosas aprendidas de un misal robado en una iglesia.

«Cantemos al amor de los amores... cantemos al Señor... Dios está aquí, venid adoradores, adoremos... a Cristo Redentor... Gloria a Cristo Jesús, cielos y tierra bendecid al Señor...»

Cada amanecer una canción diferente, para que el sacerdote se enterara de que yo era un cancionero ambulante y que podría convertirme en su mano derecha, qué digo, en su voz derecha en el coro que dirigía cada domingo en la calle San José y tenía a rebosar la iglesia del mismo nombre, la única de la ciudad donde oficiaban la misa cantada.

Y mi voz hizo el milagro.

Porque os puedo asegurar que ésa fue toda la fortuna que heredé. Me la dejó el hermano de mi madre, mi tío Jerónimo «El Tumbao», voz de oro, cantaor de raza que con sus cuerdas vocales hacía llorar la Giralda y desbordar el Guadalquivir.

De mi tío Jerónimo aprendí a trampear la vida y a sobrevivir deslizándome con maestría sobre la mentira. Siempre me sentí más unido a él que a mi padre —a quien consideraba lo contrario de lo que yo deseaba ser—, un hombre derrotado y humillado, un perdedor.

Era meticuloso y certero en lo que hacía. Admiraba ese punto pícaro que le hacía ir de triunfador a pesar de la pinta de aristócrata arruinado que le daba aquel sombrero de copa negro, su pañuelo de seda roto que estrangulaba su prominente nuez y su abrigo destiempado hecho jirones, que llevaba incluso bajo temperaturas mortales mientras el sol derretía sus zapatos y calcinaba el cemento.

Murió como vivió.

Haciendo funambulismo sobre el hilo de la vida. Una noche, tras una presentación callejera y con unos cuantos litros de alcohol en lugar de sangre circulando por sus venas, se subió al puente de Triana a hacer equilibrismos mientras cantaba. Yo lo presencié todo con infantil ingenuidad; creía encontrarme frente a uno de sus muchos espectáculos. Ni siquiera sospeché que corría peligro. Me sumé a las voces que lo aupaban a seguir. Observaba sus botas rotas, la lluvia torrencial, sus brazos abiertos, su abrigo empapado, su sombrero escurriendo agua, sus carcajadas y... su último vuelo.

De repente, un grito feroz y desgarrado, el que jamás le había escuchado, partió en dos el río y antes de que lo engullera su voz subió hasta mí, se metió en mi boca abierta y me lanzó al suelo. Desde ese instante mi garganta cambió. Me había dejado en herencia su maravillosa voz.

A partir de esa noche empecé a cantar en todos los locales que él frecuentaba, hasta que mi madre decidió que si no se le ocurría algo pronto, me echaría a perder. Por eso se ideó lo del colegio.

CAPÍTULO 35

Muchos meses después, siendo el alumno aventajado y preferido de Rosendo y su fiel monaguillo cuando oficiaba misas, inicié mi andadura de acompañarlo a las visitas que realizaba a los domicilios de grandes benefactoras del colegio y de la parroquia, que por su avanzada edad no podían desplazarse hasta la iglesia a recibir la confesión y comunión.

Eran mansiones de ensueño, donde te recibían galgos amaestrados a la perfección, a los que sólo les faltaba dar las buenas tardes en inglés; con jardines de formas geométricas y fuentes cantarinas, criadas de uniforme y cofia almidonados y chóferes de librea, plastrón y guantes.

Venerables ancianas, con sus artríticos y deformados dedos doblados por los quilates de sus diamantes, me miraban con sus lánguidos ojos desteñidos por la proximidad de la muerte. Viudas desprendiendo aquel ácido olor a vejez, cargadas de collares indescriptibles y de pesados aretes que conseguían estirar sus descolgadas orejas. Arrugados y escuálidos pechos escondidos tras majestuosos vestidos de sedas bordadas —en los cuales imaginaba el cuerpo de mi madre.

Y salas de mármoles, y alfombras, y gobelinos, y sillones sobre los cuales no me atrevía ni a descargar mi trasero por miedo a estropear sus brocados...

Y baños con jabones y perfumes franceses y sofisticados retretes que ni sabía usar... y lámparas de cristal llorando lágrimas brillantes, y cuadros y retratos de pintores famosos, y plata, mucha, mucha plata en jarrones, bandejas y cajas, seguramente abrillantada durante horas por aquellos silenciosos criados... y mil y una antigüedades que me dejaban los ojos como platos y la boca abierta.

Y la frase que esperaba de una de aquellas viejas —la que me miraba con más lástima y un poco de amor—, justo antes de que Rosendo fuera a darle la confesión: «Por favor, padre, dígale a mi criada que lleve al niño a la cocina y que le dé una buena merienda.»

¡Dios mío de mi vida, qué placer me da recordar ahora aquella cocina con su olor a chocolate derretido y a bizcochos recién horneados! Y a la criada agachándose hasta mí, acariciando mis cabellos mientras mis ojos se iban directos a la raja de sus apretados senos de gitana salvaje que yo imaginaba lamiendo por estar regados de chocolate.

Ahí fue donde me rendí al lujo.

De ser benefactora de la parroquia y del colegio, aquella anciana pasó a ser mi salvadora.

Porque apenas me enteré de que su gran pasión era el piano y sobre todo las composiciones de Manuel de Falla —detalle que me confesó Rosendo—, ideé la manera de que en cada visita interpretara para mí alguna de sus piezas (ya había tomado buena cuenta de que la pobre mujer estaba completamente sola).

La primera vez tocó *El amor brujo* —«La danza ritual del fuego»— y siendo absolutamente sincero lo hacía como si estuviera poseída por una hoguera ardiendo. Si cerraba mis ojos, la fealdad de su vejez desaparecía y sólo quedaban aquellas notas locas mezcladas con su ímpetu y su fuerza. Pero si la miraba, era tal la pasión con la que lo hacía que también era capaz de imaginarla como una hermosa joven y caía rendido a los pies de su arte. Tal vez porque nunca en mi vida había visto nada parecido. Sus huesudas manos moviéndose sobre las teclas con una rapidez vertiginosa me tenían embrujado hasta tal punto que cada vez me era más difícil marchar, y un día me preguntó si me gustaría aprender a tocarlo y yo, con esa cara de santito que ya llevaba puesta a tiempo completo, tímidamente asentí. A partir de ese momento se convirtieron en ritual vespertino mis idas a la mansión. Ella cada vez más vital y yo un alumno entregado. Así dos años, de lunes a viernes, aprendiendo hasta convertirme en pianista... y, de paso, en el nieto que nunca tuvo.

Y una tarde, mientras tocaba para mí y yo cantaba para ella, de repente levantó su mano, la puso sobre su pecho y me dijo: «Lo siento, querido, ya no te acompaño más.» Y su cabeza cayó sobre el teclado.

Murió y todo lo que tenía me lo dejó en herencia... hasta el título.

Doña Benévola de las Mercedes Alvear, marquesa de Al Lives de los Gazules.

¡Descanse en paz!

CAPÍTULO 36

Insistió e insistió... y el muy maldito lo consiguió. Tardó su tiempo, pero cuando lo hizo fue porque estaba seguro de que me moría por él.

Después de aquella inolvidable *madrugá* de Viernes Santo que me dejó con aquella voraz calentura entre mis piernas, y de su desaparición de semanas que me tuvo enfermísima, Francisco se dedicó a irse metiendo en casa de a poquitos.

Visitaba continuamente a mi hermano; era amabilísimo con mi madre y listísimo con mi padre; sabía manejar como nadie las «relaciones humanas». Tan bien lo hizo que nuestra vida pasó a ser la vida de nosotros con aquel monstruo. No había día en que no se hablara de él en casa o en que no pasara por ahí, aunque sólo fuera cinco minutos, sólo para que me diera cuenta de que iba, pero me ignoraba. Mantenía mi alma en vilo a la espera de que por un instante se dignara posar sus ojos en mí. Y claro, su estrategia consiguió su objetivo.

Transcurrieron cinco años, cinco largos y tremebundos años de encierros en el baño donde aprovechaba para masturbarme hasta la locura, pensando que mis manos eran las suyas. Colocándome el chorro caliente, con toda su fuerza, entre mis piernas para saciar mi sed. Estaba enferma de amor, o eso creía. Cuanto más me rechazaba, más se acrecentaba mi deseo.

Pasaba el día en el colegio con las braguitas metidas entre mis labios, sintiendo su roce suave ahí..., empapada de placer..., dando todas las lecciones al filo de orgasmos contenidos; escuchando la voz de las profesoras con mis ojos en blanco, en absoluto éxtasis. Buscando rincones solitarios en los jardines del patio del colegio para dar rienda suelta a esa locura que me consumía. Poniéndome penitencias y castigos que rozaban el dolor.

Y al llegar a casa, cuando notaba su presencia y su indiferencia, corría a mi cuarto y, en lugar de llorar, mi fiebre mortal se acrecentaba. Me desnudaba entera, me metía entre los linos de las sábanas, que también me excitaban, y continuaba tocándome con una loca voracidad que no podía detener. Golpeando con mis manos aquella víbora que me consumía y no me dejaba vivir; pensando que era su mano la que me castigaba para luego acariciarme suave con su dedo índice girando y girando sobre mi clítoris.

Y aguantaba, llorando de soledad y de espera, buscando aquel instante mágico que me transportara a ese mundo ingrávido donde su imagen desaparecía y sólo quedaba el placer en letras de neón, sin nombre ni apellido. Pero cuando estaba a punto de alcanzarlo, me detenía... aunque mi cuerpo suplicara seguir. Me contenía hasta que el orgasmo era ya imparable y me llegaba en oleadas continuas y se cebaba conmigo y me elevaba... Entonces mordía la almohada para ahogar mis quejidos y que Francisco, que estaba estudiando en la habitación de mi hermano, no pudiera oírme.

Me moría por acostarme con él y que me hiciera suya. Me restregaba en las esquinas, en los árboles, en los postes... en el sillín de mi bicicleta. Todo lo que rozara mis genitales me llevaba a él. No había ni un solo día ni una sola noche en la que deseara ya no sólo ver al execrable de Francisco, sino que me matara haciéndome el amor como le diera la gana.

Mi vida se convirtió en un infierno, un doble infierno que me obligaba a aguantar en el colegio a la mosquita muerta que, pese a su tartamudez, de la noche a la mañana se había convertido en la mejor alumna de la clase y, para remate, al llegar a casa me tocaba chuparme los elogios que, a partir del momento en que se había comunicado que sería la mujer de mi hermano, se habían acrecentado.

Estaba desubicada... y sola. Repleta de odio y de amor frustrado, dos sentimientos que me hacían ir perdida y que me fueron dañando el corazón. De amar a mi querido hermano, pasé a detestarlo y verle todos sus defectos. Competía con él por el protagonismo alcanzado gracias a su amistad con Francisco y a su temprano compromiso con la tartamuda esa que, dicho sea de paso, también venía con otro requisito, el que más interesaba a mi familia: era la hija de los que tenían más dinero que nosotros y por ese motivo se erguía en nuestra redentora. Todo por culpa del descabezado de mi padre, despilfarrador crónico que se ventiló todo lo que pudo, y aunque seguíamos teniendo mucho nombre, nuestra riqueza estaba bajo mínimos.

CAPÍTULO 37

Puedo decir que mi adolescencia fue de total fidelidad a la madre de Morgana, ya que tomé la decisión, muy a conciencia, de que lo mejor era aprovecharme de la calentura que tenía la pobre mujer y satisfacerle los bajos mientras daba tiempo a crecer a la hija y también a mi fortuna.

¡No me explico cómo me podía alcanzar el tiempo para todo!

Iba al colegio, estudiaba, engañaba a los profesores, hacía negocios con mis compañeros en los recreos y les vendía de todo. Seguía asistiendo al coro, porque mi voz y mi piano se habían convertido en pilar de la misa. Hacía competiciones de onanismos, desvalijaba sacristías y altares menores. Robaba retablos insignificantes o imágenes, mantelerías bordadas a mano, candelabros y los objetos que por casualidad me encontraba y que me rogaban con lágrimas en los ojos que me los llevara; y los portaba a hurtadillas a los oscuros y peligrosos callejones donde mi tío Jerónimo hacía negocio con las cosas de valor que lograba extraer por las ventanas y balcones de las casas «bien», los que por descuido alguna sirvienta tonta había olvidado cerrar. Cumpliendo todo eso, todavía me sobraban unos minutos para pasarme por casa de Morgana y alguna que otra tarde hacerle el amor a la futura suegra.

Y por si fuera poco, en las noches me dio por los idiomas. Descubrí en una tienda de discos que quedaba en la plaza del Buen Suceso, no recuerdo el número, cursos de inglés, francés, alemán, italiano, portugués, ruso y no sé cuantos idiomas más que venían con varios tomos de libros cargados de paisajes y gentes de los países en cuestión y láminas con espacios en blanco para ser rellenados; ejercicios para que, al mismo tiempo que aprendías la pronunciación, te aplicaras en su escritura.

¡Madre mía! Qué difícil me pareció todo al principio, yo acostumbrado a que el «¿cómo estás?» fuera el «¿cómo estás?» ambos idénticos —escrito y hablado—, ahora tenía que acostumbrarme a que «*jaguaryu?*» no era «*jaguaryu?*» sino «*how are you?*», pero los fui comprando uno a uno y me los bebí como agua. En verdad, resultó ser facilísimo. Cada madrugada le dedicaba tres horas, de tres a seis, cuando en casa todavía dormían, porque no quería que mis hermanos se enteraran de que tenía un tocadiscos marca Philips de pilas, también robado, y que me fueran a estropear la aguja, que era muy cara y dificilísima de conseguir. Por eso lo mantenía escondido en un agujero que hice en el suelo, donde también guardaba todas las pesetas que ganaba y los robos que me ocupaban poco espacio.

Me decidí primero por el idioma de Shakespeare, porque en el colegio me di cuenta de que el que no supiera inglés de mayor ya se podía dar por jodido.

Empecé por el nombre: «Hola, mi nombre es Francisco Valiente», que traducido al completo era: «*Hello, my name is Francis The Brave.*» *The Brave...* ¡¡¡sonaba tan bien!!! Luego vino el *good morning*, el *please*, el *nice to meet you*, el *see you later* y el *of course*... Resumiendo, que aprendí el inglés más rápido de lo que me imaginé, porque parece ser que a esas horas el cerebro está más fresco que una lechuga y todo se fija mucho más rápido.

Luego seguí con el francés, el idioma del amor —*oui, c'est la vérité*—, que me sirvió de gran ayuda para ir por ahí enamorando a muchas mujeres, quienes sólo escuchar de mis labios la frase *mon amour je t'aime mais non plus* se enloquecían en la cama, porque desconocían el verdadero significado del *mais non plus* y sólo se quedaban con el *mon amour* y el *je t'aime*, una lengua mojada que les acariciaba desde el lóbulo de la oreja hasta el centro del tímpano y les bajaba directo al lugar escondido donde sentían *la vie en rose*.

Y llegó el alemán cargado de filósofos y de frases profundas repletas de reflexiones que me motivaron a leer de manera febril y a sumergirme hasta el fondo en ese apasionante mundo; y me obligó a cuestionarme muchas cosas sobre el sentido de la vida y la existencia, aunque no llegara a ser suficiente para librarme de mi sed de venganza. Porque, a pesar de que muchos hayan creído que yo era un frívolo, os juro por la memoria de mi madre bendita que jamás me consideré así.

Me volví un loco de la filosofía; empecé a tragarme libros enteros de Hegel, Nietzsche, Kant, Goethe, Strauss (con su polémica interpretación de Jesús), Heidegger, Hildebrand... ¡tantos y tantos! Y me parecía prodigioso entenderlos y que se me quedaran párrafos enteros memorizados, frases que recitaba en un perfectísimo alemán: «*Der Einzelne hat immer gekämpft, um nicht von dem Stamm aufgenommen. Wenn Sie versuchen, Sie sind oft allein und manchmal auch Angst. Aber kein Preis ist zu hoch für das Privileg, sich selbst zu sein*»... Y si por alguna razón un nativo me escuchaba, le era imposible negar que se encontraba frente a un coterráneo. Luego, tras investigar, supe que tenía memoria fotográfica y por supuesto que mi IQ, en alemán *Intelligenz Quotient*, superaba los 150.

(¡¡¡Ahh!!!... perdón, para los que quieran saber el significado del párrafo que acabo de pronunciar, aquí va; es de Nietzsche: «El individuo ha luchado siempre para no ser absorbido por la tribu. Si lo intentas a menudo estarás solo, y a veces asustado. Pero ningún precio es demasiado alto por el privilegio de ser uno mismo.» Absolutamente de acuerdo, querido Friedrich.)

A esto le dediqué años, hasta alcanzar la bobadita de veintiún idiomas hablados a la perfección, incluyendo el mandarín, el árabe, el hindi, el teluga y el wu, un dialecto del chino que hablan setenta y siete millones de personas. Si tenemos en cuenta los 6.912 que dicen que existen en el mundo, en realidad no son tantos. Aunque ahora no me sirvan de nada, pues en las pocas horas que llevo muerto todavía no me he encontrado con nadie, de lo cual deduzco que en esta otra vida o mejor llamémosle «viaje» que acabo de iniciar me parece que de idiomas no voy a hablar ninguno.

Que haya sido autodidacta tiene su mérito, ya que en casa ninguno de mis hermanos tenía el menor interés en los estudios; corrijo, por no tenerlo no lo tenían en nada de nada. Su deporte favorito era nadar, no sobre el agua haciendo crol, espalda o mariposa, sino viendo pasar la vida sin hacer nada. Eso no podía soportarlo y acabé sin volver a dirigirles la palabra. Sentía vergüenza de pertenecer a aquella familia de colgados en la que los únicos que hacíamos lo imposible por salvarnos éramos mi madre y yo.

Me superaba la ordinariez de mis hermanos y de mi padre cuando nos reuníamos a cenar lo poco que ella conseguía cocinar —que la mayoría de las veces era una insípida olla de lentejas—; y es que se puede ser pobre, pero educado y decente. Y mientras mi madre y yo nos esforzábamos en los modales, los demás masticaban la comida como pordioseros; como si les fueran a arrebatar el plato. Atragantándose con el potaje sin dar tiempo a masticar; con la boca abierta y una nauseabunda bola de lentejas y babas que buscaba escapar por entre los dientes y la comisura de los labios (porque era imposible que aquella cavidad tuviera tanta capacidad). Soltando trozos que caían sobre la mesa y la ropa y ellos recogían con la cuchara y volvían a engullir.

Me los imaginaba como cerdos babeando; los odiaba porque me provocaban arcadas con su falta de modales y ello me obligaba a correr al baño a vomitarlo todo para luego tener que soportar ese agujero en el estómago, el hambre que me mataba a mordiscos y me llevaba a la olla en la que ya no quedaba ni el raspado.

No podíamos hablar de nada.

¡Eran tan incultos! No tenían idea de lo que pasaba en el mundo; para ellos lo único que existía era

El Tardón, el barrio donde vivíamos y los chismes que ahí se generaban. Ni siquiera la música, y ya no hablo de la clásica sino de la de mi tío, que a todos fascinaba. Les daba igual el arte, la arquitectura, la literatura, los negocios, las mujeres... mejor dicho, en lugar de vivir vegetaban. Éramos un trío imposible de mezclar: el agua, el aceite y... la gasolina.

Apenas pude, me largué.

No volví a ver a nadie salvo a mi madre, a quien le di un entierro a su altura. No me cabe duda de que se fue derechita al cielo, con zapatos, peineta, mantilla y traje de pedrería: como una gran dama. Le mandé construir el panteón más hermoso del cementerio de San Fernando —con ángeles custodios y una estatua de la Esperanza de Triana con los brazos abiertos recibiéndola—. Rodeado de palmeras —que simbolizan el triunfo de la vida y la eternidad—, cedros, tuyas, romeros y laureles, justo al lado de la tumba de Juan Belmonte, «El Pasmo de Triana», a quien ella adoraba. Lugar donde, por cierto, ya dejé por escrito que quiero reposar tras mi incineración.

De mis hermanos nunca más volví a saber. No tengo ni idea de si viven o ya murieron, lo que hablando con sinceridad me da absolutamente igual, pues familia no es la que se tuvo sino la que uno consideró que fue. (Si hubiese podido elegir, salvo mi madre, os aseguro que otro gallo habría cantado.)

Sólo una vez apareció uno, el mayor, y la manera como me buscó ya me olió a chamusquina. Por eso, presintiendo que iba tras mi dinero y trataba de chantajearme porque en mi niñez ya había sido muy malo conmigo, me lo saqué de encima inventándome una ausencia larga. Llamó, llamó y llamó hasta que al final se cansó.

CAPÍTULO 38

A medida que pasaban los minutos, en la mansión de Francisco y Morgana se había formado un auténtico caos. Los criados —un ejército vestido de negro y dirigido por Vicente, el mayordomo de toda la vida— aparecieron blandiendo sus instrumentos de limpieza por entre los asistentes, tratando de limpiar el reguero de cagadas reales que los pavos habían dejado cuando Morgana había salido camino a la clínica. Pero por más que insistían, nadie se enteraba. Todos pisaban la mierda que poco a poco se extendía por el salón de forma inmisericorde. Los sirvientes suplicaban que era necesario evacuar el lugar durante unos minutos para poder limpiarlo todo, porque no era digno que el féretro de su señor estuviera rodeado de aquella porquería. El problema residía en que el recinto se había ido cargando de un aire viciado. Empezaban a crearse dos bandos: los que alababan al finado y los que lo condenaban sin piedad, y entre ellos amenazaban con destrozarse. Más que un velorio, aquello empezaba a parecer un circo romano.

A la vista de los hechos, Circunstancio Pomposo, jefe de protocolo de la Alcaldía Municipal, salió al jardín en busca de don Ramón Viesca de Uruñuela, alcalde de la ciudad, porque se dio cuenta de que la situación se le había salido de las manos. Para el alcalde, que se lo estaba pasando en grande, pues de improviso en una de las fuentes dedicada a la Virgen de la Alegría se había encontrado con la mujer a la que desde hacía mucho tiempo le tenía puesto el ojo y estaba a punto de invitarla a cenar, la irrupción de Pomposo no podía ser más inoportuna.

—Perdone que le interrumpa, señor alcalde —le dijo el hombre, mirándolo con malicia—. En el interior se están produciendo hechos confusos que no podemos controlar. ¿No podríamos tratar de evacuar a los pajarracos azules? Se están cagando sin parar.

Antes de contestar, el alcalde —con evidentes muestras de malestar— pidió excusas a la chica y tratando de no perderla de vista se apartó un poco para hablar con él.

—Pomposo, le tengo dicho que no me interrumpa si no es por causas de fuerza mayor.

—Pero, señor alcalde, es que ahí dentro se está formando la marimorena. Si usted no toma cartas en el asunto, de aquí a dos horas esto será el juicio final. Que se lo digo yo.

—Es una tontería, hombre. Yo sé de qué le hablo. Estos dos se odiaban; su mujer está loca y «El Hermoso» ya está frío. Usted manténgase atento y haga lo que pueda. Yo tengo un asunto muy importante que resolver ahora —le dijo tratando de sacárselo de encima.

—Señor alcalde, esto se sale de mi competencia. Ya me dirá usted. Si vengo aquí es porque ya he hecho lo que puedo; a mí, no hay nadie que me haga caso.

—Pues es el momento de demostrarme su saber hacer, Pomposo. Mire lo que le digo: si consigue controlar el tema, téngalo por seguro que voy a condecorarlo en el pleno.

El jefe de protocolo sabía que lo que le decía correspondía al calentón que llevaba dentro y una vez hubiese conseguido su objetivo —el de seducir a la mujer que le esperaba en la fuente fumándose un pitillo— entraría en la amnesia total. Porque sus palabras, sin una prueba fehaciente o comisión oculta y corrupta, se las acababa llevando el viento.

—Perdone que insista, señor alcalde. Con todos mis respetos, esto necesita de una voz con autoridad y sólo usted la tiene.

El alcalde, que vigilaba a la chica y vio como ésta empezaba a sonreír y a hablar con un desconocido, se metió la mano al bolsillo y rápidamente extrajo del fajo de billetes que guardaba dos de quinientos; extendió la mano y haciendo un ademán de despedida se los pasó escondidos diciéndole: «Confío absolutamente en usted, Pomposo. No me defraude; haga lo que tenga que hacer que yo le daré el visto bueno y lo que le prometí va a misa. Ahora, manos a la obra y déjeme en paz.»

El jefe de protocolo, al darse cuenta de lo que acababa de recibir, pensó en lo que haría con los mil y volvió al interior vistiendo una sonrisa. En ese instante, un hombre barbado y desdentado lloraba delante del ataúd.

—¡Hermano! ¡Hermano! No puedo soportar que te hayas ido. Ayúdame... Vengo a recuperar lo que es mío. Me prometiste que cuando te murieras, la ganadería sería mía.

Morgana se lo miraba con asco. Aquel tipejo olía a mugre revuelta. Francisco nunca le había dicho que tuviera hermanos.

—¡Esto no puede seguir así! —dijo autoritaria—. Ésta es mi casa y no estoy dispuesta a que gentuza venida de quién sabe dónde ponga sus pies en ella y venga a inventar historias para aprovecharse de un momento tan delicado.

—¿Así que usted es la mujer de mi querido hermano? Como va vestida así, pensé que era una loca. Sólo a una loca se le ocurriría ir de rojo en el entierro de su marido, ¡¡¡desvergonzada!!!... —El hombre miró la caja donde reposaba Francisco—. Hermano, qué mal estabas de hembra, ¡carajo! —Luego, levantó la mirada y habló a los que le rodeaban—. ¿No os parece? La clase no tiene nada que ver con los apellidos, señora. La clase se mama en la teta de la madre y se retiene en el corazón, y usted de eso no tiene ni la más zorra idea. La sangre llama a la sangre y, le guste o no, mi hermano Francisco Valiente es sangre de mi sangre. Apenas me enteré de que había muerto sentí un dolor que no se puede ni imaginar. ¡Estuvimos tan unidos! Todo lo que consiguió me lo debe a mí; él es producto de mi sacrificio. Para que llegara lejos, renuncié a todo y lo hice por mi madre, porque sabía que era su preferido. Todas las madres, y usted que lo es lo sabe, siempre tienen un hijo en el que han puesto todas sus complacencias, como Dios hizo con Jesús. A pesar de que quizá mi hermano no le hablara de mí, tengo un documento en el que dice que en caso de morir yo heredaría la ganadería. Todos los toros son míos. Mire, mire lo que dice aquí.

El tipo sacó de la desgastada americana un arrugado documento que llevaba falsificada la firma de Francisco. Lo extendió y se lo enseñó a Morgana.

Al verlo, ésta contestó.

—Ésa no es la firma de mi marido. Usted es un embustero.

—¿Qué firma conoce usted? Porque él tenía varias. Las de verdad y las de mentira.

—Lárguese inmediatamente de mi casa o llamo a la policía.

El hombre se acercó al féretro.

—Francisco, hombre, diles que es verdad que soy José, tu querido hermano. Déjame algo, Curro... ¿no ves que no tengo dónde caerme muerto? Tú sabes lo que es pasar hambre. Durante años he ido siguiendo tu vida, pero pensé que te sentirías avergonzado de mí y por eso no me acerqué. Por respeto... bueno, y porque sé que no me querías ver. ¿No te doy lástima? Con sólo una migaja de todo lo que es tuyo me devolverías a la vida. Soy lo único que queda de tu familia. Hazlo por nuestra madre. Si te contara, fíjate, Juanito murió de sobredosis, imagino que no tenías ni idea. Me tocó reconocerlo en la morgue del hospital de San Lázaro, donde llevaba más de una semana como un NN, ¡estaba hecho un escombro! Te salvé de ese trance, hermanito. De que lo vieras con aquellos ojos espantados y huidos, las mejillas veteadas de ceniza y putrefacción, devoradas por el olor a desperdicio. Y esos brazos hechos jirones por los balazos de las agujas envenenadas de muerte.

—Haga algo —interrumpió Morgana, dirigiéndose al jefe de protocolo—. ¿O es que cree que está aquí como figura decorativa? No quiero a esta piltrafa en mi casa. ¡¡¡Tapadle la boca!!!

Circunstancio Pomposo miró a dos de los guardias que estaban apostados a lado y lado del ataúd, recordó los dos billetes de quinientos que tenía en el bolsillo y con gesto firme les ordenó que se llevaran al hombre.

—¿Cree que no sé de sus andanzas barriobajeras? —señaló el hombre a Morgana mientras era llevado en volandas—. Usted de dama tiene lo que yo de caballero. ¡Es una furcia! Tengo gente que puede atestiguar contra usted. Sé que estaba tratando de envenenar a mi hermano. Existen pruebas. Sí, señores y señoras: aquí donde la ven, esta mujer es mala. Hay personas que lo pueden atestiguar. Le advierto que de mí no se va a librar tan fácil. Se lo juro por mi madre. PU...

Pero los guardias le taparon la boca y se lo llevaron mientras el hombre pataleaba y pataleaba.

—¡¡¡PUUUUUUUUUUUUU... TA!!! —gritó al ser liberado en el Paseo de las Delicias.

CAPÍTULO 39

No era boba. ¡Era una boba elevada al cubo!

Mi ingenuidad rayaba la estupidez. Después de que Francisco hiciera el ademán de besarme la mano, vino todo el jolgorio. Verlo morirse de la risa abrazado a Morgana, hablando por aquí y por allá mientras la suegra, la que en breve sería nuestra suegra, se desvivía de gozo presentándolo a la sociedad como el mejor partido que había encontrado para su hija.

El marqués de Al Lives de los Gazules en breve haría marquesa a su querida hija. No podía soportar aquella farsa. Era más fuerte que yo.

Muchas personas asumen su destino como algo inevitable y yo, tras haberme muerto en vida, lo había asumido. Tenía claro que mi cárcel de oro había sido fabricada por mis padres y me había ido acostumbrando —como se acostumbra el ser humano a sus frustraciones— a saber que no todo lo que se anhela se puede obtener. Sabía que en mi vida no habría ni pasión ni entrega verdadera. Que abandonaría mi cuerpo a un ser que no me inspiraba ni un mal pensamiento.

Mi cuerpo, aquel templo sagrado que yo hubiera querido entregar al amor de mi vida, iba a ser el divertimento de un ser ajeno a mi alma. Gastaría todos mis días en falsas ocupaciones. Montando una casa preciosa, haciendo labores del todo absurdas para demostrar que yo, Alma Zurita y González, era digna de mis apellidos. Renunciando a mi verdadera dignidad para asumir la aparente, la que todos esperaban. Que viviría la vida que mis padres habían diseñado para mí porque eso les haría felices. Y mi voz, aquella que tanto me costaba que hiciera acto de presencia, cada vez se silenciaba más. Viviría un orden establecido, aburrido, crearía un mundo familiar programado donde todo sería perfecto y medido: donde mi íntima soledad estaría detrás acechando.

Mi boda era también mi entierro.

Iría a fiestas, convidaría a mi casa a gentes de renombre, los atendería como una gran dama —escucharía sin parpadear sus estupideces y sus disertaciones sobre el devenir de las gentes— para que nadie tuviera nada que decir, pero en el fondo de mi corazón mi soledad haría su madriguera. Todo se volvería importante porque se hablaría de ello y no porque en verdad lo fuera; pero así es esta vida de apariencias. Y en esa ultratumba adornada de glorias efímeras me erguiría como la reina. ¿Qué podría hacer con un amor perdido, encontrado en un Parque, del que nadie sabía nada salvo aquellos dos niños que ya habían dejado de serlo?

Del Francisco, el de la Glorieta de Bécquer, no quedaba absolutamente nada. Sabía que era él, claro que lo era, porque sus ojos, aunque ahora tuviesen ese brillo altanero y prepotente, no podían mentir. Pero el alma se le había volado. La música que emanaba de ellos ya no sonaba; sólo quedaba en su fondo un despiadado amargor, como una gota amarilla garabateada por un espectro. Yo lo miraba esperando que sus ojos me dijeran «te reconozco, eras la niña del Parque a quien amaba», pero sólo veía en ellos las envenenadas ansias de que el mundo se rindiera a sus pies.

Se había olvidado de mí.

El centro de atención de la reunión eran él y Morgana. En verdad era él, pero como Morgana no lo soltaba, aunque sólo estuviera como acompañante parecía que fuesen los dos quienes crearan aquel estado hipnótico en el que si hubiesen querido habrían hasta ordenado un suicidio colectivo y todos, sin excepción, habrían obedecido. Los asistentes reían y festejaban sus eruditas frases. Francisco hablaba de política, de arte, de filosofía, de flamenco, de la Bolsa, de las Hermandades... Cualquier tema que caía en la reunión lo toreaba como el mejor diestro. Sabía de todo y la gente había empezado a quedar presa de su encanto. Mientras tanto, mis ojos se encharcaban y con mi pañuelo bordado de penas iba recogiendo una a una mis lágrimas para que nadie, y menos Beltrán, pudiera percatarse de mi desconsolada tristeza.

De pronto, todo se silenció.

—¿Le pasa algo? —me dijo Francisco, con una sonrisa helada—. La noto muy callada, Alma. Es posible que le aburra nuestra conversación —comentó, dirigiéndose a los invitados—. ¿Le gustaría que habláramos de otros temas? ¿Le agrada la poesía?... ¿Bécquer, quizá?

Y todos se giraron y me miraron.

Mi cara se convirtió en una plancha ardiendo. Me levanté y me encerré en el baño, aduciendo que me encontraba mal por algo que había comido.

Cuando me iba, oí a Francisco y a Morgana que reían a carcajadas.

Permanecí quince minutos tratando de hacer gárgaras con mis lágrimas, porque sabía que si daba rienda suelta a mi llanto, mis ojos quedarían cerrados por la inflamación.

Al regresar, los padres de Beltrán y Morgana estaban de pie y se preparaban para anunciar la noticia. Al fondo, en una mesa donde estaba reunida la flor y nata de la idiotacracia, los míos conversaban distraídos sin percatarse de lo que acababa de sentir su adorada hija. Como siempre había sido, estaba sola tratando de que no se me escapara el alma por la puerta de atrás.

—Te esperábamos, querida —me dijo amoroso el padre de Beltrán, y empezó su discurso.

—Os hemos reunido hoy para daros una noticia que nos llena de gozo. Francisco y Morgana han decidido casarse. Como todos sabéis, Beltrán y Alma están a punto de hacerlo en tres semanas, pero Morgana me ha rogado, por el amor que siente por su hermano, que quiere realizar su boda el mismo día. Así que os comunicamos con orgullo que todos los aquí presentes estáis invitados a una boda doble: la de nuestros dos hijos... que pronto serán cuatro. Morgana, Beltrán, Alma, Francisco, quiero deciros en nombre mío y en el de mi mujer que nos hacéis inmensamente felices con vuestras bodas. Nuestra familia se hace grande con tan ilustres parejas. Ahora, en lugar de dos hijos tendremos cuatro. Eugenia y yo queremos muchos nietos... ¡y que sea muy pronto!

Todos los asistentes aplaudieron, se pusieron de pie y comenzaron a gritar el «vivan los novios».

CAPÍTULO 40

Me acabo de enterar de que mi hermano José está vivo y de que Juanito murió de mala manera. Se le veía venir desde chiquito; sólo había que verlo clavando la nariz en los botes de pegamento con aquella desesperación del que necesita sobrevivir como sea, y luego tragándose el olor endemoniado de la bencina en las gasolineras que acabó por quemarle el cerebro. Y no era mal muchacho, sólo un soñador solitario, equivocado de tiempo y de lugar; un hombre sensible y débil, metido en la estercolera de esta vida que se mueve como una especie de máquina tragahumanos alimentada por vidas perdidas en falsas ocupaciones que a nadie llenan.

En realidad, Juanito tenía que haber nacido en el siglo XVI, quizá en la Florencia de los Médicis. Hubiese sido un artesano —no algo grande, es evidente, que para eso ya estaba yo y en una familia no puede haber cabida para dos estrellas—, pero de pronto nos habría sorprendido despuntando como ayudante de algún escultor, pues recuerdo que de pequeño hacía pequeñas figuritas en madera con la navaja que a ratos le dejaba y le salían bastante bien.

Yo le habría ayudado si no hubiera sido porque era más ordinario que un orinal con agarradera por dentro. Tal vez esté esperándome en aquel sitio que los recienmuertos queremos creer que existe, porque hasta que no tomamos conciencia absoluta de nuestra inminente desaparición nos asimos a lo que sea con tal de permanecer un poquito más en tierra «firme». Y es que como familia nos faltó coagularnos. Cada uno acabó desangrándose a su manera. No pegábamos ni con cola.

Pero así viven muchos y nosotros no fuimos la excepción. Y claro está que se notaba más porque en los pobres esos desbarajustes no se pueden maquillar. No hay manera de inventarse alguna vacación especial para el problemático niño, o un extraordinario curso en el exterior en algún colegio suizo o inglés para (a escondidas) internarlo en un centro de desintoxicación. Sencillamente, acaba siendo el señalado del barrio del que todos huyen como de la peste, o al que se acercan sólo para compararse y darse cuenta de que están mejor que él. En cambio, en el otro bando, el de los que nadan en la opulencia, si el hijo está un poco crecidito, siempre sale al rescate algún máster en Cambridge, Harvard, Oxford o Princeton.

Y es que además de comida, vestido, vivienda y estudios (sin contarme yo, que fui el único que tuvo acceso a una escuela decente), nos faltó un padre como Dios manda. Alguien que protegiera a la familia y diera ejemplo de fortaleza.

¿Qué se podía esperar del nuestro —no es que quiera hablar mal de él porque en este momento me da más lástima que otra cosa—, que vivía con la cabeza abajo, viendo su triste imagen reflejada en el brillo de los zapatos de aquellos que jamás miraban al suelo? Nunca ni un sí, ni un no. Nunca una opinión, ni siquiera recuerdo el timbre de su voz. Es bastante curioso que no lo recuerde, y es que podía tener todas las voces: la de un anciano desahuciado, la de un niño desvalido y triste, incluso la de una mujer decepcionada. Eso sí, todas tenían algo en común: sonaban a derrota. Si hago un gran esfuerzo en recordar lo que nos contestaba cada vez que mis hermanos o yo le pedíamos una opinión, me llegan casi inaudibles algunas frases repetidas que en realidad eran sólo una, la misma pronunciada de diferentes maneras: «Hijo, ve y pregúntale a tu madre...» «Si a tu madre le parece bien...», «Lo que diga tu madre...», «Haced caso a vuestra madre...».

Era... ¡la nulidad del ser!

O un sabio, o un desesperado, o un solitario, o un loco delirante (en este caso se salvaba y no necesitaba dar ninguna explicación), o un pobre espectro al que nada importaba, o su tristeza se lo había devorado y sólo quedaban unos restos mortales con un corazón cansado que se negaba a dejar de latir. Hasta que una mañana no abrió más los ojos. Murió la madrugada en que acabé de aprenderme de memoria el último curso de ruso. Lo supe instantes antes de que ocurriera, mientras repetía «*Бédному [góлому] собráться [тóлько] подпоясáться*», «Para un pobre hombre [desnudo], prepararse para un viaje significa [tan sólo] ceñirse a sí mismo».

De repente entró por debajo de mi puerta un penetrante olor a betún y me abrazó con fuerza. Era una cálida sensación que me llevó a un estado placentario. Durante unos aromatizados y extasiados minutos me convertí en embrión sin nombre —un grano de nada flotando en la inmensidad de algo que desembocaría en tormenta—. Como si aquel perfume hubiese sido el origen de mi vida y más que de carne y hueso yo fuera sólo eso, un ingrediente superfluo, una partícula de crema para abrillantar calzado. El olor crecía y crecía hasta que me fue imposible respirar. Abrí la puerta en busca de aire y me encontré paredes y techos renegridos, embadurnados del betún que había teñido no sólo el color de las manos y cara de mi padre, sino su alma. No había un solo rincón de la casa en el que no estuviera escrito su nombre y apellidos con aquel mejunje. Desde la primera generación hasta la de los tatarabuelos, mezclados con textos abominables y cáusticos que maldecían a Dios y hablaban de la injusticia divina. Para que quedara constancia de su paso por la vida, y aunque creyéramos que como padre no había existido, como ser humano sí, y el destino era el maldito y único culpable de no haber sabido más. Se había cansado de buscarle salida al dolor y a las penurias; en la búsqueda, se le había podrido el corazón.

Aquel betún nunca pudo ser borrado.

Nos lo encontramos desnudo, acurrucado en el último rincón de un cuarto oscuro —donde mi madre acumulaba las basuras que recibía de los ricos y no se atrevía a tirar— con la cabeza sumergida en una greda negra con olor a piel abrillantada.

Y ésa fue mi familia.

Arrastré la miseria de pertenecer a ella —mi fehaciente verdad—, escondiéndola con tremendo esfuerzo en la nebulosa de la negación por miedo a perder lo conseguido —mi fehaciente mentira— y que el mundo me rechazara.

¡Qué descanso!

Ahora mi silencio otorga. Jamás había saboreado un mutismo más delicioso. Ahora puedo decir, sin presumir, que me he convertido en un cadáver exquisito. ¡Sí, es el momento del banquete, amigos! Ahora podéis comerme.

Os lo digo a vosotros, ¡cuervos!

Que nadie se crea que al final del trayecto se encuentra la paz. Es sólo un espejismo que dura eso, lo que un espejismo. En este duermevela de muerto tengo mis pesadillas, pero me las aguanto porque soy un valiente: Francisco Valiente. Y los valientes se demuestran siéndolo.

Me voy ungido de mundo. A decir verdad, en líneas generales hice a conciencia todo lo que creí, menos matar a mi animal violento, quien también fue mi salvador. Hay pasiones que pasan por tu vida como una hoguera escondida. Un fuego ardiente que se hace el muerto para no perturbar. Ése también soy yo. Un demonio y un ángel, los dos ¡¡¡a mucha honra!!!

Si habéis de comerme, os pido, por favor, saboread mi jugosa carne... y mis huesos. Los dos, huesos y carne, soy yo.

CAPÍTULO 41

—¡Qué maravilla! Hoy es uno de los días más felices de mi vida, mi amor —me dijo Beltrán tras oír el discurso de su padre, y me abrazó—. ¿Te imaginas casarnos los cuatro el mismo día?

Claro que me lo imaginaba y no podía soportarlo. Sin embargo, puse todo mi empeño en que no se me notara. Me mordí la lengua para detener lo que pudiera emitir mi garganta. Miré a Morgana y me sonrió con esa mueca falsa que yo conocía de memoria.

—No le importará que compartamos juntos este día, ¿verdad Alma? —me preguntó Francisco haciéndose el educado, pero yo sabía que detrás de esa frase estaba la alargada sombra de su cinismo.

—¿Por qué no tuteas a mi novia, Francisco?

—No sé si ella quiera —contestó él, clavándome sus ojos con ese fondo amarillo azufrado—. ¿Quieres?

Me quedé en un silencio largo, tratando de ordenar las letras para construir la frase adecuada... a... b... c... d... e... f... g... h... el abecedario desfilaba en mi hermética boca; cada letra que mi lengua trataba de atrapar huía garganta abajo y desaparecía ahogada en mi estómago, pero no salió nada y finalmente acabé asintiendo con la cabeza, porque el miedo a tartamudear me había robado las palabras.

—Claro que quieres, ¿verdad cariño? —contestó Beltrán saliendo a mi rescate—. ¡Es que la noticia es magnífica! Tanto que nos hemos quedado sin palabras. No sólo no nos importa en absoluto que nos vayamos a casar el mismo día; es la mejor idea que habéis tenido. —Beltrán se acercó y besó mi frente—. Estamos tan felices como no os imagináis. Precisamente antes de que llegarais lo comentábamos. Hemos de hablar de los preparativos; os llevamos cierta ventaja... —Sonrió guiñándole el ojo a su hermana—. Y desde luego, podéis contar con nosotros. Sugiero que se pongan de acuerdo las mujeres.

Miré al demonio de Morgana que acariciaba el pelo de Francisco mientras con su boca me decía sin voz (para que yo lo leyera en sus labios): TARTAMUDA.

De soslayo observé a Beltrán, buscando descubrir si había presenciado lo que ella me acababa de decir, pero se había girado y saludaba con un gesto a un conocido.

—¿Qué tal si cenamos mañana los cuatro y lo hablamos? —dijo Francisco, mirándome sin verme—. ¿Te parece, Alma?

—Así está mejor —apuntó Beltrán al ver que su amigo me tuteaba—. Ya era hora. Muy pronto seréis como hermanos.

En la mesa de al lado, un hombre movía una gran copa balón y daba explicaciones a los invitados que compartían mantel sobre las características del vino que acababa de servirle el *sommelier*.

Morgana se dio cuenta de la ceremonia de cata, se colgó del brazo de su prometido y le dijo.

—Ven, cariño, quiero presentarte al duque de Merlot; tiene las bodegas de vinos más exquisitos que te puedas imaginar. Sólo sus más allegados pueden paladearlos.

Me quedé junto a Beltrán, estacionada como un árbol seco que ve pasar el río del que hace tiempo dejó de beber. Como si estuviera en la otra orilla de la vida, donde permanecen los observadores que llegaron tarde a la repartición de papeles de esa ridícula obra de teatro llamada existencia. Convertida en el perfecto relleno que cubriría los agujeros del primer acto, del segundo y...

—¿Te pasa algo, amor? ¿Me escuchas? Te preguntaba qué día quieres que quedemos con Francisco y Morgana... —Pero la voz de Beltrán me confirmó muy a mi pesar que hacía parte del guión, y aunque no quisiera actuar era hora de salir al escenario. Miré mi agenda y le di dos fechas, al tiempo que observaba de lejos cómo los dedos de Francisco se deslizaban sutilmente por la espalda desnuda de la enigmática mujer que acompañaba al duque de Merlot. Nadie pareció darse cuenta y menos Morgana, quien ajena a lo que hacía la mano derecha de su flamante novio permaneció colgada de su brazo izquierdo.

Mientras Francisco entablaba con el duque una amena conversación sobre las virtudes del vino y sus dedos continuaban bajando suavemente por la columna de la mujer como si estuviera tocando un arpa, ella giró su mano y depositó algo en la de él.

Más tarde, aprovechando que su novia se divertía escuchando al duque y que el grupo había entrado en el juego de cata que él había iniciado, lo vi escabullirse. Caminaba sigiloso entre las sombras de las jacarandas florecidas, mirando continuamente hacia atrás como si temiera ser observado o seguido por alguien. Sobre el ocre atardecer rayado de luna, la silueta de su cuerpo se recortaba nítida —sombra china de un lobo al acecho—. Acababa de tomar el camino que conducía al invernadero, donde la madre de Morgana cultivaba orquídeas traídas de todo el mundo; un lugar mágico que yo conocía de memoria por ser el sitio perfecto donde me escondía cuando jugaba con Morgana.

A lo lejos, entre las lágrimas de humedad vegetal que se deslizaban por las paredes acristaladas y aquella atmósfera verde en permanente floración, me pareció ver un cuerpo de mujer. Intrigada y simulando que iba a por una copa, me separé de Beltrán y tomé el atajo secreto que me llevaba al lugar. Me descalcé y caminé sobre la húmeda alfombra de flores caídas, procurando hacer el menor ruido posible, hasta que mi visión fue clara. Pegué mi cara al cristal, tapé mi boca —porque sabía que si no lo hacía, de un momento a otro mi corazón saldría desbocado— y me dediqué a observar. Un cuerpo de mujer se paseaba altivo entre pasillos cuajados de medallones de exóticas y lujuriosas orquídeas a cual más bella. Sus dedos ingrávidos acariciaban los pistilos de las flores que al sentirse acariciadas lanzaban sutiles y femeninos quejidos.

Era la hermosa acompañante del duque quien esperaba a Francisco. Salvo por los zapatos y la copa que sostenía en una de sus manos, la mujer estaba completamente desnuda.

CAPÍTULO 42

Era bella hasta el dolor...

Sí, hasta las lágrimas; aunque dentro no había nada. Una apetitosa manzana de las que exhiben los supermercados americanos; la que compras por creerla jugosa y cuando la muerdes no sabe a nada.

Al verla como Dios la había traído al mundo —vestida sólo con aquellos zapatos de tacón de aguja—, y saber que en pocos minutos la tendría entre mis brazos, me dieron ganas de llorar. Ya sabéis que a mí la estética y la belleza me perdían.

Pero yo no la buscaba para amarla, porque para eso ya tenía a Alma. Además, estaba a punto de casarme con Morgana que, aunque nadie lo sabía salvo los padres y nosotros, iba a darme mi primer hijo. Aquí entre nos, todo por su culpa; por haber olvidado tomar por segunda vez la bendita píldora en plena ovulación. Ya no había manera de volverla a enviar a Londres para que se deshiciera del segundo error. ¡Qué remedio!

¿Que cómo se me ocurrió? Pues porque vivía de estar alerta, observar y practicar... y al final, uno acaba diplomándose.

Me había convertido en el gran cazador de oportunidades; un sobreviviente bendecido por los dioses. Sencillamente tuve la intuición de que podría utilizarla para obtener información en mi provecho —aclaro que en eso siempre he sido el más rápido—. Y es que cuando oí al duque hablar del sagrado culto del vino y de su refinada liturgia, y ser consciente de que todos babeaban con la historia y de que con ello el hombre me arrebataba de un tajo el protagonismo, me entró una envidia terrible y unas ganas desaforadas de poseer uno de sus bienes; o por pura gula todos, incluyendo a la rubia. Ya antes la había visto en aquel club que quedaba en el cruce de la avenida de Jerez con La Palmera —donde encontrabas verdaderas diosas del sexo—, y me había gustado. Sabía que estaba con aquel hombre sólo por interés, pues Merlot le llevaba más de treinta años. El viejo, un solterón empedernido que tenía en su haber las magníficas joyas heredadas de su madre y se encontraba perdidamente enamorado de la chica, le iba soltando quincenalmente y de a poquitos la valiosa pedrería a cambio de sus desganados favores. Mentiras que se quería creer el pobre en sus flojas sobredosis sexuales, porque le servían para llenarse el buche de orgullo varonil.

Y yo, que a esas alturas y a pesar de tener tan sólo veinticinco años sabía latín, supe reconocer que sería una presa fácil para mis fines.

Quise informarme de la manera que siempre me daba el mejor resultado: seduciendo. ¡Qué culpa tenía yo de que las mujeres fueran tan tontas y se lo creyeran! Disfrutaba como no os lo podéis imaginar, y por supuesto ellas también. Y además, de regalo, me beneficiaba, pues en el postcoito, cuando ya habían vivido dos, tres y cuatro orgasmos y languidecían de suspiros entre mis brazos —suplicando que no las tocara cuando yo sabía que querían más—, me empeñaba en volver a complacerlas y en ese sometimiento dolorosamente dulce me lo confesaban todo con una facilidad asombrosa.

Así me enteré de que el célebre duque, por muchas bodegas, pedigrí, título y vinos exquisitos que tuviera, iba literalmente arruinado. Que de liquidez sólo poseía lo que contenían sus preciadas botellas, porque de deudas estaba hasta el cuello.

Y en segundos planeé arruinarlo y quedarme con todo, en el instante mismo en que acariciaba la punta de su clítoris con una *Falophidedum*, la más sexual de todas las orquídeas —un exótico híbrido originario de Asia central y regalado a mi suegra en una de mis febriles tardes amatorias—, que tenía un largo y suave pistilo con una especie de boca en el extremo que, al contacto con la piel, dejaba caer unas gotas afrodisíacas que llevaban al éxtasis.

(Imaginaos su cuerpo desmadejado, a mi merced; su aorta palpitando en su cuello... Mis dedos abriendo los labios de su sexo... Su respiración agitada, expectante... El roce del pistilo entrando despacio, liberando aquellas lágrimas y, de repente, de un solo gesto, coronando el fondo... sus quejidos y suspiros amarrados a una voz entrecortada que pide más y más, mientras sus pupilas se dilatan hasta ocupar los iris y su mirada se pierde porque de un momento a otro ha dejado de ser mujer para convertirse en una gata en celo.)

Y vuelta a empezar, pero hablando.

Cuanta más información me daba, más orgasmos le prodigaba. De tanto sentir, las puntas de sus senos se habían convertido en dos pequeñas y brillantes piedras, diamantes que mis dientes mordían con hambre, sabiendo que con ello las bodegas más temprano que tarde serían mías.

Regué su pubis con el mejor vino de su duque, el más refinado y exquisito, y me bebí a sorbos largos su sexo saboreando, más que su placer, mi triunfo. Y la poseí con una endemoniada fuerza, como queriendo perforarle el alma hasta que su piel blanca, templada de deseo, se convirtió en mi trofeo. Entonces me derramé ebrio de triunfo. Sintiéndome aplaudido por un ejército de manos, reverenciado por los más ilustres. Rodeado de desconocidos que inclinaron su cuerpo ante mí.

Yo, Francisco Valiente, marqués de Al Lives de los Gazules, sería en breve el dueño de los vinos Gran Duque de Merlot.

CAPÍTULO 43

Del odio se aprende mucho y rápido; quizá mucho más que del amor. Lo malo es que esté proscrito. Es un tipo de sentimiento que no puedes compartir con nadie por considerársele algo oscuro y rastrero que se adentra en el mundo de las bajas pasiones. Quienes lo sentimos quedamos condenados al infierno. Por eso decidí que no haría partícipe a nadie —a no ser que fuese estrictamente necesario— de mi odio a Francisco y me convertí, siguiendo las instrucciones de Maquiavelo, en una farsante.

«Es de gran importancia disfrazar las propias inclinaciones y desempeñar bien el papel de hipócrita.»

Mi odio lo supe administrar muy bien, tanto que en nuestro selecto círculo de amigos estábamos considerados una pareja ejemplar.

No pensaba envenenarlo, la verdad es que no se me hubiese ocurrido semejante locura de no haber sido por aquel libro. Nunca he pensado que las casualidades sean sólo eso, «casualidades», ni que vengan porque sí. Mi intuición es algo muy serio. A veces me considero medio bruja, pues hechos que he presentido luego han sucedido. (Claro que en lo que a mí concierne he tenido mi sexto sentido enfermo de narcolepsia, ya que de haberlo tenido sano muchas de las cosas que he vivido a lo largo de mi existencia me las habría ahorrado.)

No puedo negar que deseara su muerte como una simple liberación, pero Apollinaire hablaba de los venenos de forma tan normal —como si éstos fueran el elixir de la vida— que empecé a admirar a Lucrecia de un modo obsesivo y a restarle importancia al hecho de matar, pues al hacerlo de esta manera tan... como diría... sí, tan romántica, era como si no lo matara.

Incluso durante la lectura de los Borgia acabé viajando a Florencia, donde permanecí varias semanas hasta convertirme en una verdadera experta en pócimas malditas. Indagué e indagué hasta dar con la persona que me convertiría en lo que hoy me considero: la gran maga de los brebajes. Descubrí en Borgo Allegri un local clandestino regentado por una gentil anciana de apariencia inofensiva, enana y contrahecha, que se hacía pasar por descendiente de los Borgia y se la consideraba la papisa de los venenos, quien además de tener un decadente salón que te hacía viajar en el tiempo, lleno de cuadros exquisitamente pintados de Lucrecia y sus asesinados, recibía a chiflados que probaban sus brebajes por el solo placer de excitarse y vivir al filo de la muerte. Y algunos morían, pero como venían por su propio deseo y lo que bebían tardaba algunas horas en hacer su efecto —ya que hasta eso estaba perfectamente planeado—, caían fulminados en sus casas sin que nadie pudiera rastrear el origen del deceso.

De la capital del Renacimiento volví feliz, cargada de conocimiento, fórmulas, frasquitos y potingues. Parecía el alquimista Paracelso en su momento de gloria. El cargamento que traía podría matar a un ejército y quizá, de haberse descubierto lo que en verdad era, me habrían metido de patitas en la cárcel. Pero pasó por la aduana sin que nadie le diera la menor importancia, camuflado en inofensivos tarritos que simulaban pinturas vegetales. Un desfile mortal de láudano, *cantarella* (la preferida por Lucrecia), arsénico, *Amanita phalloides*, polvos de sucesión (el favorito de otra gran envenenadora, Caterine Deshayes, «La Voisin», quien lo hacía servir para satisfacer a las mujeres que deseaban enviudar) y cicuta y curare... tantos que si os los sigo enumerando os vais a aburrir.

Luego vinieron las dudas, que a la larga consumen. Es lo que sucede cuando hay tanto de donde elegir: que al final una acaba perdiendo la cabeza. ¡Ay!, las dudas... Lo mismo me pasa en las mañanas delante del armario. Que si me pongo la cazadora de Dolce & Gabbana, que si el traje de Ralph Lauren o el de Valentino, que si botas de tal o zapatos de tacón de cual... Resumiendo, que estuve meses debatiéndome entre envenenarlo de una sola dosis con un revoltillo de huevos y setas que tanto le gustaba, o elaborando una exquisita cena estilo Borgia —con selectos invitados que me harían de testigos—, o hacerlo lentamente, gota a gota, o, lo que es casi lo mismo, polvo a polvo. Lo más grave de todo era que cuando lo veía cariñoso y divertido pensaba en mis hijos y me entraba tal remordimiento de conciencia que me metía en el baño con la carga mortal, sin saber exactamente qué hacer con ella. Porque la falta de un socio en tan alto y delicado trabajo acaba encogiéndole a uno cualquier envalentone. Y no me considero para nada cobarde; sencillamente, es la necesidad de intercambiar puntos de vista sobre el ejercicio a realizar.

Hasta que llegó el día en que a falta de socios me lancé a los experimentos. Si Lucrecia probaba con inofensivos animalitos de compañía, ¿por qué no iba a hacerlo yo con aquellos presuntuosos pavos reales que no sólo no me daban nada, sino que además odiaba con todas mis fuerzas?

Así que entre los pétalos que comían —porque al imbécil de mi marido le dio por alimentarlos con pétalos de flores todos azules para que el tono de sus plumas fuese más intenso, no me dirán que no es idiota y no merecía que lo matara sólo por pensar semejante estupidez—, decidí tirar unas goticas sueltas de láudano para ensayar y ver qué pasaba, pensando que, dada la poca cantidad empleada, los pavos reales sólo sentirían un malestar menor.

Y resulta que a la mañana siguiente los animales que había elegido para el experimento amanecieron tumbados panza arriba, con sus ojos desorbitados, sus patas encogidas y sus reales plumajes completamente negros.

Entonces se formó el gran drama.

Francisco los descubrió cuando regresaba de hacer los diez kilómetros que recorría cada mañana haciendo *footing*.

Al acercarse a saludar a sus amados pajarracos —a los que había hecho amaestrar a la perfección para que al hacer su entrada triunfal por el jardín se colocaran a lado y lado en fila militar y a su paso abrieran sus plumajes—, notó que cinco de ellos no estaban en sus puestos. Corrió como un loco a buscarlos, porque había pagado un dineral por ellos ya que pertenecían a una dinastía india a punto de extinción, y se los encontró muertos. Entró en casa dando alaridos, casi llorando, y llamó al veterinario, quien apareció al momento y confirmó su muerte sin encontrar ningún tipo de justificación. Luego subió a mi habitación gritando:

—Morgana, Morganaaaaaa...

Y yo, que ya me lo esperaba, abrí la puerta haciéndome la extrañada.

—¿Qué diablos te pasa, querido?

—¡Mala pécora! Seguro que tienes que ver con todo esto.

—No entiendo de qué me hablas —le dije con una serenidad que cualquier director de teatro hubiera aplaudido—. ¿Por qué estás tan alterado, cariño?

—¿Qué has hecho con mis pavos?

—Creo que deberías ir al médico. Un hombre como tú no debería perder el control y menos por unos gallinazos; estás demasiado exaltado y no te conviene. Ven, respira profundo y relájate.

—Te advierto que si has sido tú la causante de esto, te vas a arrepentir. Lo juro por ésta. —Cruzó sus dedos en cruz y los besó.

—¿Quieres que te haga preparar una tila, mi amor?

—Óyeme bien, Morgana. Voy a investigarlo hasta llegar al fondo, y si descubro que tras lo que ha sucedido está tu mano, vas a acordarte de mí, ¡maldita sea!

—Ay, cariño, cariño —le sugerí acaramelada—. Dile a tu médico que te medique. Estás enloqueciendo. Tanto trabajo te confunde.

—Ahórrate tus preocupaciones, malvada. Voy a quemarte viva.

—Jajaja... ya sabes que me encanta el calor y más

si arde... las llamas me excitan —le dije y cerré la puerta en sus narices.

Pero me quedé preocupada, para qué negarlo. Porque Francisco era de temer y aunque no le demostrara miedo comencé a lucubrar y a hacer suposiciones. Se podía vengar de muchas maneras, pero una de ellas, la que más me podría doler, sería haciéndole daño a mi adorado caballo: mi *Ulises*.

La guerra había empezado.

CAPÍTULO 44

Circunstancio Pomposo estaba pálido. Unas bolsas oscuras como nubarrones cargados bajo sus ojos marcaban sus arrugas y le daban un aire derrotado de perro *shar pei*. Estaba harto de tratar de llevar la batuta de aquel espectáculo del que todos se habían desentendido y él —nunca mejor dicho— debía cargar con el muerto.

—O esto se ordena o se acabó el velorio —dijo a su subalterno tratando de hacerse el jefe mientras observaba cómo el alcalde se había librado del tema entretenido con la morena—. Necesito que vengan más refuerzos para organizar este caos. Martínez, llame a la jefatura y que envíen más hombres.

En ese momento se acercó a Circunstancio el albacea de Francisco.

—Perdone que me meta —le dijo al jefe de protocolo—. No veo el porqué de este afán en poner orden. Francisco era una persona que adoraba la espontaneidad. Permita que la gente se manifieste: eso se llama libertad de expresión y no hace daño a nadie. Estoy convencido de que a mi amigo no le molesta en absoluto lo que está pasando a su alrededor; es más, como era tan pasional, me atrevería a decir que hasta lo está disfrutando.

—No se trata de que el muerto lo disfrute o no, si me permite la aclaración; esto ya ha dejado de ser un acto íntimo y personal y ha pasado al ámbito de la seguridad civil. Son demasiadas personas y con demasiados sentimientos a flor de piel. No olvide que el personaje era un hombre que generó demasiadas pasiones, tanto odios como amores. Y si no, fíjese en lo que está sucediendo allá. —Pomposo señaló con su dedo un rincón donde dos personas estaban a punto de llegar a las manos.

—Creo que exagera. Sólo están discutiendo. La gente tiene derecho a disentir.

—No se equivoque, amigo. Los que razonan también acaban en la locura. Todos quieren izar la bandera de la verdad porque creen que ondeándola son superiores a los otros. El vencer en una discusión les hace sentir dioses. Es una cuestión de ridículo ego. He visto tantos casos de eruditos que han acabo convertidos en animales rasos sólo por tratar de convencer a otros de su verdad. Piense que hoy estoy aquí, pero he asistido a reuniones del más alto nivel, con protagonistas que están en la *crème* de la *crème*, políticos, realeza, intelectuales, artistas e iluminados que al oírlos acabas deseando regresar a la ignorancia; porque el saber, según cómo lo enfoques, es de lo más rastrero. Brotan dioses como setas. Dioses de barro que se hunden es sus propias contradicciones. Amigo, yo sé de qué le hablo. Si aquí no se impone el orden, esto puede acabar muy pero que muy mal.

Los gritos que venían del fondo subieron y alrededor de ellos se fue creando un tumulto.

—¿Ve lo que le digo? —le dijo Pomposo al albacea—. Esto se complica. Si me perdona, debo poner orden. Martínez...

El guardia se acercó.

—Señor, ya han llegado refuerzos —le comentó disciplinado.

—¡Acompáñeme! —le ordenó Circunstancio—. Necesito que organicemos dos grupos. Hemos de conseguir crear dos filas: una, la que corresponda a las gentes que han venido para ofrecerle sus respetos porque de verdad lo querían y admiraban. Y otra, con aquellos que necesitan descargar sus rabias porque le odiaban y en algún momento se sintieron agredidos por el difunto. Todos tienen derecho, ¿verdad, Martínez? Ya ve usted como el alcalde ha depositado en mí toda su confianza. No podemos defraudarlo.

El jefe de protocolo aprovechó la oportunidad

para ponerse una medalla, al tiempo que se burlaba del alcalde.

—Como puede ver, tenemos a nuestro alcalde solucionando un problema de Estado.

Con un megáfono en la mano, Circunstancio Pomposo se dirigió a los asistentes y con palabras claras y contundentes les informó de que si querían ver al muerto tenían que formar dos filas. Al lado derecho pasarían los que en verdad sentían cariño por «El Hermoso» y deseaban darle el último adiós con los respetos que el difunto se merecía, y al lado izquierdo los que sentían que debían reclamarle algo. Eso sí, no iba a permitir de ninguna manera que el orden se viera alterado ni que hubiera ningún comportamiento fuera de la ley.

Tras su discurso, entre la muchedumbre se creó un clima tenso. Era ridículo tomar partido públicamente del sentimiento generado por alguien que ya no podía reaccionar ante nada. Además, ¿por qué era necesario clasificar a los asistentes en el bando de los buenos o en el de los malos, si todo ser humano tenía derecho a sentir lo que le diera la gana? Una cosa era estar ahí y maldecirlo o alabarlo en silencio y sin que nadie se diera cuenta de a qué bando pertenecía, y otra muy distinta era manifestarlo públicamente y quedar retratado delante de todos.

Los guardias empezaron a acordonar el lugar creando dos pasillos para que la gente se situara en el lado que se sentía más a gusto, pero nadie se movió. El desconcierto general se rompió cuando el alcalde apareció.

—Pomposo, ¿me puede explicar qué demonios está haciendo?

—Señor alcalde, usted me dijo que aprobaría lo que yo decidiera...

—Pero ¿cómo se le ocurre crear esto? ¿No se da cuenta de que estamos en un velorio?

—Con todos los respetos, éste no es un velorio corriente; aquí hay un desmadre de padre y señor mío.

—Pero dese cuenta de quiénes están aquí. Es la sociedad que nos representa como ciudad. No puede obligar a según quién a que forme fila y se pronuncie.

El jefe de protocolo miró a Martínez y con rabia contenida le dijo:

—Haga lo que el alcalde decida y olvídese de lo que le dije. Ha llegado el que manda.

—A ver, Pomposo, no me malinterprete. No quiero contradecirlo, ya sé que usted ha hecho lo que creía, pero...

En ese instante un afilado olor a humo les interrumpió.

—¿De dónde demonios viene esto?

Una humareda proveniente de la sala contigua se coló hasta el sitio donde era velado el cuerpo de

«El Hermoso» y lo inundó de niebla cenicienta. Era Morgana, que en uno de sus conocidos arranques de histeria y al ver que el espectáculo le robaba el *show*, había decidido montar —en pleno centro de uno de los emblemáticos salones— una hoguera a modo de pira funeraria. En ella iba descargando decenas de diarios personales y páginas escritas a lo largo de su vida en las que narraba todos sus dolores, fotos de ella y Francisco y regalos recibidos de él en su juventud que, como si fuese una adolescente, todavía conservaba.

Macarena le suplicaba a su madre que se comportara y los demás hijos trataban de salvar del fuego los cuadernos y las fotos que caían abrasados por las llamas.

—Dejadme, inconscientes. Sois mis hijos pero no sabéis nada de mí. Es hora de que os enteréis de que no soy de piedra, maldita sea. Esto que está aquí a punto de arder es lo más íntimo y personal que he tenido. Aquí están todos mis años perdidos, mi vida... mi vida quemada en nada. Mis contradicciones, mis impulsos, mis debilidades y fortalezas. ¿Creíais que porque era vuestra madre no tenía derecho a sentir? Antes que madre he sido un ser humano. Una mujer. Hoy he perdido el miedo a la vergüenza. La pureza no existe en nadie, ¿me oís? He esperado que llegara este momento para desnudarme ante vosotros. ¡No soy perfecta! La perfección no existe. Lo que está aquí, en este montón de porquería, ha sido la imbécil de vuestra madre. Quiero que arda todo lo que yo era, que se largue y me deje en paz. Que se convierta en ceniza lo que tanto me ha dolido. A ver si de una vez por todas me libero.

¡¡¡Estoy en mi derecho!!!

Aquel espectáculo se había convertido en un aquelarre. Entre las llamas aparecían los rostros jóvenes de Francisco y Morgana, sonrientes, abrazados. Se escuchaban sus risas. Se levantaban en medio del fuego sus cuerpos altivos, hermosos, vestidos de novios, cortando la tarta, bailando el vals; sus años gastados en fiestas, en los toros, en eventos importantes, con reyes, príncipes y celebridades del mundo. En tantos y tantos caminos del Rocío... Besándose alegres... Aquellas imágenes fastuosas, cargadas de cinismo y mentira, se mezclaban con palabras escritas de su puño y letra que hablaban de tristezas, odios, frustraciones y rabias, del maltrato sufrido. Recetas de pócimas y venenos, recortes de diarios y revistas... volaban y ascendían hasta consumirse.

Beltrán cogió a su hermana que lloraba y reía enloquecida, poseída de dolor y alegría.

—Morgana, cariño, ya acabó todo —le dijo tratando de tranquilizarla—. Aquí están tus hijos, no puedes darles este espectáculo; ellos no tienen la culpa de nada. No les pongas una carga más a sus espaldas; suficiente tienen con haber perdido a su padre. No te olvides que debes seguir y dar ejemplo de cordura. Tú eres fuerte. Demuéstrales ahora quién es su madre.

—¡¡¡Lo odiooooo!!! ¡¡¡Lo odiooooo!!! ¿Por qué tenía que hacerme todo esto? ¿No era suficiente para él haberme hecho su mujer y denigrarme? ¿Qué pecado he estado pagando todos estos años? Dime tú, que tanto lo has admirado... ¿quién era él realmente? En verdad debería odiarte a ti también; tú fuiste el culpable de todo. Lo metiste en nuestra casa y nos lo vendiste como la mejor persona que habías conocido. Hiciste que me enamorara de él —gritaba enloquecida golpeando el pecho de su hermano—. Tú, que lo conocías y admirabas tanto, dime... ¿qué le hice yo, si sólo lo amaba? Me volví mala por su culpa... y yo no quería. Nunca quise ser mala, lo juro... —Morgana no paraba de llorar—. Sólo deseaba tener un marido que me amara y crear una familia. Y ya ves en lo que me convertí. Ve y míralo, con su maldito rostro sereno, como si jamás en su vida hubiese roto un plato. ¿No te das cuenta de que hasta hoy me está jodiendo?... ¿Es que no te das cuenta?

Al ver todo aquello, y ayudado por el jefe de protocolo y los guardias, el alcalde decidió interrumpir el desfile de los asistentes y se acercó un momento al féretro.

—Qué regalo me has dejado, maldito sinvergüenza. Ni con todo el dinero que aportaste a mi campaña electoral me podrías pagar el que esté aquí. Y ahora, dime... ¿qué quieres que haga? ¿Los echo a todos de tu casa? ¿Qué hago con la loca de tu mujer? ¿La encierro en un manicomio? ¿Doy por finalizado el espectáculo?

CAPÍTULO 45

No sé qué hago aquí, metida en medio de esta algarabía tan grotesca.

¿En qué se ha convertido todo? Lo que está sucediendo en esta casa es algo vergonzoso. Me gustaría huir pero no puedo, pues lo que más he amado en mi vida se encuentra encerrado en esa caja y ya no volveré a verlo nunca más.

¿Cómo coger las riendas y ordenar a toda esa estúpida gente que no tiene ni idea de lo que es sentir, que me dejen sola con mi Francisco?

No entiendo cómo, conociéndolo y sabiendo su verdadero fondo, diseñó este final tan excéntrico. Cómo decidió que su último día no lo pasáramos los dos solos. Era lo que nuestro amor perdido se merecía. Por lo menos eso; casi nada. Aunque ya no estuviera vivo, lo habría acompañado en silencio... en un silencio enamorado. ¿Por qué no dejó por escrito —como dejó por escrito toda esta ceremonia ridícula— que su último día lo pasáramos en el lugar donde compartimos nuestra única tarde? Tras lo vivido, a mí no me hubiera importado encerrarme con él a cal y canto hasta que la muerte hubiese llegado a buscarnos. Poner un letrero que dijera: «Prohibido el paso», «No molestar»... o un «*Do not disturb*» —como los letreros que cuelgan en las habitaciones de los hoteles y que al verlos siempre me generaron tanta envidia porque imaginaba que dentro estaría una pareja amándose—. Un «Dejadnos en paz, nos estamos amando»... Olvido que no le dio tiempo. ¿Cómo iba a imaginar mi pobre Francisco que la noche de nuestro encuentro iba a morir?

Que nadie se crea que porque lo he amado hasta el final —a pesar de que sus comportamientos dejaran tanto que desear—, he sido una pobre estúpida. ¡No! Puede que al principio lo maldijera con todas mis fuerzas, como cuando decidió casarse con Morgana y restregarme por la cara su valía, pero pronto entendí que se trataba de su dignidad herida. En aquella carta, la última y única, la que ahora lleva guardada en su pecho, estaba su alma abierta y rota; aunque cuando la escribió era todavía un niño, lo que decía llevaba el sentimiento de un adulto, la certeza de su dolor y de su muerte en vida. Y es que los hombres también sienten; ése es un territorio común que nos pertenece a todos por igual, sin exclusividad de género.

Luchaba consigo mismo para sobrevivir, como todos. Quizá su vida se convirtiera en un delirio. ¡La existencia a veces es muy difícil! Sus días se vieron arrastrados por sus debilidades, que pronto convirtió en fortalezas de papel; un castillo de naipes que aguantó haciendo equilibrios.

¡Los seres humanos somos tan complejos!

Estaba más solo que un eremita en el desierto; solo, con sus frustraciones y sus complejos y sus ansias y sus agujeros negros... túneles sin salida que rellenaba con oropeles estúpidos. El resto son añadiduras y palabrerías de los que lo conocían por encima. Porque la gran verdad, la única, es la que se esconde debajo de todo y casi nadie puede ver... sólo quienes realmente sienten compasión por el ser amado. Y yo la tuve por él; una inmensa compasión y comprensión. Ése es el verdadero amor. De ello me enorgullezco.

No sé si haya valido la pena, pero desde luego Francisco y yo estuvimos enfermos de amor toda la vida. Aunque se hiciera famoso y su nombre apareciera en todas partes y fuera amado entre comillas por unos y odiado con alevosía por otros; aunque hubiese repartido su cuerpo entre tantas y tantas, siempre supe que me amaba y que en su vida era la única. Llegó un momento en que mi amor por él aprendió a sobrevolar todas sus equivocaciones. Porque en el fondo yo sabía que era un niño triste y solitario que quería parecer un adulto alegre y admirado por muchos.

Sí, he sido la única que nunca le pidió nada, la única que entendió su naturaleza y su dolor. Después de leer su carta supe que su verdadera esencia quedaría escondida para siempre en el último rincón de su corazón.

No sé si es que soy demasiado buena, pero al ver a Morgana dando este espectáculo he sentido pena. Y eso que siempre me hizo la vida imposible —en un brazo conservo la marca de sus dientes, de aquellos mordiscos que me dio cuando yo era un bebé—. Pero nunca me ha gustado ver sufrir a nadie. He preferido mi sufrimiento antes que el de los demás. Y no me considero masoquista ni nada por el estilo.

No la odio... pero no puedo decir que la quiera. ¡Faltaría más! En realidad, si lo analizo fríamente, lo que verdaderamente siento es lástima; una infinita lástima de verla tan perdida. Y aunque parezca increíble nunca tuve celos de ella. Porque ése es un sentimiento que jamás me gustó; te destruye, es algo miserable que está ligado a tu ego y orgullo. Y al final, con el paso de los años lo único que queda dentro de ti es tu propia paz; la que te has fabricado tú con lo que tienes. Como cuando abres la nevera a última hora de la noche de un domingo aburrido —cuando los supermercados están cerrados y tienes hambre—, y miras lo que hay en el congelador, en la gaveta de las verduras, en los frascos de condimentos y con todo aquello inventas la mejor receta.

Afirmo que seguramente habría podido cocinar un plato exquisito, pero los ingredientes que necesitaba no podía adquirirlos. Y aunque fantaseaba, el plato con el que me alimenté, sin que me gustara me sirvió para no morir de hambre. Y sí, lo tenía todo: de cara afuera y visto por los que no estaban en mi piel. Es tan fácil criticar cuando lo que criticas no te concierne. Eso me lo decían mis padres y también los que no entendían que sin amor verdadero la vida se hace muy cuesta arriba. Muchas, según los que opinan sin meterse en la piel, habrían querido «llorar» con mis ojos.

No lo supe conseguir.

Asumí que tenía que cargar con todo esto porque mi debilidad y mi educación eran más fuertes que yo. Al reconocer mi debilidad, aquello de lo que no era capaz, pude seguir viviendo. Creo que una de las cosas que me salvó de morir de tristeza fue aceptarlo. Acabé víctima de mi circunstancia; como la mayoría de los mortales. Hace falta asumir la falta de fuerza para vivir contra la propia naturaleza. Y aceptar la debilidad, aunque parezca paradójico también es una forma de valentía. Uno acaba viviendo... como puede; pocas, muy pocas veces, como quiere.

Y eso es todo... casi nada.

Me comporté como una sonámbula que caminaba por la vida sin verla, y tuve hijos —«creced y multiplicaos»— y reí (la mayoría de las veces eran carcajadas mentirosas de las que lanzan en los programas de televisión que se suponen divertidos), y arrastré mi tartamudez luchando contra ella hasta que me hice su amiga y la acepté como si fuera mi brazo o mi pierna, y cuando lo hice, como por arte de magia desapareció.

Cuidé de mi marido y de mis hijos de manera intachable, para que nadie tuviera que decir nada de mí. Día a día, año tras año... hasta que de repente me encontré por encima de mi dolor y mi desesperación y me volví indiferente. Todo lo que pasaba a mi alrededor resbalaba, como las gotas de lluvia que de pequeña observaba tras el cristal de mi ventana. Y acabé mirando mi vida no como si fuese la mía, sino como si fuese la de alguien que hubiera visto en alguna película o leído en algún libro. Observándola desde fuera sin que nada me afectara. Al fin y al cabo, lo que para mí había significado todo, para los demás sólo era un simple comentario sin importancia.

Entonces supe que había crecido.

Ahora estoy aquí, Beltrán abraza a su hermana, que ha decidido montar aquel número de pirotecnia con sus fotos y sus diarios. Sus hijos, pobrecitos, tratan de entender esa acción. Y yo, cansada de ver todo aquello y sin poder decir nada, me desplazo hasta el lugar donde se halla el cuerpo de Francisco. Cuando llego, me encuentro con una vieja cara conocida. [No sabía que aquel pobre hombre aún vivía.] Es el duque de Merlot, que arrastra su enjuto y deteriorado cuerpo apoyándose en un aristocrático bastón con empuñadura de plata. Su rostro consumido por el alcohol y la soledad es una caricatura de lo que fue. A pesar de su aparente debilidad física, su voz es fuerte y logra por un momento que el salón se quede en absoluto silencio.

—Aquí están las pruebas —dice blandiendo unos viejos documentos que lleva en la mano—. Este hijo de la gran...

Circunstancio Pomposo sale al quite y lo detiene.

—Lo siento, señor duque. Perdóneme; no puede pasar. Estamos tratando de resolver un contratiempo. Por favor, manténgase a la espera. Le aseguro que cuando hayamos resuelto el problema usted es el primero.

El duque de Merlot, que está cansado y no tiene muchas fuerzas, pide que le dejen sentarse, y el jefe de protocolo, que le conoce de otros tiempos, siente compasión; lo acompaña y ayuda a sentarse, le hace servir un whisky y lo entretiene mientras los bomberos pasan y extinguen las llamas.

—No se preocupe —dice Merlot—. Puedo esperar; a esta edad la prisa ya dejó de ser importante, Pomposo. Para la venganza siempre hay tiempo. He vivido muchos años soñando con este momento. Este engendro ya me jodió la vida. No va de diez minutos. Ojalá pudiera contemplar su descomposición delante de mis ojos. Valdría la pena haber vivido sólo para ello.

CAPÍTULO 46

No esperaba verte por aquí, mi querido duque. Me honras con tu presencia; has de perdonar que no me incline ante ti, pero mi posición actual me lo impide. Pensé que ya habías desaparecido de la faz de la Tierra. Por ley de vida te tocaba morir a ti antes. Pero la muerte es así de cabrona. ¿Por qué vienes a aparecer ahora, si han pasado más de... déjame hacer cuentas... treinta años?

Yo no tengo la culpa de tu torpeza supina. ¿O es que ahora me va a tocar a mí asumir tu ingenuidad? Lo primero que un ser humano debe aprender en la vida es a desconfiar... desconfiar de todo. Si eso no te lo enseñaron tus nobles padres, yo, un pobre diablo venido del estiércol de la vida, ¿iba a tener que enseñártelo? ¡Por favor! Tenías que haber desarrollado unas escamas de acero, es lo que hay que hacer para sobrevivir en este mundo de hienas. Cada uno debe asumir sus equivocaciones. Y desde luego, te equivocaste; asúmelo de una vez y no te tortures más.

Todo ha sido culpa tuya. ¿Cómo te metiste con aquella furcia?

Sí, estoy de acuerdo contigo en que era una diosa; su cuerpo escultural era para morirse de gozo y caer rendido a sus pies. Pero ¿creer que estaba enamorada de ti? ¡Qué ingenuidad! Más que llamarte duque de Merlot deberías haber llevado el título de duque de Los Inocentes. Tenías que estar muy necesitado, hombre. ¿Cómo creíste que te podía querer una ramera de semejante envergadura? Apuesto a que te decía que te amaba con locura. Es lo que dicen todas cuando quieren conseguir algo; y ella sabía que estabas forradito de joyas. Ese tipo de mujeres bailan por los diamantes como los perros por la comida. Tarde o temprano tu torpeza te iba a pasar factura. Hay que asumir las edades, mi pobre duque. Lo dice la Biblia: «Hay un momento para sembrar y hay otro para cosechar»... en resumen, que existe un momento para todo y a ti ya no te tocaba esa escultura. Haberte buscado a alguien de tu edad... pero las carnes viejas cuestan de masticar, ¿verdad?

Ella fue la culpable de todo, no yo. Si a alguien tienes que pedirle cuentas es a tu «amada» (en este momento vete a saber dónde diablos está; a lo mejor su apetitoso cuerpo ya está agrio y no da para expoliar a nadie). La última vez que supe de ella se había ido a París con un viudo a quien esperaba sacarle sus fincas; el problema era que el viejo tenía hijos y lo de quitárselos de encima lo tenía muy peliagudo. No sé en qué paró todo aquello.

Volviendo a nuestro tema, lo único que hice en aquel entonces —porque las oportunidades las pintan calvas— fue enterarme de lo que tenías y de tus agujeros financieros que, sin ánimo de ofender, eran muchos. Jajaja... parecías un queso gruyère. Quise rellenarlos, como un buen samaritano... ya ves. Como si fuera un ingeniero de caminos. Y ella, casi sin hacer ningún esfuerzo —simplemente complaciéndola y dándole los orgasmos que tu decrepitud no podía ofrecerle—, me lo fue soltando todo, con pelos y señales. Así me enteré de que estabas hundido y de que tus bodegas se encontraban al borde de la quiebra. En realidad deberías estar orgulloso de que todavía existan tus vinos... bueno, a lo mejor te molesta que no lleven tu nombre. ¿No pretenderías que siguieran portando la etiqueta de «Gran Duque de Merlot» siendo yo el que los rescató de su desaparición? Piensa que me tocó invertir muchísimo para sacarlos a flote —porque aquello lo tenías muy abandonado—. Ahora las cepas están muy bien regadas y valoradas, y han crecido como no te imaginas. Los que fueran tus vinos ya están implantados en todo el mundo con la etiqueta «Gran

Marqués de Al Lives de los Gazules» y se venden a precio de oro. Como diría mi madre, «las cosas no son del que son, sino del que las necesita», y en ese momento para mí era muy importante poseer unas bodegas de vinos. Me servían para reforzar mi estatus, entiéndelo.

¿Quién debía asumir tu afición al alcohol? ¿Acaso tengo yo la culpa de que estuvieras absolutamente perdido cuando me cediste las bodegas?

Mira que insistí en que leyeras muy bien lo que te daba a firmar, pero ¡estabas tan borracho! Cuando uno va a estampar su nombre en un papel tiene que hacerlo sobrio. ¿No te lo enseñaron tus padres? ¡Es casi de parvulario! Te pasé las tres copias y creíste que todas eran iguales. Hay que ser iluso; no me conocías tanto como para confiar de esa manera.

En la primera copia estaba todo muy correcto, tú te quedabas con el cincuenta y uno por ciento de la compañía y yo con el cuarenta y nueve. Seguías con el mando de todo y con la mayoría de las acciones. Mi aportación era sólo monetaria, ninguna intervención, sencillamente iba a sufragar tu falta de liquidez sin exigirte nada (ya me dirás si yo iba a aceptar tremenda estupidez). Pero en la segunda y tercera copia me cedías la sociedad, las bodegas, los *stocks*, y además adquirías el serio compromiso de sanear la empresa y entregármela impoluta. ¡Y firmaste las tres! Es el típico timo de los principiantes, hombre.

¿Y qué pretendes trayendo esos papeles ahora, cuando lo primero que hice fue deshacerme de la primera copia? ¿Crees que alguien te hará caso estando tu rúbrica refrendada con tu noble sello? (Por cierto, recuerdo que haciendo alarde de tu título, te lo sacaste del bolsillo y me lo restregaste por la cara para que me diera cuenta de que tú eras más que yo.) ¿Piensas que mi «adorada y dulce» esposa va a creer lo que le cuentes? ¿Que podrás conseguir lo que hace tiempo perdiste? No tienes ni idea de con quién te enfrentas. Esa mujer es lo peor que te puedes encontrar: ¡una víbora! Ni siquiera yo, siendo tan listo, pude bajar la guardia nunca.

Mi queridísimo duque, date por jodido.

O si lo prefieres, espera sentadito a que este último zafarrancho, organizado por Morgana, se calme. Verás que no hay nada que hacer. Todo quedó atado y bien atado. Transcurrió demasiado tiempo... Lo mejor que te puede ocurrir ahora es morirte. De verdad, hazme caso; cuando estás así como estoy yo, pasas absolutamente de todo. Entras en un estado de gracia ideal. Nada te importa. Lo único malo es la quietud, los calambres que te cogen en las piernas. ¿Alguna vez sufriste alguno? Cuando has estado acostumbrado a ir de aquí para allá, no poder moverte molesta mucho. Por lo demás, acabas disfrutando como un enano. Yo de ti me volvería a tu casa y me bebería todas las botellas que te queden de tu whisky favorito. ¿Cómo se llamaba?... ¡Ah!, sí, The Macallan, se me olvidaba que en eso también coincidimos.

Tómatelas a mi nombre, hasta que tu hígado reviente de placer; vivirás los últimos instantes sobrevolando lo poco que te queda y no te importará nada. Que te lo digo yo, mi duque, que hablo con conocimiento de causa.

Y si estás esperando que me arrepienta de algo, pierdes el tiempo; porque debes ser consciente de que estás en cuenta regresiva... y los últimos días que te quedan no están como para desperdiciarlos tratando de recuperar lo irrecuperable. Conmigo la cosa no va de arrepentimientos.

Cuando uno vive, aunque se equivoque, lo vivido, vivido está. Ahí te queda eso.

CAPÍTULO 47

Tras la intervención de los bomberos, el velatorio volvió a su anormalidad. La gente rehusó a hacer las filas que Pomposo había tratado de organizar. Al ver que su iniciativa resultara del todo fallida, el hombre dio la contraorden y los guardias retiraron los cordones de seguridad.

La anarquía continuaba imperando en la mansión del Paseo de Las Delicias.

Morgana se calmó y haciendo uso de su dignidad siguió presidiendo el acto con su habitual elegancia; su hermano había conseguido darle una pastilla para la ansiedad y buscando reforzar su efecto la había acompañado con una copa de *champagne*. El extraño cóctel le había sentado más que bien. Se la veía relajada y hasta llevaba puesta una enigmática sonrisa a lo Gioconda. Entre los asistentes, el duque de Merlot esperaba sentado —mientras se bebía de un solo trago el vaso de whisky que uno de los criados acababa de servirle— el momento en que le dejaran expresarse.

En el exterior, el día seguía siendo noche cerrada a pesar de que el reloj de la iglesia más cercana marcara las tres y treinta y cinco de una tarde veraniega de julio. La fila de personas que se acercaban a despedir a Valiente continuaba creciendo, y vendedores ambulantes aparecidos de la nada se acercaban a ofrecer todo tipo de objetos; desde estampitas de Vírgenes, Cristos y rostros de Francisco que guiñaban el ojo al moverlos, hasta inciensos, churros y chocolate en pleno calor. Fotógrafos con maquetas a tamaño natural de «El Hermoso», sonriente y guapo, habían improvisado estudios callejeros para que la gente, mientras esperaba, se pudiera fotografiar abrazado al finado. Y camisetas con su nombre, y gorras y tazas con su cara impresa y textos como «¡"El Hermoso" Vive!», «"El Hermoso" Siempre», «Viva "El Hermoso" y viva Sevilla»...

Por los jardines el ambiente era de fiesta y tristeza. Se hacía difícil reconocer entre tanto luto los que sufrían con su muerte y los que no. La gente se paseaba y algunos aprovechaban las fuentes virginales para mojar sus pañuelos y refrescar el bochorno. Los termómetros marcaban más de cuarenta grados a la sombra. Bebían y comían y se mezclaban entre los pavos reales, que lentamente y con sigilo empezaban a reunirse alrededor del que se había erigido como líder y emitía sonidos que los demás parecían entender.

Entretanto, el jefe de protocolo se acercó al duque y le dijo:

—Ahora es su momento, señor. Eso sí, le pido que sea breve, pues hay muchos que esperan.

—¡Cómo no! Seré breve y conciso —le contestó el duque y se puso en pie con dificultad—. Nunca he esperado con tanta vehemencia este instante, pues he de decir que todos los días de mi vida deseé con todas mis fuerzas la muerte de este... —Miró a su alrededor—. Mi decencia me impide llamarlo como en verdad se merece. Es más, me dediqué a alambicar mi cerebro, fantaseando qué haría cuando volviera a verlo. Desgraciadamente hubiera preferido ir a la cárcel y ser yo el artífice de su muerte, porque he de admitir que esperaba encontrármelo vivo. Pero no importa. La justicia suprema se me adelantó. Ahora, si me permite...

Se acercó cojeando hasta el féretro, miró directamente a Francisco mientras los demás observaban en silencio. Sus gestos eran torpes y por la edad nadie osó emitir ningún sonido. Buscó dentro de su anacrónica levita que lo hacía sudar copiosamente y, de repente, sin que nadie se lo esperara extrajo una antigua arma que pertenecía a su padre y apuntó al muerto. Pero su mano temblaba.

—Te voy a rematar, granuja —le dijo a Francisco, apuntándole directamente a la frente.

El alcalde, al ver aquello, corrió hasta el duque y lo detuvo.

—Señor duque, no vale la pena que haga esto.

—¡Déjeme! Se lo debo a mi dignidad. ¿Es que no entiende que si no lo hago, lo que me resta de vida no tiene sentido?

—¿Cómo va a matar a alguien que ya está muerto? ¡Piénselo!

—No me diga que nunca en su vida ha deseado matar a alguien. ¿Qué más le da que lo mate, si ya está muerto?

—No haga de esto un vodevil, recuerde que usted es una persona con clase. Es una cuestión de decoro.

—¿Me está hablando de decoro usted? No me haga reír. Sé cómo llegó a la alcaldía. Todos ustedes son una partida de indecentes. Tener dignidad no tiene nada que ver con ser pendejo. Además, a mi edad el decoro pasa por hacerse respetar. ¡Déjeme!

El duque quitó el seguro del arma y, cuando estaba a punto de disparar, el alcalde se adelantó, agarró su mano y desvió el disparo al techo. La bala dio directamente a la espléndida lámpara de cristal de Murano —traída por Francisco de Venecia—, que se desplomó rotunda sobre el salón, produciendo un estruendo infernal. Las lágrimas se esparcieron entre los pies de los asistentes creando charcos de luces azules y rojas.

Todos se quedaron estupefactos.

—Este hombre está loco... ¡Por Dios, sáquenlo de aquí! —ordenó Morgana—. Va a acabar con mi casa.

—Señora, nunca en mi vida he estado más cuerdo —le dijo el duque con su voz ronca y cansada—. ¿Usted tiene idea de lo que me hizo su marido? Estos documentos los firmé engañado. Las bodegas de vinos son mías. Estaba casada con un demonio.

Morgana sabía de lo que le estaba hablando el duque, pero se quería quedar con todo lo adquirido por Francisco. No iba a ser tan tonta —después de haber aguantado tanto en su vida— de repartir en el último momento sus bienes. Además, la medicación la había llevado a una placidez química que la tenía en un nirvana sobrenatural. En aquel estado, se separó del alcalde y acercándose al duque le susurró al oído:

—No te preocupes, querido, no sufras más. Lo que tenías que hacer ya lo hice yo. No eras el único que deseaba su desaparición, ¿sabes? Qué más te da quién fuera el autor. Lo que tienes delante es la realidad. De todo lo que pudo hacerte a ti, a mí y a muchos otros, ya me vengué. Siento haberte robado ese placer.

»Sssst... ni una palabra a nadie. Espero que sepas ser discreto porque, en caso de que no lo fueras, les diré a todos que sufres demencia senil o delírium trémens, y con la fama que tienes... ya me entiendes. Así que esto que te cuento, por tu bien y por el mío, se va a quedar entre tú y yo.

»Discreción, mi duque, discreción... Sssst.

CAPÍTULO 48

Lo vi con mis propios ojos. Con estos ojos que se han de comer los gusanos.

Me dolía un pie porque al ir descalza entre las flores caídas y los brezos y sentirme tan atolondrada por lo que estaba a punto de ver, me había clavado una astilla que me hacía un daño insoportable. Bastó asomarme al invernadero y presenciar la escena para que el dolor se convirtiera en algo ínfimo y desapareciera.

¡Estaba tan asustada!

Me pegué al cristal y, sin dar crédito a lo que contemplaba, de pronto me quedé sin respiración. El sonido de mis sienes amenazaba con descubrirme. Me sentía como una niña perdida.

Francisco tenía en sus brazos el cuerpo desnudo de la acompañante del duque y acariciaba sus cabellos mientras la besaba con una pasión que yo jamás en mi vida había experimentado. No eran los insípidos y tímidos besos que me daba Beltrán; era algo animal, como si fuese un león hambriento devorando a su presa. Mientras comía sus labios, los dedos de la mujer desabrochaban su camisa con maestría, hasta que de pronto el torso de Francisco quedó al desnudo.

¡Era hermoso!

Los músculos en tensión de su vientre, bañados por los últimos rayos de sol, se pegaban a los inmaculados senos de la mujer con sus aureolas como arcos a punto de disparo. Se restregaban los cuerpos en un abrazo frenético y doloroso. Era un placer violento sobre el que caían los pétalos de las orquídeas, las palabras entrecortadas y los suspiros de ambos.

El dolor que sentí pasó directo del centro de mi corazón al centro de mis piernas. Y yo no entendía cómo lo que tanto me podía doler pudiera al mismo tiempo despertar mi vientre de aquella manera tan obscena. Me producía una terrible culpabilidad sentir mi pubis palpitando, mojado de excitación cuando mi alma lloraba de tristeza, porque ese sentimiento que me desgarraba por dentro no podía ser compatible con aquel otro tan sucio y placentero. No tenía sentido; y aun sin tenerlo, no podía evitar sentirlo. Estaba hipnotizada —abducida por sus cuerpos— y, por más que mi razón me exigía huir, mis pies continuaban sembrados en la humedad del jardín. Convertida en testigo muda de mi propio dolor. Protagonista y observadora a la vez.

Necesitaba presenciarlo; soñar que aquellas desquiciadas caricias que caían en otra piel en realidad iban dirigidas a mí; que era su equivocación la que lo llevaba a hacerlas en otro cuerpo porque el mío pertenecía a otro. Y así, justificándolo con esa espantosa fantasía, me quedé.

Se olfateaban como perros sin ningún tipo de vergüenza. Su nariz bajaba por el centro de su cuerpo hasta clavarse entre sus ingles y ella le ofrecía su perfume, abriendo sus piernas de par en par. Las manos le crecían como queriendo desgarrarla, mientras aquel cuerpo —ondulante como las olas del mar— subía y bajaba y pedía y gemía. La volvía boca abajo y con su lengua la partía en dos como si fuese un afilado cuchillo. Desde la nuca hasta el cuello.

(Creo que de todas las cosas que he presenciado —aparte de haber visto a Francisco muerto—, ésta ha sido la más dura de mi vida.)

Francisco tocaba a otra como yo hubiese deseado que me acariciara a mí. Aquella violencia se transformaba, como por arte de sus dedos, en delicadeza. Una delicadeza infinita, arrojada como lava hirviente, con esa ambición de poseer el cuerpo amado, como si sólo hubiese venido al mundo para vivir ese instante. Pero también con una brizna de querer entregar... como si la hubiese amado toda la vida.

Y vuelta a empezar. Tras la placidez momentánea y el recreo mínimo, aquella exótica flor entre las manos de Francisco. Ese enorme pistilo dibujando su cuerpo, penetrando hasta el fondo; fecundando ese oscuro y húmedo silencio... La derrota y el triunfo de dos ajenos.

¡Maldita sea!

Lo peor era que me excitaba.

Y me odiaba a mí misma por no poder odiarlo, y la espiral del odio y el placer giraba. Cuantos más quejidos escapaban de la boca de aquella mujer, más culpable me sentía. Era yo quien lo había dañado. Era yo la culpable de lo que Francisco hacía con ella y no conmigo. Era yo la culpable de mis sentimientos y de mi debilidad; de no poder vivir lo que por ley de amor debería haber sido mío. Y mientras los suspiros de ella me llegaban y mis bragas se mojaban, me iba diluyendo en llanto.

Me quedé hasta el final.

No sé cuánto tiempo estuve acurrucada después de verlos partir —cada uno por su lado y con unos minutos de diferencia—. Permanecí clavada en la tierra, con mis bragas mojadas y mi cara enrojecida por el llanto, sin saber cómo regresar a aquella fiesta. Sintiéndome perdida en una marisma de emociones confusas. Hasta que el sonido de unos pasos sigilosos entre la hierba me hizo tomar conciencia de que no estaba sola. En esa oscuridad tan desolada, oí una voz de hombre que me dijo:

—Alma mía, no te creas todo lo que acabas de ver... De verdad, no te lo creas. «En el amor, todas las cumbres son borrascosas»... lo dijo un marqués, el Marqués de Sade.

CAPÍTULO 49

Nos reunimos una noche, Francisco, Morgana, Beltrán y yo, dos parejas «idílicas» que se unían en matrimonio. Tras su compromiso quedamos el viernes siguiente a las nueve de la noche en el restaurante italiano *Allegro, Ma Non Troppo* de la calle Santas Patronas, para planificar el casamiento.

Lo de mi boda ya estaba bastante avanzado, pero al sumarse Francisco y Morgana los preparativos cambiaron.

Beltrán y yo habíamos reservado una capilla pequeña —porque a mí me parecía más íntimo realizar mi boda en un lugar sencillo y él quería darme gusto— a pesar de que mis padres y los suyos deseaban un acontecimiento por todo lo alto. Y claro, como era de esperar, Morgana y Francisco querían hacerlo nada menos que en la Catedral de Santa María de la Sede de Sevilla, la Catedral gótica más grande del mundo. Y es que ellos eran presuntuosos y ceremoniosos y se morían por aparentar.

Yo, que poco hablaba dado mi agudo problema de tartamudez, acabé aceptando lo que decidieron sin pronunciar ni una sílaba. La boda sería oficiada por el arzobispo de la ciudad, amigo íntimo de los Romero de Hinestrosa, y por ocho sacerdotes que también tenían relación con ambas familias. La ceremonia sería cantada por el coro de voces blancas de Al Lives de los Gazules, que estaría acompañado por la Real Orquesta Sinfónica de Sevilla.

Los vestidos, maldita sea mi suerte, serían idénticos. Porque a la malvada de Morgana le dio porque las dos teníamos que ir vestidas igual, y dado el poco tiempo era lo más práctico. Y resulta que cuando salimos de la cena —durante la cual evité mirar a los ojos a Francisco porque su mirada me alteraba sobremanera—, lo que había planeado se fue al traste y ella se irguió como la jefa de la historia. Y el diseño de mi traje cambió. El menú, los invitados, el lugar del festejo... las flores, la ceremonia, todo fue transformado y decidido por mi enemiga.

Y yo —que ya había vivido lo del invernadero y sabía más de lo debido— me encontraba tan perdida en aquel escenario tan ajeno que luchaba por gritar, pero mi mudez era patética.

No dije nada, cuando habría podido decirlo todo y con ello desbaratarles los planes de boda.

Los días previos me tocó vivirlos muy unida a Morgana. Íbamos de aquí para allá con nuestras respectivas madres, en un jolgorio que las tenía al borde del paroxismo. En realidad era a ellas a quienes hacía más felices aquel zafarrancho. Pruebas de vestido y de peluquería, de maquillaje y de menús. Todo en una fraternal cordialidad que rayaba el ridículo. Y los floristas haciendo pruebas de ramos espectaculares para adornar la iglesia con ensayos de la ceremonia y selección de obras musicales que acompañaran el acto. Y la selección de qué pasajes de la Biblia leería uno y cuál el otro. Toda una suma de ridiculeces que nada tenían que ver con lo que de verdad estaba a punto de suceder.

Sin que nadie me dijera nada supe que Morgana estaba embarazada, porque en cada prueba su vestido tenía que ser ajustado a sus nuevas medidas y ella trataba de esconderlo como podía. Vistiendo fajas que yo sabía que se ceñía antes de probarse para que el traje le fuera bien. Hasta que su madre, en confidencia absoluta, se lo confesó a la mía. Entonces todo cobró sentido para mí. Aquella carrera loca por celebrar la boda cuanto antes porque querían hacerlo con nosotros era una tapadera a su desliz. Volví a sentir pena por ella... y por mí. Estábamos enamoradas de un ser que tal vez desconocía el verdadero valor del amor. Quise decirle lo que había presenciado, pero como sabía que no me lo iba a creer y además mi sentido de la culpabilidad seguía carcomiéndome, callé.

Y se llegó el día.

La noche anterior a la boda se me hizo interminable. La pasé en blanco nupcial. Toda mi vida desfiló ante mis ojos en cinemascope. Con la conciencia absoluta de que lo que iba a hacer era un tremendo error, pero sin las fuerzas necesarias para evitarlo. Nadie, absolutamente nadie, podía sentir lo que mi alma estaba viviendo. Me mofaba de lo que la vida me regalaba y lo miraba con pagana indiferencia, como si lo que estuviera a punto de realizar no tuviera nada que ver conmigo y aquello, aunque pareciera lo contrario, estuviese vinculado a un destino del que no hacía parte. Decidí replegarme detrás de mi propia cara y hacer que aquello que tanto me dolía pasara a ser el dolor de otra y me sumí en la nada. Una nada flotante que me llevaba a bailar entre unas paredes cerradas, desangeladas, con carceleros corrompidos que sólo buscaban sus propias alegrías. Yo sería un pétalo blanco flotando en un agua turbia que los demás mirarían sin asombro.

A partir de mi boda estaría fuera de mi cuerpo. A los límites de mis propias palabras. Quien quisiera entrar tendría que golpear muy fuerte la puerta de mi corazón porque a partir de ese instante iba a entrar en una sordera total.

CAPÍTULO 50

Fue el gran acontecimiento de Sevilla.

La ciudad estaba perfumada de azahares, vestida de jacarandas florecidas, una loca floración que contrastaba con mi corazón marchito que caía desmigajado a pétalos. Esa mañana el sol ascendía despacio, marcando en el horizonte rayas verdes, azules, rojas y amarillas. Mi madre, que no podía con su gozo, entró en mi habitación y mirándome a los ojos me dijo:

—Hoy es el gran día, mi vida. ¿Estás preparada?

Yo me quedé mirándola, diciéndole con mis ojos lo que sentía.

—No tengas miedo. Con el tiempo, aprenderás a quererlo. Es un buen hombre. Los padres sabemos lo que es bueno para los hijos.

Y yo, que no podía hablar, quería decirle que me estaban desgraciando para siempre. Que estaba enamorada de otro y que asistiría a la pérdida de mi amor el mismo día en que ella y mi padre estaban convencidos de que alcanzaba mi gloria. Mis lágrimas ya no caían. Se amontonaban sobre mí y se deslizaban por mi sueño como negras gotas. «Debo esforzarme en no llorar, en mirar todo con indiferencia», me decía mientras sus labios pronunciaban palabras banales.

Me pondría aquel vestido que yo no había elegido, revolotearía por mi cuerpo sin sentirme, y sus velos y encajes flotarían como si fueran una flor ausente. Y toda yo dejaría de tener cara y cuerpo para elevarme como pájaro blanco, toda espíritu, por encima de la vida. Los miraría desde arriba, burlándome de aquel acto, tratando de conservar aquel estado leve del que sobrevuela los obstáculos y se siente en esa vacuidad incandescente. ¿A quién daré todo lo que mi cuerpo esconde, todo lo que de mi cuerpo brota, si no existe nadie que lo vaya a recibir? ¿A quién?

Me bañaron y perfumaron. Me peinaron y vistieron. El fotógrafo hizo las fotos de rigor. Con mi padre y mi madre. Fotos del ramo y los anillos, para que el gran diamante que me regalaba Beltrán quedara como una de las fotos principales. En los jardines y con los pajecitos que llevarían las arras. Y llegamos a casa de Morgana, mientras los novios esperaban ansiosos en la Catedral. Y más fotos, más sonrisas y más de todo.

Los espléndidos carruajes, ambos del siglo XVIII —en madera de haya y fresno y tapicería de seda violeta—, esperaban en la entrada, cada uno de ellos tirado por seis caballos cartujanos de color azabache, trenzados y adornados con percheras de plata. En uno iba yo con mi padre; en el otro, Morgana con el suyo. Vestidas igual parecíamos hermanas gemelas, con la única diferencia de que los kilos que esos días yo había adelgazado Morgana los había engordado. Y aunque pasaba casi inadvertido, su vientre estaba ligeramente abultado.

A esas alturas, Sevilla ya empezaba a rendirse a los pies de Francisco y el acontecimiento de la doble boda hizo que la gente se volcara a las calles —como si se tratara del enlace de algún miembro de la casa real— para ver el paseíllo que estaba planeado a nuestra llegada y la salida triunfal, una vez nos hubieran declarado a los cuatro marido y mujer.

Y lo que planearon nuestros padres se hizo.

Los carruajes salieron de la gran mansión y se dirigieron por la calle Tramontana hasta tomar la avenida de la Palmera —siete kilómetros cuajados de guirnaldas y flores azules, como había dispuesto el Ayuntamiento al saber que era el color preferido de Francisco—, hasta coronar la soberbia Giralda engalanada como nunca antes se había visto.

Al llegar a la Catedral entramos por la Puerta del Perdón y nos detuvimos en el patio de los Naranjos.

El gentío era tal que los guardias se vieron obligados a contener a la muchedumbre, que amenazaba con echar abajo las carrozas y hacía imposible descender de ellas.

Y llegó la ceremonia.

Echamos a suertes quién de las dos entraba primero y como era de esperarse ganó Morgana. Iba agarrada al brazo de su padre, que parecía un rey saludando a diestra y siniestra, mientras la hija hacía otro tanto de lo mismo. Y detrás de ella, su corte de honor con sus seis damas y sus ocho pajes vestidos de oro. La marcha nupcial me hizo caer en la cuenta de que la hora de mi muerte había llegado. Me sostuve como pude y en mi silencio, más mudo que siempre, ni saludé ni sonreí ni miré a ningún otro lugar que no fuese el suelo, a pesar de que mi padre en voz baja no paraba de repetirme que levantara la cabeza para que la gente pudiera contemplar lo hermosa que estaba.

—¿Estás bien, hija? —me susurró al oído.

Yo no le respondí, ni siquiera con los ojos.

—Estás más guapa que nunca; eres la novia más bella que ha tenido Sevilla —me dijo con dulzura, acariciando mi mano helada—. No estés nerviosa, cariño. Hoy es el día más importante de tu vida. Serás muy feliz, ya lo verás.

Atravesé el largo pasillo alfombrado de rojo, que se me hizo eterno, y al entrar en la Catedral me sorprendió ver los más de mil quinientos invitados entre los que se encontraban duques, condes y marqueses venidos de todos los rincones de España, algunos representantes de las instituciones del Estado, empresarios, banqueros, abogados, notarios y todo el poder económico y social de la más refinada burguesía sevillana. Mantillas, pamelas, joyas, pedrería, dorados, perfumes carísimos mezclados con olor a incienso y cirios me daban la bienvenida, pero yo sólo podía pensar en que me faltaban pocos pasos para encontrarme con Francisco y que en lugar de que mi padre se acercara a él y me entregara en matrimonio, giraríamos hacia el lado izquierdo —como ya habíamos hecho en los ensayos—, donde nos esperaba Beltrán.

Mientras avanzaba, de repente sentí que el pasillo se alargaba y que en lugar de personas, a lado y lado del camino había árboles quemados, muertos. Aunque trataba de continuar, mis piernas se negaban: las sentía pesadas como dos inmensas columnas de mármol. Todos empezaron a murmurar, mi padre se detuvo y trató de calmarme pero era imposible verlo y escucharlo. No era capaz de ver el altar donde el arzobispo y su séquito esperaban impacientes. De pronto, mi cuerpo se había convertido en un monumento de piedra maciza y sin poderlo remediar caí en pedazos. Toda yo era trozos esparcidos —por aquel bosque oscuro amenazante— que no podía recoger ni unir. Al volver en mí, me encontraba delante de Beltrán, que me sonreía feliz mientras mi padre le decía algo al oído y juntaba mi mano con la suya.

Nos quedamos los cuatro delante del altar mayor, aquella cascada de oro donde nos aguardaban impacientes el prelado y los ocho diáconos. Miré de reojo y entre los tules de mi velo nupcial vi el perfil tamizado de Francisco. Sólo nos separaba un metro. Sin poder evitarlo se me cayó la primera lágrima. Al recogerla era un diamante entre mis dedos.

La música se silenció y se dio comienzo a la ceremonia. Entonces, la que fuera mi primera lágrima se convirtió en cascada y Beltrán me sonrió y apretó mi mano, convencido de que mi llanto era producido por mi felicidad.

Los coros cantaban, pero yo no los oía; el arzobispo hablaba, pero yo sólo observaba su boca que se movía sin que emitiera ningún sonido; hasta que finalmente llegó el momento en que teníamos que darnos el sí. Me acordé de que era tartamuda y de que hacía muchos días que de mi boca no brotaba ni una palabra, y para mis adentros me alegré porque pensé —ingenua de mí— que si no pronunciaba el «sí, quiero», no me podría casar. Solté una loca carcajada que nadie oyó.

A continuación, el arzobispo se apartó del altar y se acercó a Francisco y Morgana acompañado por uno de los sacerdotes, que sostenía entre sus manos una Biblia abierta al tiempo que otro lanzaba humo perfumado desde un incensario. Lo vi mover sus labios dirigiéndose a ellos, pero el silencio para mí era absoluto. Luego miré a Francisco y vi que atendía lo que el prelado le decía. Comencé a leer la boca del clérigo —otro don con el que había nacido, aparte de poder oír varias conversaciones a la vez, y que todos ignoraban que poseía—, y traté de componer en mi cabeza lo que no podía oír.

(«Francisco Valiente, ¿quieres recibir a Morgana Romero de Hinestrosa como esposa, y prometes serle fiel en las alegrías y en las penas, en la salud y en la enfermedad, y así amarla y respetarla todos los días de tu vida?»)

Tras una larga espera, en la que la Catedral en pleno se mantuvo en un tenso silencio, Francisco se giró, hundió sus ojos en los míos y contestó.

—Sí, quiero.

Su respuesta me llegó nítida y fuerte. Supe que la promesa de amor, aunque llevara el nombre de mi gran enemiga, iba dirigida a mí. Que aquel «sí, quiero» que había pronunciado le nacía del alma y lo clavaba en mi cuerpo. No puedo explicar cómo lo supe, pero no me quedó la menor duda: se casaba conmigo a través de Morgana. Como si se estuviera efectuando una boda por poderes. Ella era mi representante. Sentí que aquella ceremonia de cuatro, presenciada por cientos, en realidad era nuestra ceremonia más íntima. Que a pesar de que el destino hubiese torcido nuestras vidas, nosotros íbamos a estar por encima de él y le engañaríamos. Porque al hacer su juramento, con sus ojos mi Francisco me había dicho que era a mí a quien amaba y no a Morgana. Que, pasara lo que pasara, yo estaría para siempre en él y con él.

¡Cómo cuesta a veces entender la vida! Hasta que en un instante todo se te aclara.

De pronto dejó de importarme lo que vivía, mi inmediato futuro con Beltrán, porque lo había comprendido: Francisco y yo estaríamos unidos para siempre. El universo se había confabulado esa mañana con nosotros y nos regalaba ese camino tangencial para no perdernos. No habría prisión, no habría encierro, todo residiría en el poder de creer que aquel extraño camino también nos podía conducir a nuestra gloria. El bosque oscuro y tenebroso de árboles muertos por el que acababa de transitar se convertía por arte de mi repentina alegría en un paisaje luminoso de gente que aplaudía nuestra boda secreta.

Cuando llegó mi turno, después de que Beltrán jurara que me amaría todos los días de su vida, mi dicha era evidente. Alcancé a ver que mi padre y mi madre sonreían felices.

Mientras el arzobispo me decía «Alma Zurita y

González, ¿quieres recibir a Beltrán Romero de Hinestrosa...», lo que yo oía se transformaba en «... *recibir a Francisco Valiente, marqués de Al Lives de los Gazules como esposo... y prometes... en las alegrías y en las penas... amarlo... todos los días de tu vida?*»

Pronuncié el «sí, quiero» más sonoro y rotundo que jamás se había escuchado en boda alguna. Sin atisbo de tartamudez; mirando a los ojos de Francisco, que me sonreía con un amor inmenso. Y cuando intercambiamos los anillos y él deslizó en el dedo de Morgana el suyo mirándome con sus ojos color esperanza, y yo en el dedo de Beltrán el mío mirándolo entregada, aquellos dedos eran los nuestros. Había entendido la profundidad y fuerza de nuestro compromiso.

Luego, mientras nos lo decíamos todo en silencio y sonreíamos felices, oímos la confirmación de nuestro compromiso... «El Señor, que hizo nacer entre vosotros el amor, confirme este consentimiento mutuo que habéis manifestado ante la Iglesia. Lo que Dios ha unido que no lo separe el hombre.»

Francisco y yo ya éramos uno... hasta que la muerte nos separara.

Y los coros blancos elevaron sus voces y cantaron el «Aleluya» de Haendel...

Y la voz del arzobispo... «Podéis besar a las novias», me llevó al éxtasis. Volvía a estar en aquel bosque, pero sus árboles estaban florecidos, los pájaros cantaban, cantaban, cantaban... y el cielo dibujaba arreboles rojos y azules. Beltrán levantó mi velo, me cogió el mentón y se acercó mirándome amoroso, pero yo sólo veía en él el rostro de Francisco. Dejé que sus labios llegaran a los míos... Abrí mi boca y su lengua se sumergió en ese túnel silencioso y líquido hasta encontrarse con la mía. Mis ojos se cerraron y nuestras bocas se perdieron y encontraron hasta saborear en un segundo la gloria. Beltrán me susurró al oído: «Cariño mío, qué beso más bello me has dado; por primera vez he sentido tu amor. ¡Te amo tanto...!» «Y yo, amor, y yo», le murmuré, convencida de que era mi Francisco.

El arzobispo, en presencia de su corte, nos bendijo. Nos dio la mano y sonriendo pronunció no sé qué palabras que hablaban de descendencia, del compromiso con la Iglesia y la familia.

Y así la ceremonia llegó a su triunfal final. La Real Orquesta Sinfónica de Sevilla arrancó con la majestuosa «Marcha nupcial» de Mendelssohn al tiempo que miles de mariposas azules hechas en sedas brillantes eran liberadas desde la cúpula interior de la Catedral para acompañar nuestra salida. A cada lado de las interminables filas de asientos dispuestas para los invitados nos esperaban los aplausos y las felicitaciones de los asistentes.

Salimos los cuatro al tiempo, tal como se había previsto en los ensayos. En el lado derecho un Beltrán pletórico trenzó su brazo con el mío sin que yo dejara de sostener el primoroso ramo de fresias y azahares que entregaría a la Macarena. A mi izquierda y muy pegado a mí, tanto que podía saborear el perfume de su piel, Francisco —con su mano asida a la mía, escondida entre mis velos para que nadie lo viera, apretándome fuerte—, y a su lado Morgana, cogida de su brazo.

«No me sueltes nunca, amor mío, nunca», le repetía en silencio mientras el sudor de mi mano se pegaba al de la suya y uno de sus dedos iba escribiendo en la palma de mi mano letras sueltas que al unirlas me dijeron:

«TE AMARÉ HASTA EL FIN DE MI VIDA.»

Todo había cambiado. Ahora sólo deseaba que el desfile de pasos y amorosas letras que me hablaban e iban acompañando mi camino al exterior no terminara jamás.

Quienes se encontraban en la Catedral vieron nuestra luz. La gente buscaba desconcertada de dónde provenía aquel resplandor imposible. Era como si nuestros cuerpos fulguraran. Desde la cúpula un rayo dorado nos seguía. De entre los cuatro, únicamente el centro resplandecía. Sólo Francisco y yo; como si un indecente sol hubiera buscado colarse sin permiso por algún orificio queriendo iluminar nuestra unión. Beltrán y Morgana quedaron en la más absoluta oscuridad.

Al atravesar la Puerta de la Asunción y salir al exterior cayeron sobre nosotros millares de pétalos azules al tiempo que el coro rociero de la Hermandad del Rocío de Sevilla —compuesto por más de quinientas voces— nos bañaba con la «Salve Rociera». Las aristas de mi miedo que tanto me habían apuñalado se habían limado y por primera vez sentí que de mi garganta fluían las palabras como cascadas de agua.

Miles de palomas blancas iniciaron su vuelo y sobre el cielo dibujaron nuestras cuatro iniciales, en el centro de las cuales —por un efecto óptico— se formó un círculo que unió la F y la A.

Avanzamos como pudimos en medio de abrazos, besos, cámaras de televisión, fotógrafos y un gentío enloquecido de alegría y devoción que dando vivas y aplausos se nos vino encima. Deseaban tocarnos y que por un instante les saludáramos o sonriéramos. Delante nos esperaba un carruaje doble, inmaculado, tirado por doce hermosos caballos blancos percherones. Las mujeres le gritaban a Francisco frases sueltas, pañuelos untados de carmín y perfume... «Hermoso, dame un besito, no seas malo»... «Guapo, te espero en mi cama»... «Hazme un hijo, Hermoso»...

La guardia logró contenerlas mientras Francisco daba la orden al cochero y su asistente para que nos ayudaran a subir. Nos sentamos tratando de que el traje de Morgana y el mío, con tantos y tantos metros de seda y encaje, no se quedaran en tierra. Lo miré de reojo y sonreí feliz. ¡Volvía a estar a su lado! De nuevo su mano buscó la mía entre los velos de mi vestido y unimos nuestros dedos. Sin que nuestras respectivas parejas se dieran cuenta, se me acercó al oído y me dijo en secreto: «Alma mía, te tengo una sorpresa.»

Y el carruaje se puso en marcha.

CAPÍTULO 51

Sabía que eso la alteraría; sin embargo, no lo hacía con esa intención. Sencillamente era mi regalo: el regalo de boda que quería hacerle a Alma antes de llegar a la recepción que se daría en los Reales Alcázares.

Para sorpresa de todos, la carroza escoltada por un escuadrón de caballos negros montados por guardias que yo había hecho vestir de riguroso blanco —recordaréis que todo lo que tenía que ver con la armonía y la estética era mi perdición— tomó la avenida de la Constitución, giró por el Paseo de Cristina donde la gente se peleaba por obtener las mejores vistas, alcanzó el Paseo de las Delicias y finalmente subió por la avenida de María Luisa, donde yo personalmente había hecho colocar cañones que a nuestro paso lanzaban pétalos azules, hasta que finalmente nos pusimos delante de la plaza de España para iniciar el paseíllo por el Parque.

Iniciamos el recorrido en un silencio ceremonioso. Escuchando el canto de los pájaros y el sonido de los acompasados cascos de los caballos sobre el camino. Una tenue brisa hacía tiritar las hojas de los árboles y despeinaba el cabello de Alma. El sol aparecía y desaparecía por entre las ramas jugando a claroscuros y el olor a humedad verde evaporada me llevó a revivir los momentos vividos en aquel Parque, cuando mi joven corazón se moría de gozo viendo pasar a aquella niña que me había robado el alma. Ajena a mis pensamientos, Morgana reclinó su cabeza en mi hombro y aunque me molestaba sobremanera no la rechacé para no alterar el paseo. Del mismo modo, entusiasmado con el momento, vi como el brazo de Beltrán rodeaba los hombros de Alma y la atraía hacia su cuerpo sin que ella opusiera ninguna resistencia. Sin embargo, en la intimidad de su vestido nuestras manos continuaban inmóviles, apretadas como si fuesen una, y he de admitir que ese solo roce —algo tan ínfimo frente a la magnitud de los hechos consumados— me hacía sentir el hombre más feliz de la Tierra.

Cuando los caballos se detuvieron frente a la glorieta, Beltrán y Morgana me miraron extrañados. Alma, en cambio, apretó mi mano y de su boca escapó un suspiro. Aquellos ojos que tanto amaba me miraron con desesperación, cuestionándome. Rompí el silencio.

—¿Sabéis que en este lugar las novias que creen en el amor dejan sus ramos? ¿No pretenderéis entregarlos donde lo hacen todas? Os he traído hasta aquí porque es un lugar sagrado. Aquí pasé los instantes más bellos de mi niñez y presencié el inicio de un gran amor. Ellos eran dos niños que no sabían nada de la vida, pero lo que vi se me quedó grabado para siempre.

Morgana me miró extrañada y soltó una fingida carcajada.

—¡Qué romántico! No te imagino emocionándote por algo así. Eso no va contigo, querido. Te resta fuerza. La verdad, diciéndolo quedas un poco cursi. Además, qué podía hacer un pobre y harapiento niño en este lugar... —Se cubrió la boca, sonrió y continuó—. Uy, perdona, se me ha escapado. No es que quiera hablar de tus orígenes...

—Morgana —interrumpió Beltrán—, no sigas.

—Déjala, Beltrán —añadí disfrutando de su cinismo; ya tendría tiempo de vengarme—. No me molesta en absoluto; es más, hasta lo disfruto.

Ella continuó.

—Bueno, cariño, no me malinterpretes. Es que realmente no te imagino paseando por este lugar. ¿Qué hacías por aquí? Éstos no eran tus barrios... me desconciertas.

—Es la premisa de mi vida: desconcertar, querida. Prefiero desconcertar a ser previsible o ignorado. Te has casado con una caja de sorpresas.

Bajamos y, aunque no quería soltar la mano de Alma, nos separamos. Ella se acercó al monumento, me miró a los ojos con aquella mirada de cuando éramos niños y depositó su ramo de fresias y azahares sobre la escultura yacente que simbolizaba «El amor herido», para que me quedara bien claro que a ella le dolía todo lo que estaba sucediendo.

—¿Le haces caso? —le dijo Morgana a Alma al ver lo que hacía—. De verdad que eres ingenua. Ya sabes dónde tienen que dejarse los ramos de las novias que pertenecen a nuestra clase. No se me ocurriría dejar el mío aquí, ¡por Dios! Qué ocurrencia. Francisco, de verdad, me parece una absoluta tontería que estemos perdiendo el tiempo en este lugar tan anodino cuando tenemos más de mil invitados que nos esperan. No le encuentro ningún sentido.

De repente, tal y como lo tenía previsto, de la parte de atrás del monumento emergió un hombre de otra época, con una barba larga y un traje anacrónico de color blanco. Se puso delante de nosotros y empezó a recitar mientras un violín escondido le acompañaba.

> *Asomaba a sus ojos una lágrima*
> *y a mi labio una frase de perdón;*
> *habló el orgullo y se enjugó su llanto,*
> *y la frase en mis labios expiró.*

Yo voy por un camino; ella, por otro;
pero, al pensar en nuestro mutuo amor,
yo digo aún: ¿Por qué callé aquel día?
Y ella dirá: ¿Por qué no lloré yo?

Mientras Beltrán y Morgana se decían algo entre ellos, vi como Alma se acercaba al lugar por donde el viejo acababa de desaparecer. Caminaba como poseída por un sueño, ajena a todo cuanto la rodeaba. El ruido de la seda de su largo vestido acariciando las piedras y sus inciertos pasos se escuchaban como si fueran las cuerdas de una lánguida guitarra que algún músico callejero había decidido rasgar. Su rostro pálido se veía ausente. Me acerqué a ella y le pregunté si se encontraba bien, pero me di cuenta de que su cuerpo estaba solo. Que ella se había ido a un lugar donde no podía alcanzarla. Se sentó en el banco del monumento, junto a la estatua de Cupido y permaneció en silencio con los ojos cerrados mientras Beltrán la llamaba y Morgana hacía sus comentarios ridículos.

—¡Dejadla! Está loca —dijo Morgana y se dirigió a su hermano—. Te dije que no te convenía casarte con ella, hermanito. Siempre fue una persona extraña. Desde pequeña hacía cosas raras; sólo hay que ver todo lo que me contaba de su hermano Tristán. ¿Y qué me dices de su tartamudeo? Es una enferma mental.

—Haz el favor de callarte inmediatamente si no quieres que esto acabe mal. Y no vuelvas a mencionar su problema de tartamudez. A mi mujer la respetas —le dijo Beltrán, y a continuación se dirigió a mí—: Francisco, ahora te toca a ti silenciarla. Pobre amigo mío, no sabes bien con quién te has casado. Tendrás que domesticarle la lengua... Quizá lo que no logró mi padre lo consigas tú. Pero no te asustes, en el fondo es buena chica... sólo que se la comen los celos, ¿verdad, hermanita? —miró a Morgana, que ignoró su comentario y se alejó—. Sé lo que le pasa a Alma; es muy sensible y este lugar seguramente la conmueve. Necesita estar así un rato.

Beltrán se acercó a Alma y le acarició una mejilla, mientras yo me sentaba a su lado deseando cogerla entre mis brazos y besarla con ternura. Observé a Morgana que impaciente daba vueltas alrededor del monumento y miraba el reloj.

—¿Por qué no nos vamos? No entiendo qué estamos haciendo en este lugar —dijo contrariada—. Es estúpido estar perdiendo el tiempo aquí. Tengo ganas de celebrarlo. Nos estamos perdiendo lo mejor. Si os queréis quedar, quedaos. Yo me voy. ¡Cochero!

—Tú te quedas aquí hasta que yo lo diga, ¿lo has entendido? Ya está bien de mandar —le repliqué autoritario y vi cómo sus ínfulas bajaron.

Alma se puso en pie y caminó hasta el antiguo

banco donde de niños tantas tardes nos habíamos encontrado. Antes de llegar me miró con unos ojos volados que atravesaban el tiempo y señalando el lugar me anunció con voz profética:

—¿Los ves? Son ellos. Están aquí... Al menos siguen felices.

Al decirlo, noté que en sus labios se dibujaba una sonrisa.

CAPÍTULO 52

Había vivido demasiadas emociones juntas y mi interior andaba alterado. La ceremonia de mi boda había supuesto un giro de ciento ochenta grados. En aquel dolor insoportable, de repente mi tristeza encontraba una salida inesperada. No contaba con el quiebro que habían dado los hechos. Pasaba del desahucio absoluto de mi corazón a una extraña y seguramente para muchos cuestionada felicidad. Un momento esférico donde todo daba vueltas, se desdibujaba y rehacía a velocidad de vértigo. Volvía a sumergirme en aquellos ojos memorables que me habían herido de alegría en mi niñez y los reconocía iguales, a pesar de que la realidad se empeñara en contradecirme. La vida me apuntaba a la frente con un revólver del que emanaban disparos de una gloria insospechada. Quizá era una pobre soñadora que para sobrevivir había inventado esa efímera felicidad. Pero me sirvió para remontar.

Ahora, cuando mi corazón se había creído esa mentira y me encontraba delante de la Glorieta de Bécquer, aquello me superó. Ya en mi niñez me había inventado un camino que me servía para esquivar los dolores y traspiés que me había visto obligada a sobrellevar; aparecía en los momentos en que mi realidad era demasiado dura para ser aceptada. Por él huía mi yo más profundo sin que pudiera controlarlo, pues ya había cogido vida propia. Mi ser se hacía evanescente y aunque físicamente mi cuerpo permaneciera inmóvil, mi mente escapaba y me transportaba a los lugares y sentimientos donde quería estar. Me llevaba a vivir lo que no podía. Cuando aquellos episodios empezaron a hacer acto de presencia, mis padres conmocionados corrieron a llevarme a muchos médicos; pero una vez se iniciaba aquel estado, ninguno fue capaz de sacarme de él, y eso que llegaron hasta a emplear la hipnosis. Vista la nulidad de los tratamientos, acabaron por recomendarles que no lo interrumpieran. Sencillamente, debían dejar que aquello sucediera sin alterar su duración. Y aunque para mis padres era un drama, para mí era algo placentero. Me gustaba vivirlo, porque de esta forma me liberaba y la supervivencia se me hacía mucho más llevadera. Cuando volvía de aquellos mundos, regresaba renovada.

Por eso, cuando me bajé de la carroza, mi corazón, que no podía compartir con Beltrán ni Morgana lo que sentía, se fue. Entonces me convertí en una distante observadora, ajena a cuanto sucedía. Vi aquel hombre de barba y de otro tiempo que recitaba para mí —aunque estuviésemos todos— ese poema que hablaba de nosotros en sentido figurado, y sus palabras hicieron de alas; me liberaron del momento y sin moverme me fui.

En aquel banco solitario volvía a ver a mi Francisco, mi niño de cabellos desordenados, mi gitanito amado... y también podía verme a mí.

Éramos dos niños, dos sencillos niños que caminábamos por la vida a tientas —sin saber cómo ir—, porque no sabíamos hacer otra cosa. Yendo al colegio, estudiando, obedeciendo, rezando... llenos de angustias y miedos... Caminando como podíamos. Nos habían depositado en el mundo sin siquiera pedirnos permiso y ahora nos obligaban a vivir bajo el mandato de lo que no queríamos. Nos había tocado caminar la vida desganados y a trompicones, sin que ninguno de los dos hubiera tenido elección de vivirla como nos hubiera gustado. Ni siquiera estábamos seguros de qué demonios hacíamos en ella.

Y estábamos ahí.

Los dos, comprometiéndonos en una ceremonia que sólo nosotros podíamos recordar y sentir: la de aquella noche de un sábado lejano en la que —sin que nadie nos viera— nos escapamos para vivir aquel pacto de sangre que nos uniría para siempre. Francisco, con su navaja, hizo un pequeño corte en la palma de mi mano y yo, temblando, hice lo mismo en la suya. Dos cortes mínimos que a ambos nos estremeció. Un dolor, mezcla de miedo y de ansiedad, uniéndonos.

Nuestras palmas pegadas, sangre contra sangre, fundidas... diluidas, como se mezclan el agua y el vino. Luego, nuestra curiosidad. Las bocas succionando las heridas —yo la de él y él la mía—, sin besarnos, porque de eso todavía no sabíamos. Recogiendo ese dolor líquido en la palma de nuestras manos. Lamiéndonos como dos cachorros heridos. Descubriendo aquel sabor extraño, delicioso y metálico que nos hacía sentir mortales y celestiales. Y nos decía que dentro de nosotros discurría el mismo río rojo que nos daba la vida y nos convertía en iguales, a pesar de que la gente se empeñara en crear diferencias.

A partir de ese instante, pasara lo que pasara, nadie en el mundo podría separarnos.

Nos mirábamos incrédulos queriendo hacer lo que estábamos convencidos era nuestra pequeña boda. Mi dedo índice revolvía nuestras sangres y yo ponía en su frente una gota trémula —que bajo la luna se convertía en una lágrima roja— y antes de que cayera la rescataba y escribía con ella la A de Alma, para que todo el mundo supiera que era mío. Y él dejaba caer en la mía otra y me marcaba con su inicial para siempre. Dos lágrimas como dos gotas de amor; dos iniciales indisolubles.

Aquellos dos niños —cuando yo vestía un traje de novia y acababa de casarme con un ser a quien no amaba y Francisco se había convertido en el marido de mi peor enemiga— estaban ahora delante de mis ojos, repitiendo aquella ceremonia de amor y sangre. Y yo sabía que nadie, absolutamente nadie, podía compartir conmigo ese instante.

Me acerqué a ellos, los abracé y besé.

Sí, los abracé despacio y suave con todo el amor y compasión que tenía para darles. Sí, besé a ese par de hermosos y diáfanos seres indefensos que representaban nuestro pasado; a ese Francisco y esa Alma tan inocentes, que desconocían los avatares del destino; a ese par de ilusos que la vida apenas empezaba a pellizcar; a aquellos desconocedores de lo que les esperaba. A ese par de niños desvalidos, que por desaciertos del destino se encontraban en caminos torcidos que no iban a saber enderezar.

Amé con todas mis fuerzas a esos dos pobres soñadores que serían incapaces de llevar a cabo su sueño.

Mientras los besaba y sentía su calor en mi regazo oí una voz que me llamaba, y aunque hacía fuerza por no oírla me arrastraba y me alejaba de ellos... hasta que se desvanecieron en mis brazos y desaparecieron.

Me quedé delante de aquel banco, sola. Sentí que un ser desconocido tiraba de mi brazo, me sacudía los hombros, tocaba mis mejillas.

—Alma, Alma, cariño, debemos irnos. Los invitados esperan. Es la celebración de nuestra boda. Mírame, amor. Soy tu marido.

Abrí los ojos y me encontré de frente con Beltrán y con mi realidad. Al fondo Morgana se peleaba con Francisco.

No podía irme así; le pedí dos minutos. Volví a cerrar mis párpados y me fui. Desesperada caminé sin rumbo buscando a aquellos niños. Y juro que los vi. Corrían cogidos de la mano por el Parque, llevando en su frente sus iniciales rojas. Reían y nos miraban como si no nos conocieran, ajenos a todo lo que los cuatro vivíamos.

Supe entonces que ellos estarían allí siempre... En la Glorieta de Bécquer.

CAPÍTULO 53

¡Por fin se calló la mosquita muerta!... Uffff... ¡Qué descanso! No sé por qué demonios vino a recuperar el habla con lo bien que me iba cuando era tartamuda. Me servía para humillarla y tenerla a raya.

No ha parado de cuchichear con una monja que le va sonriendo y diciendo a todo que sí con cara de beata. ¿De qué estarán hablando? ¿Por qué no se larga de una vez y nos deja en paz? Ya hizo su acto de presencia y nos mostró delante de todos que se moría de amor por mi marido. ¿Qué pretende ahora? La verdad es que empiezo a estar harta de este velorio. Quiero que Francisco desaparezca de la faz de la Tierra de una vez. No soporto este lloriqueo, esta novelería barriobajera, ni los reclamos y elogios de toda esta chusma que se ha colado en mi casa por su culpa.

Oye, Francisco, no te imaginas lo que me aburre todo esto. Deberíamos llegar a un pacto *in extremis*.

Aquí, *inter nos*, de Viva a Muerto, como buenos camaradas de maldades que fuimos, ¿no se te ocurre nada? Daría lo que fuera por estar imaginando alguna sorpresita para ti, o mezclando venenos con mis pócimas florentinas. Siempre se disfruta más cuando se está haciendo el camino que cuando se llega a la meta, lo dicen los grandes sabios. ¿Es verdad o no? Tu aburrimiento —porque imagino que no te lo debes estar pasando nada bien, aunque tu cara muestre lo contrario y hagas esfuerzos por parecerlo; aunque te vayan distrayendo con todos estos numeritos— no se compara con el mío. ¡Estoy que me pudro de asco! Y eso que dejaste tantas historias abiertas que sería para divertirme, pero al final se te salió el cobre de tu barrio, porque hay que ver quiénes vienen aquí a rendirte honores. Puros desechos. ¡Vaya gentuza! Debería haber permitido que el duque te rematara para que hubiera decorado tu falsa cara de sinvergüenza con la que nos engañaste a todos... pero con ese pulso de viejo, seguro que hubiera destrozado mis antigüedades —que ya son piezas incunables—, antes que rematarte bien.

Ojalá pudieras aclararme una duda: ¿te tomaste los zumos de naranja que te hacía cada mañana cuando volvías de correr? No sé por qué tengo la impresión de que nunca te los tragaste, porque según mis cálculos no deberías haber durado tanto. No puedo creer que lo que le diera a los pavos reales surtiera un efecto tan rápido y en cambio contigo, habiendo triplicado la dosis, fuera tan... ¡tan lento! He estado a punto de volver a Florencia sólo para aclarar con aquella vieja mi técnica.

Lo que no voy a perdonarte nunca es lo que hiciste con mi *Ulises* al día siguiente de encontrar tus pajarracos muertos. Eso fue una puñalada trapera a traición. Porque ni siquiera te dignaste comprobar que había sido yo la causante de sus muertes. ¿Y si no hubieran muerto por el veneno que les administré aquella mañana? Compara lo que valen cinco gallinazos de medio pelo, ¡qué digo!, de media pluma, con un caballo de pura raza. ¡Por favor, aquellos bichos no le llegaban a mi *Ulises* ni a la altura de las herraduras de sus cascos! Es inconcebible que hubieses buscado aquella manera tan retorcida de eliminarlo.

Cuando iba a hacer mi paseo matutino, salió a mi encuentro tu capataz, que ese día estaba más atento que nunca. Era otro de tus tantos secuaces, porque a todos los tenías comprados. Siempre tan servil y modosito, como si jamás en su vida hubiera matado una mosca. ¡Un falso!... —señora por aquí, señora por allá, qué quiere la señora, le ensillo un caballo, la ayudo con las botas, aquí tiene sus monteras...—. Me vino con el cuento de que la noche anterior él y su mujer habían escuchado unas extrañas voces, pero pensaron que todo venía de una película que en ese momento estaban pasando en la televisión, y a la mañana siguiente... zas... mi caballo ya no estaba en el establo. Había desaparecido. ¿Mi *Ulises*... desaparecer sin ton ni son? ¿Cómo? Y luego, cuando me enloquecí y fui a ti desesperada, llorando como una tonta a contártelo, tu cara impasible me lo aclaró todo. «No te preocupes, querida —me dijiste con sorna—, seguro que ha ido a encontrarse con mis pavos. Los debía estar echando de menos.»

Nunca supe cómo lo mataste... No quedó rastro de él, aunque utilicé todas mis influencias para encontrarlo. Quizá le perdonaste la vida y aún anda vivito y coleando por ahí... ojalá —porque me consta que le tenías cariño, por lo menos es lo que me pareció cuando me lo diste fingiendo que me amabas—. A lo mejor se lo regalaste a alguna de aquellas fulanas con las que te metías en la cama. Si es así, estoy segura de que mi *Ulises*, que fue lo único fiel que tuve, no me defraudará. Conozco el alma de los caballos y si aman a alguien le son leales y fieles hasta la muerte. Él y yo éramos uno; me quería, ¿sabes? Sabía cuándo estaba triste, me acercaba su hocico y me golpeaba suave, como diciéndome que me entendía, y con sus ojos me decía que no importaba, que saliéramos a cabalgar sobre la vida; a sentir la libertad del viento y de los árboles. Se comportaba como una persona. Sólo verme se alegraba... lo que nunca me pasó con nadie. Entendía todo lo que le decía, porque yo le hablaba... le contaba de mis dolores; de todo lo que me hacías sufrir; de lo vacía que me encontraba. Sí, en verdad me quería... con un amor limpio y desinteresado. Y era un animal. A veces los animales saben más del amor que las personas.

¿En qué nos convertimos, dime, Francisco? ¿En qué se convierte el sentimiento humano cuando está cargado de venganza? ¿No fuimos tú y yo unos salvajes más rastreros que los más animales? ¿Nos sirvió de algo todo esto? Fíjate en ellos; sobreviven y van en consonancia con la naturaleza. Su violencia no es como la violencia malintencionada de nosotros. Nuestras pasiones nos mataron, ¿sabes por qué? Porque estaba nuestra razón de por medio, maquinándolo todo. Nos convertimos en dos seres maquiavélicos..., enfermizos. Hace tiempo que tú y yo estamos muertos, querido.

Pero ¿qué es esto que estoy viendo? ¿De dónde han salido todos estos niños que se acercan con estas pancartas?... ¿Y la monja que hablaba con la mosquita muerta, qué hace? ¿Será posible?

CAPÍTULO 54

En la mansión se había atemperado el ambiente. Después de que el alcalde, valiéndose de su diplomacia, hubiese invitado al duque a abandonar el velatorio y de que Circunstancio Pomposo por compasión lo acompañara hasta su coche, una tensa calma invadió el salón. De repente, un impresionante coro de voces infantiles empezó a cantar. Una fila interminable de niños vestidos con uniforme de gala azul marino entraba por la puerta principal e invadía la sala hasta rodear completamente el féretro sin que quedara un solo espacio por donde circular. El virtuoso grupo era dirigido por una bellísima monja. Al acabar la canción, la religiosa pidió silencio antes de hablar.

—Señores y señoras, pido un minuto de silencio para este hombre. Estamos ante el más grande de los grandes. Es posible que don Francisco Valiente, a quien Dios tenga en su gloria, haya sido incomprendido por muchos. Sé que algunos lo han tildado de mal hombre; dicen otros que era despreciable, vicioso, tramposo y mujeriego... pero tenéis que saber que fue nuestro gran benefactor. Un ser humano con un corazón tan grande que no le cabía en el pecho. Todos estos niños que veis aquí son huérfanos; no tenían un hogar. Los recogió de la calle y hoy tienen un lugar donde vivir y un colegio donde estudiar. Estos pequeños son Los Valientes de Sevilla.

Tras el canto, el gentío permaneció en riguroso silencio. Un silencio que el alcalde, en colaboración con Pomposo, ayudó a que se cumpliera. A continuación, la religiosa volvió a tomar la palabra:

—Ahora que está de cuerpo presente y que ya le hemos ofrecido nuestros respetos, pido también un aplauso por esa vida ejemplar. Quiero que todos sin excepción recemos un rosario por su alma... aunque estoy segura de que no lo necesita.

Ella arrancó con el aplauso y la gente se sumó enfebrecida.

De pronto Morgana, que no podía más de oír tantos elogios de Francisco, se acercó e interrumpió el homenaje.

—Vamos a ver, hermana. Usted no tiene ni idea de quién era mi marido. Por lo tanto, le ruego que se limite a recoger a sus niños y sacarlos de mi casa cuanto antes. Ya lo del minuto de silencio me pareció un exceso, aunque por ser un tema que tiene que ver con el respeto a la muerte hasta lo entiendo; pero el aplauso es demasiado. Una cosa le digo, si ha montado todo este numerito esperando que yo le siga financiando este engendro de colegio, bien puede irse desencantando. Si por eso despertó, vuélvase a dormir. Puedo decirle muchas cosas, pero por consideración a sus hábitos no lo hago. No sé... tal vez entre usted y mi marido haya existido algún tipo de relación de aquellas que él estaba acostumbrado a... ya me entiende... no me alborote la lengua. Llévese sus elogios y sus niños «valientitos» a otra parte.

—Hija mía, qué pena me da. Debe estar muy mal consigo misma y me atrevería a decir que casi necesita un exorcismo, en sus ojos se ve el diablo que lleva dentro; conociéndola ahora, verdaderamente entiendo a su pobre marido. Es usted una harpía. Todo lo que don Francisco pudo hacerle en vida, se lo tenía más que merecido... y que me perdone Dios. Aquí no hemos venido a pedir ninguna limosna porque, para que lo sepa, don Francisco lo dejó todo atado y bien atado. Tenemos dinero para rato. No nos faltará de nada; es más, creo que usted no tiene ni la más mínima idea de lo que dejó por escrito en su testamento, obviamente hablo de lo que nos dejó en herencia. Ya nos encontraremos usted y yo cuando se dé lectura de éste... Entonces, veremos quién pide a quién.

La monja se puso delante de los colegiales, cogió de la mano al más pequeño y cuando estaba a punto de retirarse se giró y le dijo:

—Ahhh, señora, acuérdese de una cosa: el que ríe de último, ríe mejor. Vámonos niños, antes de que se nos contagie la maldad.

CAPÍTULO 55

Se muere de la rabia, eso es lo que le pasa; y, ahora que no me oye, hasta un poco de razón voy a tener que darle. Creo que incluso estando de novios, cuando tardé tanto tiempo en hacerle el amor —¿quizá cuatro años?... ahora no recuerdo; es que en eso de las fechas los hombres somos un auténtico desastre—, ya me tenía un poco de manía. Porque aunque no salía prácticamente de su casa, sabía que se moría de las ganas de que me la follara. Pero yo todavía necesitaba escalar y conseguir grandes objetivos antes de ir a por ella. Era muy importante para mí que cuando Alma me viera con Morgana ya hubiese cumplido con unas cuantas metas que me había propuesto.

Mi gran benefactora, doña Benévola de las Mercedes Alvear, que en paz descanse aunque muchos años la maldijera, había puesto una cláusula en su testamento que me impedía acceder a su-mi herencia hasta tanto no alcanzara mi mayoría de edad. Ahí se portó muy mal, pues como os podéis imaginar eso supuso una contrariedad para mis planes y durante varios años me obligó a continuar con mis negocios de «estraperlo», como me gustaba llamar a mis pequeñas fechorías. Mientras eso sucedía, aproveché para mejorar las técnicas del engaño y me salió un fuerte competidor: Justo Malaparte. Otro chico listo, casi tan listo como yo, que a diferencia de mí no lo hacía por necesidad —ya que venía de una familia adinerada—, sino por puro vicio, para entretenerse. Era un niño «bien», más malo que la tiña, un hijo de papá que se aburría como una ostra y siempre quería llamar la atención buscando emociones fuertes; pero yo le ganaba en *charme* y eso le restó puntos; digamos que se quedó corto. Porque mientras sus patrañas eran hasta ingenuas y de lo más corrientes, yo me especialicé en algo en lo que él llevaba las de perder: encantar a las mujeres. En eso era un lince, no fallaba; tengo que decir que mis conocimientos literarios eran el anzuelo, mucha lengua y citas eruditas. Y obviamente mi físico me ayudó muchísimo —aparte de otra cosa de la que no quiero alardear mucho ahora que duerme el sueño de lo injusto; resumiendo, que la madre naturaleza fue muy generosa conmigo... ya me entendéis—. En cambio a él... ¡pobre! Tenía una cara muy poco favorecida, llena de pústulas que nacían como colinas y morían como pequeños volcanes en erupción. Un acné virulento que le dejó la cara como si fuese un paisaje lunar y le daba un aspecto siniestro que, para su frustración, lo alejaba de las bellas víctimas.

En varios negocios coincidimos y en la mayoría yo resulté vencedor. Aunque tengo que admitir que su amistad —porque me convertí en su gran amigo siguiendo la premisa de «si no puedes vencer a tu enemigo, únete a él»— me sirvió, primero para acceder a un estatus donde me codeaba con gente de mucho dinero, y segundo, para enterarme de grandes oportunidades en las que él había puesto el ojo pero yo ponía el guante. Y en el noventa por ciento de los casos todas me salieron redondas.

Fue él quien indirectamente y quizá sin que se diera cuenta me dio la oportunidad de entrar en la Real Maestranza de Sevilla. ¡Tal como lo oís! Ya sabéis que formar parte de aquel círculo tan cerrado —si no perteneces a una familia de rancio abolengo sevillano o pruebas nobleza por, al menos, tus cuatro primeros apellidos (algo para mí del todo impensable)— es prácticamente imposible. Pero no. Gracias a él y con los negocios que ya me habían ido dando bastante dinero, comencé a vestir como el más noble de los nobles. Me introduje en los clubs de golf más exclusivos donde, a fuerza de mi tenacidad, de la que siempre me he sentido muy orgulloso, aprendí a jugar hasta obtener un hándicap dos, es decir que me convertí en un virtuoso de ese deporte y mi vocabulario se amplió: *birdie, dormie, loft, draw, putt, backspin, gross score, stableford*... De partido en partido, de *green* en *green*, me fui colando en cuantas movidas notables se daban. No había torneo de golf importante en el que no se contara con mi presencia y nadie entendía cómo habiendo sido un jugador tardío, podía haber logrado semejante *swing*. Todos... y todas querían estar conmigo. Paseos por los más bellos campos: Valderrama en Sotogrande, Puerta de Hierro en Madrid... desorbitadas apuestas de dinero para acrecentar la excitación del juego; mujeres, mujeres y más mujeres, y hoyos, hoyos y hoyos (en los cuales, entre jugada y jugada aprovechaba para meterme en los lavabos y hacerles el amor realizando acrobacias imposibles)... y verde, mucho verde esperanza, como el color del dólar.

Y el golf, aunque parezca increíble, me llevó al arte de la cacería: de pichón, de venado, de corzo, de jabalí... en los cotos más exclusivos de la geografía española; donde están las más bellas hectáreas de los grandes terratenientes del país; con paisajes inenarrables y juergas ídem. Las más selectas monterías que reúnen a toda la aristocracia, importantes empresarios y a la *jet set* europea (admito que ese deporte fue fundamental para entrenarme en la otra caza —la que más me excitaba— la de las féminas, porque el método a aplicar, me van a perdonar las señoras, es el mismo. El rastreo, la espera, la oportunidad, la crueldad...). Allí tuve la oportunidad de conocer al rey y cruzar dos o tres frases que fueron decisivas para pasar a la navegación. Y me dirán... ¿qué tiene que ver la cacería con la navegación? Pues que en esos eventos siguen estando los más grandes; los que tienen o aparentan que tienen, y como lo mío era tener, pues estaba en mi salsa.

Me hice patrón de vela y comencé a asistir a regatas, siempre invitado por los que me podían aportar, siempre colado por maravillosas e insatisfechas mujeres, mi llave de oro. Y en Mallorca tropecé con el gran empresario catalán Andreu Dolgut, que dirigía Divinis Fragances y que, aparte de patrocinar grandes regatas, tenía una mujer ardiente, Tita Sardá, a quien me la merendé sólo por hacer un pulso con su amante oficial —un italianito del tres al cuarto llamado Massimo de Luca— que la llevaba loca.

Y así, como quien no quiere la cosa, de nuevo me encontré (aclaro que intencionalmente) con el mismísimo rey. Sabía que él único que podía hacerme maestrante por decreto era él. Y lo conseguí, no me pregunten cómo porque por respeto a su majestad me llevaré ese secreto a la tumba... y que el lector imagine lo que a bien tenga. Su majestad, Hermano Mayor de todas las Maestranzas, en un trance de alegría e iluminación, me vio con todas las aptitudes para formar parte de esa gran familia. Y eso me hizo muy feliz. Y es que cuando has pasado tanta sed, beber del gran cáliz de las oportunidades se te hace milagroso.

Aquello me abrió las puertas a la vida que yo buscaba.

Por eso, cuando finalmente me llegó la herencia, ya casi ni me importó. Ya había hecho una carrera meteórica. Lo que más me gocé fue el título. Lo demás ya estaba más que trabajado.

CAPÍTULO 56

No pensaba hablarles de cómo fue mi primera experiencia sexual con Morgana, pero de repente me han dado ganas; es posible que en esta quietud me produzca cierta excitación y me gustaría probarlo ahora que no tengo nada que hacer. Quiero aclarar, aunque sea reivindicativo, que mi corazón estaba blindado para el amor, pero obviamente mis bajos estaban libres. Había hecho una división perfecta de mi cuerpo que me proporcionaba cierta tranquilidad y me daba vía libre para actuar.

Llevaba cuatro o cinco años —ya os dije que no recuerdo bien las fechas— yendo a casa de Beltrán; teniendo una relación clandestina con su madre y en simultáneo entrenándome en todos los campos que se me abrían. Mientras eso ocurría, Morgana suspiraba por mí y yo ni me la miraba. Pero se hizo mayor y una tarde, cuando fui a buscar a su hermano, fue ella quien me abrió la puerta. Llevaba un camisón transparente —como si me estuviera esperando y quisiera provocarme—, que dejaba entrever su pubis negro y sus tenues pezones. Yo a esas alturas ya sabía latín, griego y esperanto en todo lo que se refería a sexo. Por mis manos ya habían pasado las «flores» más selectas y me había convertido en un exquisito y exigente catador de sus esencias. Beltrán y sus padres estaban fuera e iban a tardar, según me dijo Morgana, porque se encontraban ultimando un negocio de no sé qué envergadura. Me hizo pasar y al cerrar la puerta me miró a los ojos y me dijo:

—¿Por qué me haces sufrir? ¿No ves que llevo años esperándote? ¿Es que no te gusto?

Repasé su hermoso cuerpo que se dibujaba diáfano entre los velos y pensé que había llegado el momento. Su desafío y mi lujuria se unían. Aquel cuerpo delicioso, de piel inmaculada que podía tocar sin miramientos hasta hacerlo vibrar como un violín, se me brindaba. Quería contemplarla como se contempla una obra de arte, para después amasarla entre mis manos.

No la besé, como no besaba a ninguna. El beso me lo guardaba para Alma. Pero, por lo demás, iba a hacerle de todo. Le quité el camisón y me la llevé a la sala. La tendí sobre un sofá y con mi pañuelo le cubrí los ojos para que no se enterara de lo que le iba a hacer. Sentía su cuerpo temblar.

Antes de tocarla, me dediqué a observarla como si

estuviera estudiando un paisaje para luego describirlo; buscando encontrar algún defecto, algo que me dijera que era imperfecta. Pero no lo encontré. No tenía ni un solo lunar, ni una sola mancha. Era la pureza absoluta de la piel. Un cuerpo exquisito que exhalaba el perfume del deseo. Abrí sus piernas y observé su sexo sonrosado y joven. Una rosa abierta de pétalos húmedos que suspiraban. Me entregué al placer de contemplarla, sabiendo que podía manipularla a mi antojo y sin miramientos porque se me abría como una flor nocturna. Y de pronto, cerré mis ojos para palparla entera. Recorrí desde su cara hasta su cuello; bajando con mi dedo índice; dibujando contornos, lagunas, valles y ríos hasta llegar a la hendidura de sus pechos. Entre mis manos abarqué sus senos, rocé suavemente sus aureolas y esculpí la punta de sus pezones. Su boca se entreabría, sus quejidos volaban como colibríes locos... su lengua roja esperaba, esperaba la mía. Y aunque me daban ganas de besarla me aguanté, porque besarla hubiese sido serle infiel a mi Alma. Pero para ver cómo reaccionaba, besé su oreja e introduje mi lengua hasta el fondo. Su cuerpo se arqueó. Volví a hacerlo, pero esta vez mi dedo tocó su ombligo y fue bajando hasta situarse en la entrada de su sexo. Sus piernas se abrieron y escuché un sollozo.

—Bésame —me suplicó—. Necesito tu boca.

—No —le dije—, no te voy a besar.

Continué tocándola. Girando mi dedo sobre la

punta de su rosa. Girando y girando sin descanso. Sintiendo como su cuerpo se retorcía de gozo.

—Por favor, bésame.

Puse sobre su boca mi sexo erguido y su lengua húmeda y sin experiencia, que esperaba encontrarse con la mía, se tensó.

—Si quieres que te bese, has de ganártelo —le dije muy bajito.

Empezó a lamerme y lamerme, y a pesar de que no sabía hacerlo, al final aprendió. Introduje hasta el fondo de su garganta toda mi fuerza, y noté cómo se estremecía.

—Tengo miedo —balbuceó cuando salí de su boca.

—No te preocupes, cariño. El miedo es la antesala de la valentía.

—Nunca lo he hecho con nadie.

—Siempre hay una primera vez —le dije mientras introducía despacio la punta de mi índice en aquel agujero húmedo y tibio.

—Bésame —volvió a suplicarme.

—No puedo, no insistas. Voy a hacerte el amor... sin beso.

Entonces, levanté su cuerpo, la puse de espaldas, recorrí su columna con mi espada en alto, me metí por la hendidura de sus nalgas, recorrí todo el camino hasta llegar a aquella cueva nueva, limpia y joven que me esperaba y entré muy despacio, porque sabía que era su primera vez.

—Por favor, no me hagas daño.
—No te lo haré..., déjate ir —le susurré al oído.
—No puedo. Me duele.
—Está bien. —Me retiré.
—No, no te vayas.
—¿No me dijiste que te duele?
—Sí, me duele; pero quiero que lo hagas.
—Está bien. Seré muy cuidadoso.

Me metí hasta el fondo, primero muy lentamente hasta que noté que algo se rompía y pude pasar sin dificultad. La humedad era intensa. Entonces salí y volví a entrar una, dos, tres, diez, veinte... no sé cuántas veces. Y la oí gritar, aullar, nombrar a Dios, hasta que finalmente sus sollozos y sus quejidos me dijeron que me sentía y que lo empezaba a disfrutar.

El sofá de brocados ocres se manchó de sangre. Parecían ramilletes de flores sobre un jardín de oro. Y sus lágrimas rodaron por sus mejillas... y yo me las bebí todas.

Ésa fue la primera vez que hice el amor con Morgana.

Después supe que tras ese hecho había quedado embarazada, pero la llevaron a escondidas a Londres y de aquello no quedó ni rastro, sólo su enamoramiento por mí y sus desquiciadas ansias de volver a hacerlo. Ansias que, por otra parte, yo también compartía.

Y así se dio inicio a nuestro noviazgo.

CAPÍTULO 57

Cientos de pavos reales sobrevolaban en círculos la mansión en el momento en que Justo Malaparte hizo su triunfal aparición en el velorio. Había llegado con una cuadrilla de costaleros que portaba sobre pasos procesionales unas espectaculares cabezas de venado, incrustadas en unas columnas de bronce que estaban custodiadas por varios rifles de caza. Al ver todo lo que estaba sucediendo, los asistentes se hacían con puestos preferenciales para no perderse el monumental espectáculo en el que se había convertido el acto.

El alcalde, que lentamente tomaba el papel de anfitrión, le hizo pasar y lo saludó con efusividad y cariño. Malaparte era otro de los personajes que le habían ayudado a llegar a la alcaldía y se sentía en deuda con él.

La cuadrilla se situó con las cuatro cabezas a los costados del ataúd.

—Amigo mío —le dijo a Francisco—, sabes que tú y yo fuimos grandes rivales y que nos odiamos y amamos a partes iguales. Puestos a decir verdades, tú fuiste el gran motor que me llevó a disfrutar de esta vida. Si no hubiese sido por ti, mis días no habrían sido tan excitantes. ¿Recuerdas que en la cacería de venados, aquella inolvidable montería de Extremadura en la finca de Celestino Campoamor, no pudiste ganarme y eso supuso para ti una decepción porque las cabezas que me quedé eran bellísimas y nunca conseguiste nada igual? Pues ahora son tuyas. Te las traigo de regalo, por si quieres que te entierren con ellas. Siempre quise dártelas en agradecimiento, pero ¿quién iba a pensar que te ibas a ir tan pronto? Deberías haberme avisado, jodido. Todos los consejos que me diste en los años que duró nuestra larga amistad me sirvieron como no alcanzas a imaginar. ¡Tantos idiotas que tuve que torear! Hiciste que me convirtiera en un auténtico mago de la seducción. Tú bien sabes que en esos menesteres los goces me habían sido esquivos; sin embargo, a pesar de mi fealdad, conseguí lo que muchos agraciados hubieran querido. Y ahora que soy mayor, no me da reparo decir que no habría probado bocado femenino si no hubiese sido por ti. ¿Sabes cómo llegué a seducir a aquella joven viuda que me llevaba de cabeza? Peinándola. Sí, así como lo oyes. Peinando su larga cabellera, porque le dije que de ella sólo quería eso, porque sus sedosos cabellos me recordaban a los de mi madre, que había muerto siendo yo un niño; y de la cabellera de arriba, en cuatro tardes, pasé a la de abajo. Y es que los caminos del señor son infinitos...

De repente, el alcalde se acercó a Malaparte y le comentó al oído.

—Justo, creo que no es el momento de que te extiendas en pormenores. Has de entender que no estás solo.

—¿Verdad que no os importa que explique todo esto? —preguntó Malaparte al público.

Se escuchó un ¡¡¡nooooo!!! general.

—¿Te das cuenta, mi querido Ramón? La gente que está aquí es como nosotros; sienten como nosotros. Les gusta saber que los humanos tenemos sentimientos. ¿Queréis que os siga explicando? —volvió a cuestionar a la audiencia.

Todos respondieron con un vehemente ¡¡¡síiiii!!!

—Es lo que hubiese querido nuestro Hermoso. El mejor homenaje que le podemos hacer es ser honestos y decirle lo que ha hecho por cada uno. Si me permites...

El alcalde, al ver la reacción popular, le dio dos palmadas en el hombro y lo invitó a continuar.

—Como te decía, querido amigo, la viudita resultó ser una máster del sexo y yo, que pensaba que le iba a enseñar, me convertí en su alumno. Es que las que menos corren, vuelan. Nunca hay que fiarse de las apariencias, porque siempre engañan. Recuerdo que le dije: yo te enseño a hacer el amor y tú me enseñas a amar. Ja, ja, ja... y fue ella quien me dio las mejores clases. Me dijo: «Justo, eres feo, más feo que un susto, pero si no te miro a la cara, ¡estás de muerte!» Mi autoestima subió a la estratosfera. Pasamos tres semanas en el lago di Garda, en la Lombardía, dedicados a los tres vicios: el placer del cuerpo, el de la bebida y el de la comida. Y casi reventamos. Ése fue mi bautismo en el agitado y libertino mundo de la piel. Después vino la mujer del embajador francés, que Dios tenga en su gloria, con su risa cantarina y su boca madura —como un melocotón abierto— que devoré con hambre. Y a partir de ahí una larga lista de divertimentos que me hizo olvidar mi horrible cara y me convirtió en un gran amante. Me especialicé en las insatisfechas, como tú bien me sugeriste... ¡en ese gran mercado está la gloria!

Morgana, que se hallaba fuera en el jardín hablando con uno de sus amantes, irrumpió de repente en el salón y se encontró con Justo, con quien había tenido una historia y a quien le tenía cariño.

—Mi querido Justo... ¿qué haces aquí? —le dijo coqueta.

—Morgana querida, estoy despidiendo a tu marido como Dios manda.

—¿Por qué no nos vamos al lavabo un rato? —le

susurró al oído—. Hace tiempo que quería verte. Pero como no volviste a aparecer.

—Amigo —le dijo a la cara a Francisco—, voy a consolar a tu mujer, que está muy triste. Ahí te dejo las cabezas de los venados. Como te comenté, haz con ellas lo que a bien tengas. Son todas tuyas.

CAPÍTULO 58

Muchas veces, cuando algo te duele mucho, acabas construyendo un mecanismo que actúa sobre tu cerebro y tu corazón de forma perfecta, y viene a protegerte. Aparentemente viene porque quiere salvaguardarte, pero no nos engañemos: si no te das cuenta, termina devorándote. Todas las personas creemos que con nuestros actos estamos alcanzando la dimensión del universo y que ello, a la larga, nos hará omnipotentes e inmortales; seres capaces de controlarlo todo. Los demás se convierten en entes débiles e insulsos y tú en el dios salvador. En verdad, es una lucha sin cuartel contra la vida y contra nosotros mismos... aunque creamos que va a favor de ella y que nos llevará a la gloria.

Mi corazón se había convertido en un bloque de mármol, un animal disecado, herido por la desposesión, que miraba sin ver y sin sentir nada de nada en su pétreo papel de estatua. Todo había dejado de dolerme. Los demás ignoran que en algún rincón de ese bloque hay una fisura y que un golpe certero puede acabar desmoronándote; y no se trata de aclararles dónde deben poner el martillo que provoque tu destrucción.

Yo acabé fabricando mi supervivencia de manera magistral y, a pesar de saberme poderoso en muchas cosas, me había convertido en un ser mezquino; y lo peor era que no podía evitarlo. Mientras esto ocurría, otros vivían la correspondencia del amor; su verdadero deseo era satisfecho por la persona a la que amaban y, después de saberse correspondidos, podían dormir a sus anchas abrazados al ser amado.

Recuerdo que una noche, estando en una taberna, enloquecido por el remordimiento que alguna vez sentía y por las sombras de la noche que siempre acababan iluminando mis vacíos, vi a una chica de una belleza lánguida. Parecía una escultura de aquellas con las que me había extasiado hacía años paseando por el salón del *Ottocento* de la Accademia di Belle Arti di Firenze.

Su perfil, meticulosamente lineal, me sugirió que su sangre no era fría, aunque en el exterior las calles helaran. Pidió un gin-tonic y yo al oírla le dije al camarero que me sirviera lo mismo. Me miró con sus ojos violeta, y me sonrió.

—¿Tienes sed? —me preguntó.

—Siempre hay sed... aunque haga frío —le contesté.

Hablaba con acento extranjero y deduje que era una turista sin plan.

—¿Vives aquí? —volvió a preguntarme.

—Vivo, a secas, independiente de dónde sea... o, por lo menos, trato de hacerlo. La vida está donde pongas tus sentidos.

—Así que eres de los que les gustan los diálogos profundos...

Me quedé mirándola; su belleza grave y altiva, que se multiplicaba en su boca, me sugirió una mano: mi mano descendiendo por esa cabellera desconsolada que se despeñaba por sus hombros desnudos.

—¿Por qué no nos vamos y nos ahogamos en la noche? —me sugirió, como si estuviera perdida.

Se puso de pie, retiró su abrigo y le dio unas monedas al camarero.

Salimos y aunque no os lo creáis no hice nada más que mirar las estrellas y hablar sobre las incongruencias del destino. La llevé a orillas del río y estuvimos conversando de lo difícil que era sobrevivir cuando esperabas tanto de la vida. Su juventud y sus ansias de saber me excitaban, no lo que os imagináis, sino las neuronas. ¡Y mira que era bella! Mientras observábamos las ventanas de las casas de la calle Betis —algunas de ellas todavía iluminadas—, y nos recreábamos imaginando lo que dentro podía estar pasando, me di cuenta de que estaba perdiéndome todo por estar enamorado de un viejo sueño imposible. ¿Podía ella imaginar el dolor que se escondía en mi alma?

—¿Estás sola?

—Todos lo estamos —me contestó—, es la condición del ser humano. Estar solos, aunque vivamos acompañados.

—Larguémonos de aquí —volvió a sugerirme, impulsiva.

—¿Adónde quieres que vayamos? —le pregunté.

—Al aeropuerto.

—A esta hora, todos los aviones duermen.

—Qué importa. Esperamos hasta que amanezca. Al final, la vida siempre despierta a alguna hora.

—Está bien. Me dejaré guiar por ti.

—Tomaremos el primer avión que salga.

—¿A cualquier parte?

—Sí, iremos a donde nos quiera llevar.

Me pareció una idea morbosamente romántica. Mi vida estaba perdida hacía tanto que perderme en cualquier lugar era un destino muy atractivo.

Llegamos al aeropuerto con lo puesto. No había avisado a casa de que no volvería; sabía que a nadie le importaba. En realidad me esperaba lo mismo de siempre: Morgana con sus reproches y sus ironías; los hijos pidiendo y pidiendo... y yo dando y dando.

Los mostradores estaban vacíos; salvo unos cuantos hombres que limpiaban los suelos en la penumbra, todas las salas estaban a oscuras. Me sorprendió verme con una mujer tan bella sin haberle rozado ni un dedo, y eso me gustó. Pensé que algo estaba cambiando dentro de mí... pero sólo fue un espejismo. Nos sentamos a esperar, en esa soledad helada de la noche, y de pronto me di cuenta de que no sabía ni su nombre.

—¿Cómo te llamas?

—Qué más da. ¿Crees que si te lo digo, eso nos acercará más, nos hará más amigos? Los nombres sólo sirven para identificar y yo nunca me identifiqué con el mío. No me gusta, no lo elegí yo. Creo que es algo suficientemente importante en tu vida como para que te lo decidan otros; deberías escogerlo tú mismo cuando tienes edad para darte cuenta de que así te llamarán toda tu vida. Ponme el que más te guste, si eso te satisface... si es que lo necesitas para algo... A mí no me hace falta.

—No importa. En realidad, no tiene ninguna importancia.

—Tengo que ir al baño, ¿me acompañas?

Me fascinaban los baños; me había convertido en un asiduo de ellos cuando quería hacerle el amor a alguna mujer. Era un lugar aséptico e impersonal, que ejercía sobre mí una increíble atracción. Entramos sin que ella me provocara en nada.

—Entra —me sugirió abriendo una de las puertas—. Quiero que me veas.

Se bajó el vaquero y no llevaba bragas; su pubis imberbe, inmaculado, apareció de golpe.

—No se te ocurra tocarme. Sólo quiero que me mires, ¿de acuerdo?

No era yo. Era la primera vez que una mujer me daba órdenes; decidí obedecerla y fui consciente de que haciéndolo también me excitaba.

—¡Los hombres sois tan ingenuos! Creéis que lo domináis todo y no os dais cuenta de que somos nosotras las que lo hacemos. Vuestro gran problema reside en tener el cerebro en la punta de vuestro sexo.

—¿Y si yo te dijera que quiero que creas que me dominas?

—Te diría que te engañas. Ya había pensado en eso.

Acabó de orinar, se limpió mirándome con ojos morbosamente ingenuos y volvió a subirse el pantalón. Al pasar por mi lado me dio un casto beso en la mejilla.

—Me gustas —me susurró infantil.

Olía a lo que huele el musgo húmedo. No era un olor que perteneciera a ningún perfume; era algo que le venía de dentro. Quise abrazarla, pero no me podía dar el lujo de ser rechazado por nadie.

Al salir, nos encontramos con un mostrador que abría. El primer vuelo saldría en una hora y el destino era Ginebra. Compré los billetes y, tras seguir con nuestra interesante charla, embarcamos.

Cuando llegamos, siempre dejándome guiar por ella, cogimos un antiguo tren que nos llevó a Gstaad. Me di cuenta de que ella era de allí, a pesar de que no me hubiese desvelado su origen.

El paisaje era una lujuria vegetal que se abría ante nosotros como una voluptuosa Virgen. Tras bordear el lago Lemán, empezamos un romántico ascenso a los Alpes. Se quedó dormida y apoyó su cabeza en mi hombro, y me dieron ganas de abrazar el abandono de su sueño, pero me contuve. Quizá fue la segunda vez en que hubiera podido enamorarme de no haber sido porque mi vida, aunque no tuviese ningún sentido, ya la había entregado a Alma.

Cuando el tren se detuvo en la estación, volvió sus ojos a mí, extrañada de encontrarse reclinada en mi pecho, y me dijo:

—Ya ves que no sé tu nombre ni a qué te dedicas, y me tiene sin cuidado. Sólo quiero tu compañía... ¿Esquías?

Asentí con la cabeza. Tomamos un taxi que nos trasladó al hotel Palace y, al llegar a la habitación —como siempre hacía cuando me vestía de conquista—, le confesé que era un hombre malo, un infiel por naturaleza que había hecho sufrir a muchas mujeres y que no me había comportado nada bien con mi esposa. Le conté que una noche ella me había sorprendido llamando a una prostituta de lujo y había acabado lanzándome por la ventana mis trajes y mis mejores zapatos, los que más quería.

Una vez más, mi técnica funcionó. Mi divina desconocida pensó que me redimiría: yo era el reo que cualquier mujer hubiese deseado salvar en la antesala del corredor de la muerte; aquella estrategia nunca fallaba. Entonces se dedicó a aconsejarme y de pronto todo cambió. Dejó de hablarme de cosas interesantes y se convirtió en una mujer como todas las demás.

No esquiamos ni salimos de la habitación durante tres largos e insoportables días, en los que me dio a beber todo el vodka que quiso y a comer todo el caviar que tenía el hotel, pues yo, de ingenuo, me dejé atar a los barrotes de la cama con los cinturones de los albornoces pensando que era un dulce juego, y aquello acabó siendo mi peor pesadilla.

Me hizo el amor de manera salvaje y cruel, entre trago de vodka que me tiraba y cucharadas de caviar que ponía en su sexo para que yo me lo comiera. En sus manos era un pobre desvalido... hasta que ya no pude más. El hastío era tal que sólo deseaba huir y vomitar. Acabé asqueado de aquel cuerpo que se había convertido en mi peor castigo.

Me enteré de que había ido a Sevilla persiguiendo a un novio que se escondía de ella, y pronto entendí el porqué de su huida. Era una ninfómana perdida y yo, su nueva víctima.

Os puedo contar cómo me lo hacía; quizá a vosotros os excite. En verdad, salvo la primera escena en la puerta del armario donde la desnudé y la lamí entera con mis dedos, mi lengua y mi sexo, poco más hay que decir.

Me engañó con su filosofía, tal como yo engañaba a muchas con mis frases robadas de otros. Todavía me queda la duda de haber sido yo quien lo estropeó todo. Lo cierto es que jamás vi cuerpo más perfecto ni rostro más angelical... ni desesperación más grande en mí. Nunca supe si tenía alma, ésa donde anida el amor, donde residen el ser y los sentimientos... porque el alma, si no logras succionarla desde la boca del ser que tienes entre tus brazos, no la puedes poseer. Y como yo no besaba a nadie...

Si todavía queréis que os lo cuente, posiblemente me diréis que me repito. Pues al final, posición tras posición, escenario tras escenario, vestuario tras vestuario, si no existe amor todo acaba siendo como una película porno que, una vez has visto las cuatro primeras escenas, está visto todo.

¿Que cómo logré salir de ahí?

Ella me dejó cuando vio que de mí ya no podía sacar nada más. Huyó con mi cartera y mi Rolex de oro, dejándome atado a los barrotes de aquella cama.

A la mañana siguiente me encontró la mujer de la limpieza; una grotesca y grasienta bigotuda que, al verme, en lugar de desatarme, regresó con otra peor. Hablaban entre ellas en una especie de dialecto que, a pesar de saber tantos idiomas, no logré entender. Y entre carcajadas, se sentaron sobre mí y me obligaron a follarlas a cambio de mi libertad. Se me rifaban y turnaban; mientras una ponía su cochino sexo en mi boca, la otra lamía el mío y se sentaba sobre él. Hasta que, cerrando los ojos para no presenciar aquellos monstruos, me dejé ir en un sueño y me desmayé. Cuando abrí los ojos me encontré tendido en la cama, sin rastro de violencia, y con un médico que me auscultaba. A su lado, el director del hotel me sonreía. Yo se lo agradecí; entonces me dijo:

—Señor Valiente, no es a mí a quien debe agradecer, si no a estas buenas señoras que lo encontraron inconsciente y me avisaron.

Miré al fondo y vi a las dos bigotudas. Estaban detrás y sonreían con beatífica dulzura.

Y es que, como decía mi madre, «al que no quiere una taza, se le dan dos».

A pesar de lo sucedido, no escarmenté.

CAPÍTULO 59

Tenía una deuda pendiente de muchos años con la Iglesia que me urgía saldar cuanto antes para tranquilizar mi convulso espíritu. Con mis infantiles robos de cálices, acetres, copones, custodias, incensarios y todo lo que tuviera oro, plata y piedras preciosas —que saqueaba de cuanta sacristía podía—, el cupo de mis pecados estaba más que lleno. Así que lo primero que hice, en el momento en que supe que de verdad me sobraba el dinero, fue ir devolviéndolo de a poquitos.

Ya en mi juventud había logrado colarme en una Cofradía valiéndome de mi astucia. Al principio utilicé mi amistad con Beltrán, aprovechando que su padre era Hermano Mayor de una de ellas. Me fui infiltrando como *aguaor*, repartiendo agua a los sedientos costaleros —aquel grupo de hombres que en Semana Santa y escondidos bajo los pasos cargan con el peso de imágenes de Vírgenes y Cristos y recorren las calles de Sevilla—, hasta que me aceptaron de buen agrado y me convertí en uno de ellos. En ese momento, la situación había cambiado, pues lo que antes se hacía por dinero, cuando entré a formar parte de la Hermandad, había pasado a hacerse sólo por amor y pasión. Y así estuve durante mucho tiempo, paseando las Vírgenes y los Cristos de otros, hasta que decidí crear mi propia Cofradía.

Lo primero que hice fue tratar de encontrar una iglesia abandonada para restaurarla. La hallé muy cerca de donde vivía. Formaba parte de un abandonado convento de frailes dominicos que incomprensiblemente, como muchas de las cosas que pasan en Sevilla, había sido abandonado en el siglo XVIII, y la naturaleza había hecho de las suyas atrapando con sus raíces y ramas muros, altares y claustro.

Tardé casi dos años en hacerlo restaurar por el mejor arquitecto de España y aproveché para que apareciera mi nombre y mi imagen en las enormes telas que cubrían las fachadas: «Aquí, con la ayuda del excelentísimo señor don Francisco Valiente, marqués de Al Lives de los Gazules, se está restaurando el Divino Convento del Señor de los Iluminados.»

Y aunque no me sobraba el tiempo me dediqué a buscar imágenes, hasta que en un viejo anticuario de la plaza de La Alfalfa encontré dos extraordinarias tallas policromadas del siglo XVII: la de una Virgen Dolorosa, de una extraordinaria belleza, y la de un Cristo llagado y golpeado, que me servían para crear un pasaje del Evangelio que convertí en «La negación de San Pedro». Pagué un dineral por ellas y las llevé a un escultor amigo para que las pusiera a punto.

La desnudez de la Virgen que acababa de adquirir me produjo por un lado mucha pena, y por el otro me brindaba la oportunidad de vestirla como siempre había soñado. En la primera salida que iba a realizar mi Cofradía quería cubrirla con sayas, mantos y brocados que jamás se hubieran visto en Sevilla.

Terminé encargando a las monjitas del convento de las Trinitarias —quienes llevaban años marcando con mis iniciales mis camisas y mis pañuelos, y regalándome exquisitos tocinillos de cielo a los cuales era adicto— un gran manto bordado en oro, a la antigua usanza, con incrustaciones de esmeraldas y rubíes, para que Sevilla entera se enterara de que mi Virgen era la más amada y la mejor vestida. Hablé con la familia Marmolejo, orfebres de toda la vida, para que elaboraran la más bella corona, llena de iconografías que aludían a escudos ducales y estrellas que representaban mis vivencias. La Cofradía sería la de El Señor de los Valientes, que además de ser verdad, pues hacía alusión al Cristo que había adquirido, me servía para reforzar mi apellido, del cual había aprendido a sentirme muy orgulloso por lo que significaba.

Aproveché una noche de fiesta en la que se celebraba un cumpleaños de Morgana para regalar a diestra y siniestra lo habido y por haber. A mi mujer le obsequié, delante de todos, cien lingotes de oro de veinticuatro quilates. A los asistentes un crucero por las islas griegas y, al final de la noche, entre whiskies y coros rocieros, una cuadrilla trajo en volandas el palio en el que me había gastado tanto dinero, sobre todo en varales, candelería y respiraderos de oro macizo, y en faldones bordados con alusiones a la pasión de Cristo en el Huerto de los Olivos. Sobre él estaba mi Virgen, que llegaba vestida con su saya recamada en perlas, su primoroso manto, su toca de oro y su rostrillo de encajes plisados traídos de Francia. Los aplausos y la admiración que causaron me llenaron de orgullo propio. Regó mi ego como no os lo podéis imaginar.

Entre los invitados ilustres se encontraba el arzobispo, que pronto se convertiría en cardenal. Había quedado con él para que bendijera las imágenes la semana siguiente. Hasta ese momento, sin su bendición, todavía aquella policromía era una iconografía pagana.

Y sucedió lo que ese día no tenía previsto, pues me sentía bastante cansado y no estaba para conquistas. Entre los asistentes se encontraba la hija de un ganadero con quien tenía una estrecha relación —la persona que me daría las llaves para hacerme con un hierro del cual os hablaré más adelante—. Me miraba con esas miradas que piden guerra.

—Me encanta el manto de tu Virgen. Me gustaría un día vestirme con algo así... que alguien me vistiera de oro —me dijo con un punto de picardía.

—A mí lo que me gustaría es desvestirte —le contesté.

—¿Me invitas a una copa?

—¿Qué quieres beber?

—Quiero beberte... a ti. Quiero un Francisco *on the rocks*.

Me la llevé al jardín, al lugar donde la cuadrilla había depositado el palio, levanté los faldones de éste y me metí con ella dentro.

—Esto es un sacrilegio —me dijo sonriendo, mientras se acercaba.

—No... todavía no lo es. La imagen aún no ha sido bendecida. Es una escultura como cualquiera —le repliqué—. La próxima semana, lo que estamos a punto de hacer sería pecado mortal.

—¿Sabes que todos hablan de ti? Dicen que eres un sinvergüenza.

—¿Y eso es malo? Sinvergüenza es no tener vergüenza; para vivir, sirve. Y tú, ¿qué opinas?

—A mí me da igual. Mis padres no saben nada de mí. Creen que aún soy su niña, ¿sabes? No se han dado cuenta de que crecí. Me gustan los hombres como tú..., los sinvergüenzas.

La desnudé y lancé al suelo. El césped estaba húmedo y olía a tierra. Me bajé la bragueta y le levanté la falda.

—Me gusta tu violencia..., dulce violencia —me dijo, haciéndose la experta.

La poseí. Al hacerlo, oí de su boca un grito ahogado y un sollozo.

—¡Bestia!... —me gritó jugando—, me has desgarrado...

Me di cuenta de que no había hecho el amor con nadie. Pensé que en mi jardín muy pronto se pasearía un nuevo pavo real.

Había bautizado el palio.

La llevé al interior de la casa y saqué de mi caja fuerte algunas joyas que tenía guardadas para regalar a mis conquistas. Elegí una de las medallas que había mandado diseñar a mi joyero —un pavo real de plumas abiertas en oro y turquesas—, que sólo regalaba a quienes perdían su virginidad conmigo, y se la puse en el cuello.

—¿Soy otra de tus conquistas? —me preguntó.
—¿Has sido feliz?
—Sí.
—¿Te has sentido bien?
—Como nunca.
—Pues ya está.

—¿Te volveré a ver?

—Lo maravilloso de la vida es la incertidumbre —le contesté—. No saber a qué atenernos. Tú aún eres joven, pero aprenderás a disfrutar de ella.

—Eres muy malo... pero me gustan los malos.

—En la vida, querida niña, lo que consideras malo a veces se convierte en lo mejor. Tú me buscaste; ahora deberás atenerte a las consecuencias. Sabes quién soy; no me pidas más.

Al salir, vi a Morgana entre los matorrales con el padre de la chica. Su torso estaba desnudo y la luna se reflejaba en la lágrima de diamante azul que colgaba entre sus senos. El hombre la tocaba con hambre y la llevaba hasta el tronco de uno de los muchos árboles de fuego que rodeaban el jardín. No sentí celos; es más, creo que me produjo una sensación placentera. Me quedé unos minutos observando cómo hacían el amor. Sus quejidos me llegaron nítidos. Pensé que yo estaba enfermo y que no tenía salvación.

Al regresar a la fiesta, entre los asistentes tropecé con la mirada de Alma y me avergoncé. Deseé con todas mis fuerzas que no se hubiera dado cuenta de lo que acababa de hacer. Para ella quería continuar siendo el niño de la Glorieta de Bécquer.

CAPÍTULO 60

Los años se deslizaban por mi cara dejando alrededor de mis ojos y en la comisura de mis labios surcos que evidenciaban ante mí y ante los demás mis recalcitrantes odios y mis incontables frustraciones. A pesar de los esfuerzos que hacía para cubrirlos, ningún maquillaje podía ocultarlos. Me costaba aceptar que me hacía vieja, que mi cuerpo ya no era aquel monumento de piel turgente y lozana por el que muchos habían suspirado; que, por más que me vistiera de seda y aparentara alegría, todo lo vivido por mí era ya irreversible... que este agujero que me arrastraba a una inminente vejez, al final, acabaría por sepultarme en el olvido de mí misma. Supe que ya nada en el mundo me ayudaría a ser feliz, pues había amasado el pan de mi vida con la harina del rencor.

Mientras el tiempo se ensañaba conmigo, a Francisco la madurez le otorgaba una injusta solemnidad que lo hacía mucho más atractivo, sobre todo para las jóvenes. Lo había notado cada vez que venían a casa algunas amigas de mis hijas y se quedaban mirándolo con ese deseo juvenil que brilla por la inconsciencia.

De no soportarnos, habíamos pasado a la indiferencia absoluta, obviamente manteniendo muy bien alimentadas nuestras mutuas maldades, ya que eran las que nos conservaban en pie.

Como ninguno de los dos contemplaba la posibilidad de una separación, debido a nuestras arraigadas creencias religiosas y a nuestra firme convicción de mantener a la familia unida, resolvimos repartirnos la casa.

Para no estropear lo que correspondía a los salones, no los tocamos, ya que si algo teníamos en común Francisco y yo era nuestro amor a la estética y al buen gusto. Se trataba de mil metros, divididos en cuatro estancias de doscientos cincuenta cada una. Dos se las quedó él y las otras dos, yo. Y en la zona alta, la casa contaba con dos plantas de quinientos metros. La primera iba a ser un gran apartamento para mí con entrada propia, y la segunda para Francisco, que quedaría absolutamente aislada de la mía. Pero los garajes, cocina, comedor y zona de *spa*, al no ponernos de acuerdo, los compartiríamos. Y para nuestros siete hijos, que ya se hacían mayores, se construiría un gran pabellón en el jardín con todas las comodidades y lujos. Aunque seguiríamos reuniéndonos para las comidas y las cenas, lo de los desayunos se haría de forma individual, dado que nuestros hijos así lo querían.

Pero a pesar de tratar de evitarnos el imbécil y yo, algo inconsciente nos llevaba a encontrarnos. Nos hacía falta nuestra dosis de mutua maldad para empezar bien el día; así que optamos por mantener el ritual del odio mañanero y cada día nos regalábamos una sorpresa.

De haberle hecho encoger sus jerséis de *cashmere*, había pasado a esconderle los palos de golf cuando sabía que tenía algún torneo importante. Le deshidrataba los puros con mi secador de pelo hasta ver que se resquebrajaban; vaciaba las botellas de su whisky favorito y se las rellenaba con el más barato que encontraba en el mercado; le quemaba con cigarrillos sus queridas corbatas de seda, en el sitio justo para que una vez se las pusiera y se mirara al espejo con esa absurda vanidad que lo caracterizaba, se encontrara el pequeño agujero. Accedí a su maravillosa colección de relojes y decidí, valiéndome de una precisa instrumentación, quitarles a su Vacheron Constantin, a su Audemars Piguet y a su Patek Philippe las manecillas. Ponía el despertador a altas horas de la madrugada sólo por el placer de llamarlo a su móvil y colocarle grabaciones de carcajadas desquiciadas. Le agujereaba sus calcetines, le cambiaba los pares para que cuando los abriera se encontrara con uno de invierno y otro de verano, o con uno más largo y otro más corto... en fin, que disfrutaba como no llegáis a imaginar.

Un día, en un arranque de ira del cual me arrepentí, no por el mal que podía causarle a Francisco sino por la belleza del cuadro, le tiré un acrílico a un Lucian Freud por el que él había pagado en Sotheby's una desorbitada fortuna, lo que le obligó a pagar más por su restauración... y así, tantas y tantas maldades que necesitaría un libro entero para explicarlas.

A su vez, las que él me hacía no se quedaban atrás. Sin tener ni idea de cómo había logrado acceder al cajón de la ropa interior, una mañana que tenía cita con uno de mis amantes favoritos, me encontré con toda la lencería cortada. Mis bragas, mis sostenes, mis ligueros y mis maravillosos corsés aparecieron trágicamente mutilados. Otro día mi crema de cara, mi carísima crema traída de Tokio, mi *Clé de Peau*, la había rellenado con un ungüento para las hemorroides; me di cuenta cuando empecé a esparcirla por mi cara y noté un picor helado y un olor infecto. Y mis abrigos de piel manchados con betún, y mis queridos zapatos con los tacones rotos, y mis adoradas joyas bañadas en cola multiusos, mis maravillosos diamantes, mi anillo de esmeralda de dieciocho quilates, mis Pomellato... Aunque lo que más me dolió, por la humillación que me produjo, fue lo que me hizo una noche entre cientos de invitados: antes de que todos llegaran colocó bajo el cojín del asiento donde siempre me sentaba una bomba fétida —esos artilugios que sólo los niños estúpidos compran en las tiendas de bromas—, y yo, toda perfumada y vestida de fiesta, al sentarme y sin darme cuenta la hice estallar. Tras un sonido de lo más indecoroso, de mi trasero se coló un olor a podredumbre que hizo girar a todos los invitados y a mí me llevó directa al baño, de donde no salí hasta que no estuve segura de que ya todos habían abandonado la casa.

Esa vergüenza que me hizo pasar no se la perdoné; fue la que volvió a resucitar en mí el tema de las pócimas mortales.

CAPÍTULO 61

Con los venenos, como ya os comenté, tenía sentimientos encontrados; el vehemente deseo de que muriera Francisco se enfrentaba con la posibilidad de perderlo y quedarme sin contrincante en mi juego vil. El que le había ido poniendo en los zumos parecía que no le producía ningún tipo de efecto, pues cada día lo veía más rozagante y vital. Y aunque algunas veces pude presenciar que los bebía, no sabía qué demonios pasaba para que a la mañana siguiente amaneciera tan bien.

Y es que tenéis que entender que yo era un ser herido en lo más profundo de mi orgullo. Una mujer hermosa, deseada por muchos, que había sido despreciada de manera infame por el hombre a quien había amado con locura. Ese dolor de saberte rechazada te aniquila. Las almas apasionadas, cuando no son alimentadas como se debe, sufren muchísimo. Yo había luchado sin cuartel para conquistar a Francisco, ¡Dios sabe lo que llegué a aguantar antes de caer en la promiscuidad! Al principio creí que era un hombre decente, honrado y de principios, que de verdad me quería y buscaba formar una familia modélica, pero ese mundo secreto que lo rodeaba, aquellas huidas que hacía y sus desprecios sin justificación terminaron por destrozarme; acabaron con mi equilibrio emocional.

Trataba por todos los medios de que me quisiera, pero nadie puede amar a la fuerza. El amor es algo espontáneo que nace del fondo del ser y no obedece a ninguna estrategia. Yo luché y luché con uñas y dientes para darle felicidad; busqué por todos los medios para que se centrara en mí, primero complaciéndolo y más adelante tratando de darle celos.

Nada sirvió.

No podía contentarme con lo que la vida me ofrecía: vivir de forma sumisa aceptando lo poco que me daba. Yo quería más: lo quería todo de él, porque era mi marido y me había jurado amor eterno. Pero, por más que me esforzaba, su corazón estaba atrapado no sabía dónde. El egoísmo forma parte del amor, ¿no estáis de acuerdo? El querer tener a la persona amada sólo para uno no debería obligarte a ser paciente ni a tragar lo poco o nada que te echen en el plato.

No podía amar sin condiciones, con humildad y comprensión, como rezaban los evangelios; agarrándome a la fe y a la ilusión de que todo iba a cambiar. Puede que mi deber como esposa, por lo menos el que me habían enseñado, fuera aguantar la situación como misión para alcanzar la gloria eterna. Pero el amor que sentía por Francisco, siendo inmenso, no daba para tanto, aunque Dios me castigara y lo que sentía me llevara al infierno.

Me estaba destruyendo, pero en mi destrucción mi orgullo había decidido acabar también con él. Nos hundiríamos juntos. Mi pecado consistía en no querer aceptar lo que la vida me ofrecía: mi frustración. A veces me sentía como una araña que no paraba de tejer una inmensa red donde atrapar lo inexistente. En los seres humanos, y yo lo soy, todo es posible. Rezar ya no era un camino. Se trataba de ir más allá.

Entonces me hice amiga de un joven boticario de alta cuna y baja cama, que había heredado de su abuelo una antigua farmacia en la calle Inocentes. Con él, además de probar sus jugosos labios y sus bien dotados bajos, me fui ilustrando en los pormenores de la farmacopea. Entre aprendizaje y aprendizaje, cuando ponía el cartel de cerrado nos pegábamos unos inenarrables jolgorios en el mostrador y frente a sus estanterías. Entre gritos y suspiros, al ritmo de nuestros cuerpos iban estrellándose contra el suelo medicamentos para todas las dolencias: para el resfriado, las infecciones, los espasmos musculares, las alergias, la artritis, la fiebre, las indigestiones, los soponcios..., remedios que no curaban nuestra desbocada pasión. Mientras lo hacíamos, veíamos desfilar a los transeúntes despistados que, de haberse enterado de lo que pasaba en el templo medicinal del barrio, hubiesen tenido palco de honor para presenciar un espectáculo de erotismo supremo.

Y así, entre beso y beso, suspiro y suspiro, sin que se diera cuenta le fui sonsacando información para tratar de entender qué demonios pasaba cuando una persona, a pesar de beber diariamente una dosis de láudano, no mostraba ningún tipo de reacción. Me inventé que estaba inmersa en la lectura de un libro de espionaje y que no entendía lo que pasaba con su protagonista: una mujer a quien su amante estaba tratando de envenenar. Me explicó con lujo de detalles que existían antídotos y que bien podía ser que la mujer en cuestión, aunque bebiese el veneno, si inmediatamente tomaba el antídoto adecuado, el efecto desapareciese. Me sonó hasta cierto punto coherente. Sin embargo, no veía a Francisco bebiéndose el zumo y corriendo a tomar un antídoto de algo que desconocía absolutamente. Por si acaso, porque también era posible que lo hubiera descubierto no sé cómo —conociendo sus alcances—, decidí probar con el almidón envenenado en los cuellos de sus camisas. El problema era que debía encontrar una fórmula que no dejara ninguna huella...

Pero yo era Morgana Romero de Hinestrosa, una mujer de armas tomar. Y ya se sabe que, en astucia, las mujeres somos cosa seria.

CAPÍTULO 62

Las mudas promesas que ingenuamente creí que me había hecho Francisco en la boda resultaron erróneas; eso me causó un terrible dolor. Tras la ceremonia, desapareció de mi vida. Lo veía con frecuencia en los eventos familiares —siempre del brazo de Morgana—, pero evitaba mirarme. Yo sabía que su espíritu estaba convulso y que no se hallaba, pero no sabía ayudarle ya que al mío le pasaba exactamente lo mismo. El destino se había ordenado de tal forma que nos obligaba a vivir nuestros caminos separados y nos forzaba a enterarnos de lo que cada uno vivía en esas soledades acompañadas. A pesar de no sentirme tan fuerte para asumirlo, no sé de dónde me llegaba cada día la energía y la comprensión suficiente para aceptarlo.

Con el paso de los días, él se fue distanciando de Beltrán, quien lentamente entendió su actuación porque si algo tiene mi marido es un alma noble y limpia. Pienso que en el fondo se había dado cuenta de que Francisco lo había utilizado para alcanzar sus fines; sin embargo, nunca lo juzgó, porque la admiración que le tenía en aquel entonces seguía siendo grande y su cariño más.

Sus caminos se abrieron. Beltrán se dedicó a la escritura, que a pesar de lo que dijera Morgana se le daba muy bien, y a gestionar los negocios de su padre, quien sufría un alzhéimer progresivo que lo había ido alejando de la vida mundana. Me mimaba y me daba todos los gustos. Quería que tuviéramos hijos pronto y cada noche insistía, para mi tristeza y desazón, en conseguirlo. No lograba sentir ningún tipo de pasión por él, aunque hacía todos los esfuerzos y en el fondo le tuviera un gran cariño. Fingía y aguantaba lo que podía, pero me costaba mucho hacer el amor, a pesar de que él se esforzaba en tratar de darme placer. Era considerado y os puedo asegurar que jamás me forzó a nada; más bien era yo la que en agradecimiento acababa cediendo a sus requerimientos sexuales porque sabía que todo lo que me solicitaba lo hacía desde el infinito amor y el respeto que me tenía.

Mis episodios de tartamudeo desaparecieron por completo y lentamente adquirí una extraordinaria fuerza y solvencia en todo lo que se refería a mi papel de esposa y ama de casa. Los padres de Beltrán me admiraban cada día más y para desgracia de Morgana continuaban poniéndome de ejemplo. En cuanto a los míos, a los dos meses de la boda nos regalaron una casa en Carmona sembrada de antiguos olivos, donde pasábamos los fines de semana buscando una tranquilidad imposible, pues como era de esperar, junto a la nuestra, al poco tiempo Francisco adquirió una mucho mayor. Un extenso cortijo que además de tener una casa de patios cubiertos de espléndidos mosaicos —con suntuosas habitaciones para los muchos invitados— y de poseer su capilla privada, él aprovechó para llenar de caballos de pura raza española. Allí hacía unas fiestas monumentales a las que siempre asistían gentes que de alguna u otra forma le podían servir para sus fines y en las que, acompañado de los mejores grupos de flamenco, aprovechaba para lucir su magnífica voz. Creo que en el fondo todos sus comportamientos obedecían a querer demostrar que era alguien importante, y eso debía cansarle mucho.

A los ocho meses de habernos casado los cuatro, nació la primera hija de Francisco y Morgana, y yo, como concuñada que era, fui a conocerla. Era una niña preciosa, de ojos vivos y cara angelical, que hubiera deseado que fuera mía y de él, y que aterrizaba en este mundo, como todos, sin tener culpa de nada. Lo vi emocionado, a pesar de que ya nos había comentado que deseaba que fuese hombre. La trajo una enfermera y al acercar la cuna se adelantó, la cogió en sus brazos y me miró.

—¿Habéis visto que niña más bella? Es una Valiente de pura cepa. Mi madre estaría orgullosa de ella. —Le dio un sonoro beso y la miró—. Te llamarás Macarena —le dijo—. Alma, ¿qué te parece..., te gusta el nombre?

Morgana lo interrumpió.

—¿Por qué no me lo preguntas a mí, no soy yo la madre?

—Querida, claro que eres la madre, pero está bien que la familia opine.

No quise entrar en la discusión. Con mi dolor en carne viva los felicité, me agarré al brazo de Beltrán y le pedí que nos fuéramos.

—No te vayas, Alma —me imploró Francisco—. Éste es uno de los días más grandes de mi vida y quiero compartirlo con vosotros. Beltrán, amigo, dile a tu mujer que no tenga prisa.

Me quedé. Beltrán se acercó a Morgana y yo salí de la habitación seguida de Francisco.

—Alma mía —me dijo—. Ya sabes lo que yo habría deseado que esta hija fuera tuya..., todo es por tu culpa.

—Déjame en paz...

—Tú me has forzado a desviar mi camino. Nada de lo que hago ahora lo hubiera hecho si tú...

Lo interrumpí llorando.

—Ya es suficiente lo que vivimos para que ahondes en eso. Bastante tengo con lo que veo. ¿O es que te parece poco lo que vas haciendo delante de mis narices? Hazte responsable de tus actos y olvídame. Una cosa te digo: yo también tendré hijos... y no serán tuyos. ¿Te gusta la idea? No me pidas más.

Me fui sin esperar a Beltrán. Esa noche me quedé embarazada.

CAPÍTULO 63
—

Mi siguiente meta, como ya os había comentado, era hacerme con una ganadería de reses bravas de primera. La adquirí aprovechando la amistad que tenía con Valentín Montes de Toro, ganadero ilustre, esporádico amante de Morgana y además padre de la chica a quien había desvirgado bajo el Palio de la Virgen la noche de su presentación. A él le faltaba el dinero para continuar llevándola, y a mí me sobraba por todas partes. Sus toros eran los únicos del mundo que, además de ser más negros y brillantes que la noche, tenían los ojos azules y por eso me salieron carísimos. Teniendo tan excelente ganadería me fue muy fácil aceptar el hierro con el que se habían marcado las reses hasta entonces y decidí que no lo modificaría. Era un óvalo que enmarcaba la V de Valentín y de la ganadería de toros bravos de origen Veragua, y que al adquirirla y por mi orgullo, se convertía en la V de Valiente que también significaba Vencer, algo para lo que yo había nacido.

La excitación que me produjo ser el dueño absoluto de aquellos animales tan hermosos me llevó a convertir en ritual el vagar por los campos donde se paseaban serenos en las noches de luna llena. Aquella omnipotente soledad me hacía sentir a la vez poderoso e ínfimo, y olvidar el dolor de no tener a mi Alma conmigo. En ese silencio, volvía a pensar en ella y me hacía niño. La imaginaba a mi lado, caminando descalzos y cogidos de la mano, observando la grandeza de la noche y de aquella manada. Bajo aquella luz, los ojos de los toros brillaban como desmesurados zafiros que cualquier mujer hubiese deseado colgar en su cuello.

Una medianoche me pareció oír un jadeo. Me acerqué sigiloso al lugar de donde provenía y lo que vi me hizo bullir la sangre. La silueta de un hombre con un capote toreaba una de mis reses. Me quedé en silencio observando la belleza de aquel cuerpo que se arqueaba en unas magníficas verónicas rematadas con una media belmontina. Mi primera reacción fue de disgusto, pues estaba violando mi campo, pero me detuve cuando me di cuenta de que dejaba el capote y a continuación cogía la muleta blanca con su mano izquierda. Le observé torear por naturales de una manera magistral, como jamás había visto. La helada luz sobre el cuerpo del animal y de aquel ser liviano se entrelazaban en una mágica danza de la que se desprendía un arte de luna que quitaba el aliento. Continué acercándome hasta que, sin que aún percibiera mi presencia, su rostro quedó delante de mí. Sobre su frente unas gotas de luz rodaban como si fueran las lágrimas de la más bella Virgen Dolorosa que hubiese contemplado. No era un hombre: era la joven más hermosa que había visto en mi vida. Sus cabellos negros, empapados de sudor, se pegaban a sus pálidas mejillas y enmarcaban sus ojos tan azules como los de mis toros.

Esperé a que terminara de «hacer la luna», como decimos aquí a quienes torean de noche y a escondidas, y tosí. La chica me miró espantada y huyó.

—Espera, espera —le grité, persiguiéndola—. No tengas miedo; no quiero hacerte daño. Aunque no está bien que te metas en mis dominios, no voy a decirte nada. Quiero hablar contigo.

Tuve que perseguirla muchos metros, pues parecía una salvaje gacela escapando de su cazador, hasta que —gracias a mi estado físico— la atrapé.

Su pecho subía y bajaba y alcancé a oír los acelerados latidos de su corazón, que escapaban por la hendidura de sus senos.

—Lo siento, pensé que no había nadie. Suélteme —me dijo observando mi mano que sujetaba su brazo—, me hace daño.

—Te dejo libre, siempre y cuando no escapes.

No estoy enfadado... aunque debería. Imagino que no es la primera vez que lo haces.

Me miró directo a los ojos, como si retara a un toro, y me respondió altiva:

—No.

—Toreas muy bien. ¿De dónde has salido tú... pequeño demonio?... ¿Dónde vives?

Me contó que era huérfana, muy pobre, y que vivía en casa de unos tíos en El Tardón, el mismo barrio de mi infancia. De pequeña —cuando aún no había llegado a Sevilla— había vivido con sus padres en Huelva; allí solía vagar por la Sierra, y se había hecho amiga de los toros, a quienes no temía y además amaba con locura. Me confesó que su gran deseo era convertirse en torera, pero que no sabía cómo hacerlo porque, a pesar de que muchos apoderados la habían visto torear, ninguno creía en ella por ser mujer.

Me enamoré de su arte, de su cuerpo y de sus ojos, aunque por primera vez y a pesar de su enfermadora belleza, nunca los poseí. Tal vez el hecho de sentirla una igual a mí la salvara de mis garras; de ver en su fuerza y desparpajo el reflejo de aquel joven pobre e impetuoso que fui.

A partir de ese momento, porque yo era impulsivo y cuando algo se me metía en la cabeza no había quien me lo sacara, decidí apostar por ella y convertirla en mi admirada protegida, a regañadientes de

Morgana, que sólo conocerla le cogió la más enconada ojeriza, especialmente porque la encontró bella y la sentía como una competencia diferente a las demás.

La bauticé con el nombre artístico de «La Valiente». Hablé con sus tíos, quienes más que sentirse mal por mi aparición se encontraron aliviados de que me hiciera cargo de una sobrina que habían tenido que acoger porque no les había quedado más remedio, y para ellos su llegada se resumía en una boca más que alimentar.

Le conseguí una asesora de imagen pagada por mí, y le di dinero para que se comprara ropa decente y de altura. La chica sentía que conmigo se le había aparecido el Señor de los Milagros y empezó a verme como un padre, algo que no me molestaba en lo más mínimo; es más, me servía para engordar mi parte bondadosa. Le hice diseñar trajes lujosos y elegantes en la calle Adriano —donde se vestían de luces los toreros más afamados—, para que desde el principio todos se dieran cuenta de que no era una muerta de hambre, sino una mujer que iba a por todas. En su cuerpo y sobre el albero, aquellos trajes, que marcaban sus curvas de líneas perfectas, la hacían ver como una mágica sirena.

Monté una espectacular corrida en Sevilla que reunió a lo más grande de la fiesta taurina. Una cálida tarde de abril, tomó la alternativa de la mano de

Antonio Montañés y Julián Trajano, y en mayo se confirmó en Madrid con Cueva de Mora y Álvarez Mejías, obviamente con mis toros marcados por el hierro que portaba la V de Valiente, Veragua y Vencer. Con unas extraordinarias faenas que la encumbraron a la gloria.

Moviendo mis hilos periodísticos, logré la primera plana de los diarios y noticieros nacionales. Hablaban de ella como un prodigio del toreo. Algo nunca visto. Una torera que había convertido en un majestuoso ballet las tardes taurinas. Todas las plazas de primera la querían.

Se abría un excitante mundo que me llevaría a pasear a mis toros y a mi torera por las mejores plazas de España y del mundo: Las Ventas en Madrid, El Coso de los Califas en Córdoba, La Monumental de Barcelona... Nimes, Arlés... y la gran conquista: ¡América! Aguascalientes en México D. F, Quito... y, en Colombia, Cali, Bogotá, Manizales... Humm... ¡Colombia! Ya os contaré.

CAPÍTULO 64

En el Paseo de las Delicias, el velatorio seguía su enrevesado curso. Después de que Justo Malaparte hiciera su grandilocuente presentación, con las cabezas de venado en alto y su peculiar discurso, muchos eran los que continuaban aguardando la oportunidad de traspasar los dinteles de la puerta para acercarse al féretro que contenía los restos mortales de Francisco Valiente. En el portal, Circunstancio Pomposo, haciendo uso de su autoridad había instalado una máquina con detector de metales, por donde hacía pasar los bolsos de las mujeres y revisaba los bolsillos de los hombres, tratando de evitar otro incidente como el vivido con el duque de Merlot. Controlar a los pavos reales era otra cosa; se paseaban orondos como si fuesen los verdaderos anfitriones, y puesto que eran impredecibles no había artilugio que los hiciera poner en orden. Custodiaban el féretro convertidos en su guardia real y cada vez que alguien se acercaba era sólo porque ellos lo permitían. Cuatro se habían encaramado sobre las cabezas de los venados y habían hecho de las suyas con sus ojos y sus orejas hasta acabar destrozándolos. A la única que parecían obedecer era a Alma, que no se separaba del ataúd a pesar de que a Beltrán todo aquello le parecía una terrible ofensa.

Entre tanto, Morgana vagaba aburrida mirando el reloj; el tiempo no pasaba lo deprisa que ella deseaba. Tras la efímera y placentera intimada con Malaparte, el que se había vanagloriado de ser uno de los mejores amigos de Francisco, no encontraba nada que la distrajera. Trataba de espantar a los pájaros, que claramente la odiaban y se contenían para no picotearla. Estaba cansada de que la larga cola de desconocidos, cuando parecía que llegaba a su fin, volviera a alargarse. Los asistentes proliferaban como setas en tierra húmeda, y necesitaba algo que la activara; alguna pelea o enfrentamiento que la llevara a que su sangre hirviera.

De repente, «La Valiente» hizo su aparición con su cuadrilla de banderilleros y picadores, y la banda de música del maestro Tejera, que tocaba en La Maestranza cuando ella toreaba. Vestía un solemne traje de luces negro y, aunque llevaba su cabeza erguida, su rostro reflejaba una gran pena. Al verla entrar, Morgana se puso en guardia, al tiempo que los pavos abrían sus plumajes reales dándole paso a la torera. Se acercó al ataúd.

Los músicos comenzaron a tocar la marcha fúnebre de Chopin —aquella melodía que acompañaba a la Virgen de los Dolores, de la Hermandad de las Penas, la noche del Lunes Santo por la plaza de El Salvador— y ella, frente a todos, sacó su muleta negra y empezó a hacer un virtuoso toreo de salón. Era como si el toro estuviera delante. Derechazos, manoletinas, trincherazos, molinetes y naturales, rematados por pases de pecho, eran bailados por su cuerpo mientras sus lágrimas rodaban imparables por sus mejillas. Giraba y giraba alrededor del féretro, como si aquél fuese el palco de la presidencia. Nadie, ni siquiera Morgana, fue capaz de interrumpir la belleza de aquel espectáculo.

Cuando finalizó, se acercó a Francisco.

—He venido a darte lo único que tengo: mi arte. Has sido más que un padre para mí. Si no hubiera sido por ti, hoy seguramente estaría limpiando estercoleros quién sabe dónde. Creíste en mi valía y eso no tiene precio. Hemos toreado en muchas plazas y jamás me abandonaste; me salvaste cuando en la Monumental de Cañaveralejo aquel toro perforó mi vientre y me dejó sin hijos para siempre. ¿Cómo puedo devolver todo lo que me diste? ¿Cómo podré vivir sin ti?

Morgana la interrumpió.

—¡Ayayayayay! Pero si nos llega la niña compungida —comentó delante de todos—. Lo único que has hecho es aprovecharte de mi marido.

—Está muy equivocada, señora. Nunca le pedí nada. Todo lo que él me dio fue porque quiso; porque le nació del alma. Y si quiere enturbiar la relación que nos unió, se equivoca. Jamás tuve nada de qué avergonzarme. Soy una persona de principios, ¿sabe? Eso que quizá usted desconozca... «cree el ladrón que todos son de su condición»...

—¿Cómo te atreves? ¡Insolente!

Los pavos reales se pusieron delante de Morgana y emitiendo un sonido de guerra la desafiaron, obligándola a callarse.

«La Valiente» continuó.

—Es posible que su torturada imaginación le haya llevado a creer que entre nosotros hubo algo más que el buen corazón de su marido y mi inexperiencia; pero, por si le sirve, nunca me tocó ni un pelo. Es más, hasta me libró de hombres que buscaban en mí sólo el sexo. Me aconsejó como ni siquiera mi padre o mi tío lo hubiesen hecho. Sólo tengo agradecimiento. Creo que era un hombre incomprendido y solitario, a pesar de estar siempre rodeado de gentes que se vanagloriaban de ser sus amigos y lo único que buscaban de él era aprovecharse.

—Mira, niña —le dijo Morgana, sarcástica—, a mí no me vengas a explicar lo que era Francisco, que bastante lo conocía. Puede que a ti te vendiera bondad, un sentimiento que distaba mucho de conocer, pues si de verdad hubiese comprendido su verdadero significado, la primera bondad que debería haber tenido era con la persona que estaba a su lado.

—Con todos mis respetos, señora. Las contradicciones y los impulsos de un hombre no tienen nada que ver con su esencia. A veces los seres humanos actúan de una manera equivocada, independiente de su naturaleza, porque no les queda otro camino para salvarse. Creo firmemente en la esencia de las personas, aquello que sobrepasa los límites de lo que manifiestan a simple vista. Lo que verdaderamente importa está en lo sutil; lo que se adivina detrás de lo que se ve. Hay que aprender a intuir lo invisible; lo que permanece oculto y está guardado bajo siete llaves.

—¡Pero si la niña nos ha salido una iluminada! —dijo Morgana a los presentes—. Es más, si nos descuidamos, hasta nos hace una tesis doctoral sobre la bondad que esconde el perverso. No te equivoques..., el hombre maligno no tiene salvación.

—¿Y la mujer?... —preguntó con sorna la torera.

—¿Estás metiéndote tal vez conmigo? No me vayas de lista, que en esas lides yo te gano. Podrás matar toros, pero no sabes nada de cómo torear la vida. En eso, querida, soy experta. Estás jugando con el sentido interior de las palabras, y ése es un arte muy peligroso porque da lugar a muchas equivocaciones. Los enunciados suenan muy bien, pero la experiencia y los años ganan. No es más bueno el que lo parece por un solo acto; el conjunto es lo que en realidad nos muestra la verdad, la repetición. Juegas a estar en la orilla de una realidad subjetiva: la tuya. Pero existen muchas realidades muy consistentes. Has vivido una mentira que ha satisfecho tus necesidades primarias. Una vulgar e indecente mentira que te creíste a pies juntillas.

—¡Basta! —le gritó Alma a Morgana, señalando el ataúd—. Parece mentira que quien esté aquí sea tu marido. Por respeto a tus hijos deberías callarte.

—No te metas en esto... no eres la más indicada para asumir su defensa. No fue capaz de luchar por ti... ¿Cómo llegaste a enamorarte de semejante monstruo? Apuesto a que sólo te movió el odio que sientes hacia mí.

—Qué más quisieras que te odiara, Morgana. Lo que siento por ti es una profunda lástima. Me da pena ver en lo que te has convertido: un ser amargado y vergonzoso. Hay algo que no se debe perder jamás por nadie: la dignidad.

—¿Hablas de dignidad? Jajajá... no me hagas reír. ¿Te crees muy digna viniendo aquí vestida de viuda, haciéndote la buena y compungida delante de tu marido?... Porque te recuerdo que tienes uno y que obviamente no es el mío. ¿Dónde está la dignidad que tanto abanderas? Si la tuvieras, deberías haber mantenido en secreto tu estúpido amor. ¿Crees que te servirá de algo lo que has hecho hoy?

—Me servirá para estar en paz conmigo. Algo que nunca podrás tener tú.

—Pero si la tartamuda ahora habla —le dijo Morgana, tratando de ofenderla.

—Me importa tan poco lo que digas de mí... No te imaginas la madurez que tengo. Prefiero haber sido tartamuda a ser una cualquiera.

Beltrán se acercó a las dos tratando de calmarlas.

—Déjame, Beltrán —le pidió Alma—. Este tema es entre tu hermana y yo. Hace tiempo que alguien debería haberla puesto en su sitio. Será desgraciada para siempre y se la comerán los remordimientos.

Circunstancio Pomposo se sentía incómodo; no sabía cómo actuar frente a aquel diálogo tan íntimo. Era el jefe de protocolo y aquello no estaba dentro de los cánones del decoro pues creía firmemente en la frase «los trapos sucios se lavan en casa», y, claro, ésa era la casa de Morgana. Lo único que se le ocurrió fue llamar al alcalde.

—Circulen —dijo con autoridad don Ramón Viesca de Uruñuela—. Queda aún mucha gente que espera.

Antes de retirarse del salón, «La Valiente» depositó a los pies del ataúd su espada, la muleta negra y su montera, e hizo una reverencia.

CAPÍTULO 65

Tras el nacimiento de Macarena, Francisco y yo entramos en una velada competencia de hijos que iban viniendo al ritmo de nuestras mutuas frustraciones.

Nació mi primogénito. Beltrán y yo coincidimos en llamarlo Francisco, un nombre que ninguno de los hijos de Morgana, aunque su marido lo deseaba, pudo tener; sobre todo porque en esas lides ella mandaba; creo que con eso buscaba vengarse.

El primer ramo que recibí en la clínica fue de él. Cien rosas rojas que portaban una tarjeta con un poema que Beltrán no entendió y asumió como una de las excentricidades de su amigo. La leí:

> *Quiero mandarte la pura rosa.*
> *La que no tiene símbolo ni signo.*
> *La que no pese porque recuerda un recuerdo.*
> *La que sea su nacimiento puro...*
> *La que no diga: «Me quieres», ni «Te quiero»...*

La que diga tan sólo: «Soy mis pétalos,
mi color, mi forma, soy la rosa...»

Me quedé con el mensaje en la mano, y para mi desazón y rabia se me escurrieron las lágrimas; hubiera preferido no llorar porque me encontraba ante un hecho trascendente: me había convertido en madre. Un ser increíblemente frágil estaba entre mis brazos, dependía de mí y de mi fuerza para salir adelante, y en ese instante yo, su madre, me sentía más indefensa y débil que él. Yo, la que debía dar, sólo quería recibir. Mi marido me miró con amor y me abrazó diciendo:

—Este Francisco tiene comportamientos que no logro entender. ¿Qué querrá decir con ese poema, querida?

Me sobrepuse y le contesté:

—Debemos quedarnos con su gesto. Seguramente deseaba acompañar las rosas con algún escrito bello; ya lo conoces. Siempre quiere demostrarnos su erudición.

—«La que no pese porque recuerda un recuerdo»... ¿qué sentido tiene?

—No le des más vueltas; forma parte del verso. Es de Pedro Salinas. Ya sabes cuánto le gustan a él los poetas.

Al poco tiempo, Morgana volvió a quedar encinta y yo, tres meses después, también. Y así fuimos pariendo hijos cada uno por su lado. Pienso que, más que desearlos de verdad, nos movía la rabia de no poder concebir los nuestros. Hasta que entre las dos parejas hicimos catorce. Siete eran de Morgana y siete míos. Y por más increíble que parezca, así como las respectivas madres no nos tragábamos, los niños se convirtieron en hermanos. No había tarde en que no se reunieran a jugar. Eran una sola familia con cuatro padres.

Una noche, estando juntos, mientras Beltrán y Morgana se encontraban hablando con amigos, Francisco se me acercó.

—¿Vas a seguir con este juego? —me dijo, preocupado.

—¿Con cuál? —le pregunté, sin entender su pregunta.

—El de seguir teniendo hijos.

—Tú lo empezaste —le dije.

—Porque me obligas.

—Yo no te obligo a nada.

—¿Paramos?

Y así, decidimos no procrear más.

Lo que vino después fue algo que quisimos evitar a toda costa, pero se desbocó. Nuestros primogénitos siempre deseaban estar juntos. Macarena y Francisco se hicieron inseparables. Eran unos niños maravillosos. En mi hijo lo veía a él, y en Macarena, a mí. Jugaban en el Parque y se hicieron asiduos de la

Glorieta de Bécquer, como nosotros lo habíamos sido en nuestra niñez. Sin ningún tipo de explicación. Verlos era recordar nuestra infancia. Se peleaban por nosotros. Macarena defendía a su padre y Francisco a mí. Beltrán y Morgana empleaban todo lo que estaba a su alcance para frenar aquel amor imposible por incestuoso, pero era más fuerte que ellos. A mí, personalmente, me tenía sin cuidado. Quería que fueran felices; lo que nosotros no habíamos conseguido.

Se crearon unas luchas intestinas. Las parejas estábamos divididas; mientras Francisco y yo apoyábamos su relación, y Morgana y Beltrán se oponían como fieras, ellos decidieron seguir amándose a escondidas. Mi hijo me lo contaba todo, sin que se enterara de nada su padre, y yo le aconsejaba en lo que podía. No quería otra frustración y dolor en la familia. Suficiente había sido mi tristeza para que él, a quien adoraba, la repitiera.

Era un ser alado, con una dignidad a prueba de todo. Estoy convencida de que siempre supo de mi amor secreto aunque nunca me dijera nada, porque el respeto que me tenía era inmenso y la lealtad hacia su padre, más. Su comprensión me regaló las alegrías que la vida no me dio. Teníamos unas charlas profundas sobre las injusticias, el ser humano y los deseos frustrados. Sabía que en el fondo de mí había un profundo desengaño y quería verme feliz;

pero una madre antes que nada siempre es primero madre, y eso, los hijos, por más que traten de entenderlo no lo ven.

Había empezado a estudiar Filosofía, y yo me maravillaba escuchándole. Era un ser que no pertenecía a este mundo. Me leía inteligentes disertaciones que hacía sobre el ser humano y la infructuosa búsqueda por encontrar su sentido, con los que me identificaba plenamente. Tenía el ímpetu de la juventud, de creer que con sus escritos cambiaría el mundo; su clarividencia me llenaba de valentía. A su vez, Macarena era una chica limpia de alma, con una sensibilidad extraordinaria, que estudiaba diseño, pero que lo que en verdad portaba en su sangre era un arte que no le cabía en el cuerpo. Mientras su madre se perdía en frivolidades, ella buscaba la esencia de la vida en sus pinceles. La quería como si fuese mi propia hija, y todas las tardes iba a mi casa buscando la comprensión no encontraba en la suya.

Se hicieron novios, a pesar de todo lo que los demás pensaban. Ella era el calco de Francisco, y mi hijo, el mío. Su amor era fresco y limpio, una bocanada de aire puro en mi vida.

Sin que nadie lo supiera, les conseguí un rincón secreto para que se encontraran y dieran rienda suelta a su amor y a sus proyectos de estudiantes. Empezaron a construir libros que elaboraban artesanalmente; Francisco creaba sus poemas y Macarena los ilustraba. Parecía que en aquella historia se estuviera plasmando mi vida entera.

Es posible que mi deseo de que colmaran su sueño se confundiera con mi amor perdido; de cualquier manera, eso me llevó a vivir una euforia que me ayudaba a despertar. Se convirtió en mi gran objetivo. Ya que yo no había podido ser feliz, debía hacer todo para que al menos ellos lo fueran.

CAPÍTULO 66

Mi carrera de bribón elegante evolucionaba hacia territorios mucho más sofisticados; me había convertido en un sibarita de la trampa. Disfrutaba de cada reto que me trazaba; era una escalada sin límite que me producía una excitación que superaba a la de un orgasmo. Mi adrenalina alcanzaba un nivel tan alto que, si me hubiesen hecho una prueba de sangre en ese momento, la noradrenalina hubiese salido disparada.

Se me volvió imposible vivir de una manera normal: no estaba preparado para la rutina de una existencia sin emociones. Cada obra que planeaba era analizada al milímetro, con sus beneficios y sus riesgos; cuanto más altos, más me gustaban.

Me había comprado una casa en El Rocío, junto a la ermita, con una imponente vista que daba a las Marismas, y como era de esperar, dada mi vehemente devoción por la Virgen, no faltaba ni un año a la

Romería. Tenía la carroza más sobria y aristocrática de Sevilla: el coche, un *grand break* inglés de caza del siglo XVIII, que gracias a sus ruedas originales y a la fuerza de sus cinco caballos —sementales de pura raza española que clavaban sus cascos hasta las cañas, tirando hasta la extenuación— «araban» las arenas. Iban adornados con cascabeles y dobles collares relucientes, que a la luz del sol destellaban como el oro. El coche se remataba con una elaborada cesta de mimbre, repleta del mejor *catering*, para que no faltara de nada en el camino. Y si algo volvía loca a Morgana eran los preparativos. Que si los trajes, que si los zarcillos, que si las pulseras, que si los invitados, que si... Eran unas fechas en las cuales yo descansaba de sus malos humores y sus maldades. Un tiempo en el que nos dábamos una tregua y hasta nos creíamos que conformábamos una pareja casi perfecta.

Para mí, más que las frívolas fantasías que se montaba mi mujer alrededor de la Romería —con eso no quiero decir que yo no las disfrutara de manera infame—, lo más importante era la oportunidad que veía de exprimirla y sacarle todo el provecho, ya que cada Rocío me regalaba víctimas frescas para merendármelas en mis asuntos.

Y aunque mis negocios inmobiliarios iban mejor que nunca, me aburría soberanamente. Por eso se me ocurrió montar algo que diera mucho que hablar y que, obviamente, siguiendo mi depurado estilo, me sirviera para lucrarme de manera fehaciente. Se trataba de que todos los que tuvieran dinero para invertir se creyeran lo que yo les vendía y desearan participar porque quien no lo hiciera quedaría ante los demás como un tonto.

La estafa que monté con meses de antelación —algo que me había tenido deliciosamente ocupado— estaba avalada por unas pormenorizadas memorias que incluían gráficos, estadísticas, estudio de la competencia, riesgos y unos atractivos planos del colosal proyecto, para que nadie, absolutamente nadie, pudiera resistirse a la tentación de pertenecer a él. Quienes lo hicieran iban a recibir el setenta por ciento más que los intereses que ofrecían los bancos y cajas de ahorros. La gran respuesta iba a generarse a través de la codicia, y bien sabéis que ésta es un caramelo que muy pocos rechazan. Los que iban a caer serían los más golosos.

Las inversiones que proponía se iban a realizar en países emergentes: Rusia, China, India y... Latinoamérica. Un mercado que, visto desde aquí, llevaba el éxito asegurado.

Y así como la religión se vanagloriaba de tener sus espléndidas Catedrales y los bancos sus grandes edificios, yo iba a impresionar a todos patrocinando la iluminación de grandes monumentos de España, que incluían museos, puentes, construcciones emblemáticas, plazas de toros, parques, acueductos romanos, pueblos perdidos, esculturas y cuanto me llevara a promocionar mi proyecto para captar más incautos y que mi nombre estuviera expuesto sobre inmensas telas. Para los codiciosos inversores, aquélla sería la inversión de su vida, creada y promovida por el más valiente: el Iluminado. Un negocio que venía cargado de luz.

Mientras tanto, en el camino del Rocío las juergas se sucedían en cadena. Las mujeres, con sus trajes de gitana a cual más bello se paseaban con sus flores en la cabeza, sus caras empolvadas y sus sonrisas de caricia, bebiendo rebujitos y finitos entre carcajadas, flirteos y exuberancias. Y heme aquí que yo, ni corto ni perezoso, estaba atento a satisfacer todos sus deseos. «La ocasión hace al ladrón», decía mi madre, y yo lo aplicaba al pie de la letra. No tenía que hacer absolutamente nada para conquistarlas. Venían a mí como abejas al panal, a dejar todas sus mieles en mi entrepierna y en mi boca. Como anécdota sin importancia os cuento que en un solo día alcancé a beberme las dulzuras de cuatro, y eso me ponía al rojo vivo. Saber que mientras libaba el néctar de una, tres horas después me esperaba el de otra, y otra y otra, en lugar de agotarme hacía que mi producción se incrementara y mi hombría alcanzara cotas inimaginables. A todas adulaba y engolosinaba con palabras y promesas —que nacían y morían al ritmo de mi pelvis— que ellas se creían a pies juntillas. Algunas, sin embargo, lo hacían por el simple reto de acostarse con el marido de la que consideraban su mejor amiga, algo más común de lo que os imagináis. Otras por comprobar que lo que se decía de mis hazañas como amante era cierto. Y las más ingenuas, muchas de ellas separadas, porque estaban convencidas de que abandonaría a mi mujer, me reconvertirían en un futuro esposo abnegado y conmigo fundarían una nueva familia —y es que el tema de los divorcios en edades que rozan los cuarenta está a la orden del día—.

Descubrí que muchas de las que realizaban el camino a pie no llevaban bragas bajo sus enaguas; afirmaban que lo hacían por comodidad, ya que con aquellos trajes, orinar se hacía aparatoso y del todo incómodo. Bonitas y feas, jóvenes y viejas acababan en medio del monte, levantándose las faldas y desocupando sus vejigas, las unas frente a las otras, sin ningún tipo de pudor y en absoluta camaradería. Y yo, que todavía conservaba en perfecto estado mi infantil y solitario vicio de *voyeur* —que, aunque a muchos pudiese parecer una obscenidad, a mí me seguía produciendo un increíble morbo—, me dediqué a la observación, y entre aquellos racimos de mujeres acuclilladas encontré exóticas y hermosas frutas.

A la guapa que le echaba el ojo haciéndolo, más adelante la llenaba de halagos y acabábamos detrás de cualquier pinar, contra el tronco más recio que se atravesara en nuestro camino: ella con los volantes alborotados y yo con mi bragueta abajo y mi fuerza arriba, clavándola a la encina. Acompañando nuestro improvisado baile por el canto de alguna plegaria rociera, que más que distraernos nos llevaba a acariciar el cielo. Como si un coro de ángeles y arcángeles nos congraciara con sus voces.

En una de las paradas del camino, casi llegando a Palacio, me lo hice con dos hermanas: eran unas gemelas viciosas que se propusieron enloquecerme de placer. Como sabéis, a los hombres nos vuelve locos ver a dos mujeres que se quieren y nos brindan sus encantos; las vi amarse delante de mí, tocarse y besarse con hambre; sus senos restregándose, piel contra piel, las lenguas de sus bocas peleándose por devorarse con delicadeza y una voluptuosa feminidad ávida de goce. Me dejé hacer lo que quisieron; se peleaban por lamer mi sexo, succionar mi aliento y hacerme feliz. A las dos satisfice, porque yo era Francisco Valiente y me sobraba de todo para darles.

Al llegar al final, cuando el Simpecao —estandarte de mi Hermandad de Triana— hacía su entrada triunfal a la aldea y todas las euforias mezcladas con alcohol habían dado sus frutos, en mi casa concluyó el gran convite.

Yo venía cubierto del polvo del camino y de los otros «polvos» y había recogido lo que necesitaba para mi estafa piramidal. Pero, por estar distraído en tantos juegos amorosos, cometí un imperdonable descuido del que me faltó vida para arrepentirme. Se me pasó por alto que entre los inversionistas que se sumaban a mi negocio inmobiliario había un abogado, íntimo de un amigo, a quien conocía muy poco, y resultó ser más listo que yo.

Aquello creció y creció, los monumentos se iluminaron, mi nombre aparecía en toda España, los inversores aumentaban y el dinero caía y caía en cascadas hasta que, de repente, el negocio se desbocó y se me fue de las manos. Y los primeros dejaron de recibir lo prometido, porque los segundos y terceros que se sumaban a la euforia y de los que me valía para ir pagando los intereses, dejaron de venir. Y así, como si nada, aquel castillo de naipes que tan bien había armado se desplomó en cadena delante de mis narices. Uno tras otro, y tras otro, y tras otro, hasta que le llegó el turno de no recibir sus intereses al famoso abogado. Entonces supe que aquello me pasaría factura; se puso como un energúmeno y me denunció, y a esa denuncia se sumaron muchas y me lincharon.

Acabé en la cárcel.

CAPÍTULO 67

Me enteré de su detención por un avance informativo de última hora lanzado en el noticiero, que lo destacaba como gran primicia y se cebaba en él. Las cámaras enseñaban el portal de su mansión atestado de periodistas que, a pesar del férreo cordón de seguridad que se había montado, se abalanzaban con sus micrófonos y sus flashes sobre Francisco y los policías.

Se lo llevaron a las doce en punto de la noche sin darle tiempo de nada, ni siquiera de cambiarse. Creo que lo hacían expresamente —quién sabe movido por qué mano invisible— para humillarlo. Iba en pijama, con los hombros desmayados y el rostro hundido; en sus muñecas brillaban las esposas, que con la luz de los flashes destellaban. Para más escarnio, sus siete hijos habían salido a despedirlo y lo miraban atónitos, mientras sus enloquecidos pavos reales trataban por todos los medios de defenderlo.

Enfocaron la cara de Morgana y me pareció ver en sus labios una cínica sonrisa.

Aquel acto denigrante debió golpearlo en el puro centro de su desmedido orgullo.

El presentador del telediario se extendía comentando los pormenores de la acción. Irrumpieron en su casa, como si de un vil delincuente se tratara, confiscando los papeles y ordenadores que encontraron en su estudio. Requisando cuantos cajones encontraron. A la mañana siguiente, todos los diarios daban la noticia en primera plana con una foto en la que aparecía cubriéndose con las manos esposadas. La imagen iba acompañada de titulares como: «"El Hermoso" Estafador»; «La debilidad Del Valiente»; «El gran Valiente se hunde»; «La luz del Hermoso se fundió»...

Los mejores amigos desaparecieron. Sus más allegados también. Nadie quería tener nada que ver con él. Pasaron algunas semanas en las que las noticias hablaban de todas sus andanzas. Desgranaban su vida y lo ponían de todos los colores. Algunas mujeres despechadas aprovecharon la oportunidad para lucrarse narrando en los programas basura sus historias.

Morgana, para desconcierto de todos, continuó sus actividades amatorias y sociales, demostrando que nada de aquello la afectaba; es más, se diría que hasta lo estaba disfrutando tanto o más que quienes lo habían llevado a la cárcel.

Mientras eso ocurría, Francisco consiguió el mejor gabinete de abogados para su defensa; sin embargo, y a pesar de sobrarle el dinero, no tuvo opción a pagar fianza. El proceso se alargó.

En la familia se generó una dicotomía. El pobre padre de Morgana estaba tan perdido en su alzhéimer que no se enteró de nada; en cambio, su madre hacía todos los esfuerzos por defenderlo, sobre todo porque quería que el honor de la familia Romero de Hinestrosa no se viera salpicado por el escándalo. Beltrán, que todavía lo quería muchísimo pero que dado su pacífico carácter no deseaba involucrarse, decidió mantenerse al margen y asumir el papel de padre de sus sobrinos. Luchaba por que éstos continuaran sus actividades y no se enteraran demasiado de los pormenores del proceso. Los reunió para decirles que todo se debía a un grave error, que pronto se resolvería. Y yo, que a pesar de todos los pesares lo amaba profundamente, me di cuenta de que se encontraba solo en su profunda equivocación y, si yo no le daba afecto, nadie iba a hacerlo.

Averigüé dónde lo habían llevado, y días después de que se dictara la sentencia aparecí en la cárcel como una visitante más de cualquier preso. Me requisaron todo lo que llevaba, y me cachearon hasta la vagina. Para mí fue muy doloroso y denigrante, pero lo aguanté porque lo amaba. Cuando lo vi, sentí un dolor en mi alma que no puedo explicar; un sentimiento maternal que me generaba una infinita ternura. Lo encontré derrotado y perdido, como si fuese otro hombre, y decidí que lo mejor era acompañarlo y tratar de comprenderlo sin cuestionarle nada. Sólo deseaba que sintiera que, a pesar de sus terribles equivocaciones, alguien estaba con él. Evidentemente sabía que sus actos eran del todo reprochables, pero yo no era su juez: era la mujer que lo amaba por encima de todo.

Me dieron un cubículo con un cristal que impedía que nos tocáramos y un teléfono por el cual nos comunicamos. Puse mi mano contra el vidrio y el levantó la suya y la puso sobre la mía.

—¿Estás bien? —le pregunté, mirándolo a los ojos.

—Saldré de ésta —me dijo convencido.

—¿Por qué lo has hecho? No lo necesitabas.

—Alma mía, no me preguntes por qué. No sabría contestarte; realmente no tengo respuesta a ninguno de mis comportamientos. Sinceramente, creo que estoy perdido.

—Porque tú quieres —le contesté.

—Toda mi vida ha sido un error. ¡Me siento tan cansado!

—¿Qué te ha llevado a hacerlo? ¿No lo habías conseguido todo?

—¿Qué es el todo, mi Alma, cuando lo que más quieres no es tuyo?

—No puedo contestarte a esto. Has hecho lo que has querido.

—Tú eres la única que sabe lo que en verdad soy.

—No sé... creo que de aquel que conocí... —me detuve, no quería herirlo—. Dejémoslo. Ahora ya no importa; sé lo que eras. ¿Queda algo en ti de ese ser que conocí hace tanto?

—Es lo único que soy. Lo demás es una fachada de la cual no puedo apartarme. Estoy atrapado en otro Francisco, ese ser abominable que fabriqué para salvarme.

—Qué pena me da verte tan perdido en ti.

—Sí, Alma de mi alma, me extravié. Partiendo de un libertinaje ilimitado he llegado a un despotismo ilimitado. Y aunque a nadie se lo he dicho, no puedo más con este mundo ilusorio de trampas y vicios. Lo único que deseo es vivir en paz contigo.

—Hemos hecho caminos paralelos que ahora son muy difíciles de unir. Nos ha faltado valentía, Francisco Valiente... Te has perdido. Nos hemos perdido.

—¡Sálvame!

—No puedo. Han pasado demasiadas cosas... demasiados años. Tenemos dos familias que esperan de nosotros coherencia; y tú como yo creemos en esa institución. Nuestros valores impiden nuestra unión. ¿Crees que ahora podemos desmontar todo lo que hemos construido? Nuestros sueños son una utopía, amor mío. Quizá si viviésemos juntos, todo lo que creíamos que nos podría hacer felices sea sólo humo. El ingenuo cuento de un par de niños ávidos de ser amados. Prefiero vivir el sueño de lo nuestro que una realidad marcada por la cotidianidad de nuestra adultez.

—No quiero ni pensarlo, Alma. Ésa es la salida más fácil; la de los débiles.

—¿Has hecho algo para que sea distinto? —le pregunté y vi que se acababa nuestro tiempo.

No me contestó; el guardia me arrebató de las manos el teléfono y me obligó a retirarme.

Durante cuatro meses no falté a la cita semanal, pero no volvimos a hablar de nosotros. Tal vez por miedo a cerrar esa historia que no tenía ni una página escrita. En todo ese tiempo nadie, ni siquiera sus hijos, fueron a verlo. Lo que decían los periódicos me ponían los pelos de punta. Pedían para él como mínimo diez años de cárcel.

Pero él volvió a ser Francisco Valiente, el más grande superviviente de la vida, y como el ave fénix remontó de sus propias cenizas. Sacó de nuevo la magnificencia de su fuerza —la que le había llevado a construirse y levantarse por encima de todos— y convirtió la cárcel en otro centro de negocios e influencias hasta convertirse en un privilegiado.

Consiguió ser tratado como un preso especial. Mientras los demás debían ajustarse a unas normas estrictas, él se las saltaba haciéndose el santo. Todos se inclinaban ante sus astucias; los guardias cayeron rendidos a sus pies y hasta los presos más violentos deseaban formar parte del equipo que había ido creando con su encanto. Era un recluso pacífico e inteligente que les enseñaba a ser buenos y, también, los idiomas que había aprendido. Los trabajos que nadie quería, él los hacía. Hasta que, sin saber cómo, un día llegó una orden que venía de las más altas esferas.

Quedó en libertad, sin cargos.

De nuevo, los medios de comunicación se hicieron eco de la noticia, esta vez la de su liberación. En todas las imágenes aparecía sonriente y triunfal, con la cabeza en alto, su traje impecable y acompañado de su equipo de abogados. Más que parecer que salía de un encierro, se le veía como si regresara de un viaje donde acababa de cerrar el mejor negocio. Y todos, sin excepción, se encargaron de restablecer su nombre, llenando páginas y programas con sus impresionantes actos benéficos. Las monjitas de la Caridad del Magnánimo aparecieron en televisión dando cuenta de lo que Francisco había hecho por el hospital que ellas regentaban y por sus enfermos terminales. Y las Hermandades y los Maestrantes y los Cofrades... Al poco tiempo, coincidiendo con su cumpleaños, el Ayuntamiento de Sevilla inauguraba la calle Francisco Valiente, que por defecto se convirtió en la calle del Hermoso. Un acto multitudinario que también recogió la prensa en primera plana.

Durante algún tiempo se comportó como un santo; los amigos volvieron a adularle. Resurgieron las fiestas y los patrocinios. Se entregó de lleno a su Hermandad, sus negocios limpios y a llevar su ganadería al exterior. En los grandes festejos nacionales e internacionales era el invitado de honor. Nadie volvió a mencionar el incidente de la cárcel, salvo para hablar de la injusticia que se había cometido con el hombre que más había hecho por Andalucía. Pero ya se sabe que «el que es no deja de ser y guarda para la vejez», y muchos meses después volvió a las andadas... a sus franciscadas...

Aquel tiempo, en que mostró su cara más amable y su lado bueno brilló como nunca, me sirvió para constatar que su amor por mí seguía tan vivo como el que me había manifestado hacía ya tantos años en nuestro pacto de sangre.

CAPÍTULO 68

Me encontraba leyendo a mi querido Maquiavelo cuando tropecé con una de sus frases que me hizo pensar: «No castigues nunca a la fiera que no puedas aniquilar.» ¡Llevaba tanta razón! Estaba castigando a mi otro Francisco con una abstinencia que amenazaba acabar conmigo. La tentación de aquella droga que me dominaba era demasiado fuerte, y mis días se convertían en una sucesión de desesperaciones internas que me tenían irascible. A decir verdad, había escapado de mí para salvarme; y lo había conseguido haciendo unos esfuerzos sobrehumanos por controlar mi ego y mi deseo de delinquir, que me tenía atrapado, derrochando modestias y sinceridades mentirosas a diestra y siniestra. Pero ahora mi sangre me rogaba regresar. La cabeza no paraba de darme vueltas y mi cuerpo pedía sobredosis de adrenalina inyectada en vena. En todas partes veía oportunidades de hacer trampas, que desaprovechaba estúpidamente. Mi furia encubierta pedía rescatarme.

Entre todos los negocios que veía posibles, una llamada de Colombia me puso en máxima alerta. Me invitaban a participar en un concurso internacional para la construcción del metro de Cali. El contrato era —en relación con la cantidad de dinero que se iba a invertir— uno de los más importantes de la historia de ese país. El tema, además de tentarme, me ayudaba a matar dos pájaros de un tiro, pues hacía tiempo que venía acariciando la idea de fundar mi propia ganadería en pastos colombianos. Decidí aprovecharlo todo y meterlo en el mismo paquete. Conocía la ciudad de sobra, ya que la Feria de Cali con sus corridas de toros me había regalado, además de inolvidables recuerdos, una amplia e influyente cartera de amistades.

Hice un viaje relámpago y me reuní con destacados empresarios caleños que apostaban por hacer del transporte de su ciudad una inversión de futuro. Había que crear toda la infraestructura. El metro atravesaría el área metropolitana con un ramal central de norte a sur, desde el municipio de Yumbo hasta el municipio de Jamundí. Éste constituiría el eje principal del sistema. Conocía de cerca el ambicioso proyecto realizado en Medellín y la propuesta era tremendamente tentadora. Mis amigos colombianos me aseguraron que era solvente y sin riesgos, y que podía relajarme.

Me puse en marcha convencido de que mis sobradas habilidades harían que el proyecto no se torciera y la totalidad del beneficio fuera para mí. Quise probar si era capaz de participar en el negocio de manera limpia —porque creo que además de ser listo me acompañaba la suerte—, y aunque no os lo creáis, sin hacer uso de ninguna treta para conseguirlo, lo logré. Obviamente, en el camino agasajé a muchos como sólo yo sabía hacerlo: fiestas de lujo, viajes, impresionantes mujeres, regalos y más regalos... Pero me movía con pies de plomo, y es que si algo había aprendido de mi estadía en la cárcel era a no bajar la guardia y a estar atento a todos los movimientos que se generaban a mi alrededor.

Tras hacerme con ese negocio, pasé una larga temporada en tierras colombianas y me enamoré de sus paisajes imposibles y de la calidez de sus gentes. Viajé por toda su exuberante geografía. ¡Jamás he visto tanta riqueza natural junta! Saltos de agua, valles, ríos, montañas, flores y mares te golpean el alma y se te quedan para siempre.

Visité muchas tierras y descubrí que para mis toros necesitaba un clima suave que el Valle del Cauca, donde al principio había fijado mis objetivos, no me daba. Me hice con una antigua hacienda que bauticé como Los Azahares, unos magníficos terrenos a dos mil quinientos metros sobre el nivel del mar, en Cauca, en la zona de Silvia, una extensa y apacible dehesa donde crecerían. Me llevé una punta de vacas y dos de mis mejores sementales, y allí fundé mi ganadería.

Mis toros de ojos azules, pelaje negro, caras agresivas, aparatosas cornamentas, hondos, fuertes de grupa y pechos, se convirtieron en los reyes de las fiestas taurinas latinoamericanas. No había feria que no estuviera engalanada por su porte. Aquellos pastos los levantaban hermosos. Eran bravos y elegantes, con temperamento. Peleaban con fuerza en el caballo, sus encastadas embestidas y sus bellas hechuras los convertían en monumentos de arte; arremetían con celo, como queriéndose comer los engaños; ante ellos los toreros se esculpían y convertían en dioses de luz. Eran la savia vital de la fiesta.

Mientras tanto, recibía invitaciones a las cuales renunciaba algunas veces porque el tiempo no me daba para más. En uno de mis viajes, fui invitado por el presidente Andrés Felipe Guerrero —gran aficionado a la fiesta brava— a un agasajo que hacían en mi honor en la Casa de Huéspedes Ilustres de Cartagena de Indias. Me encontraba feliz hablando con escritores, políticos, empresarios, periodistas, hasta que de repente apareció de entre las sombras una mujer que, como bestia salvaje, me retó con su mirada negra. Sabía de toros más que yo. Estuvimos conversando hasta que se agotó la luna. Aquella cálida noche resucitaron mis más bajos instintos. Me subí a su coche y me llevó a un embarcadero donde tomamos una lancha y acabé amándola entre caracolas y espumas, delante de un mar turquesa. Toreábamos desnudos con un compás de amanecer naranja. Le hice un toreo de salón en plena arena, con mi camisa al viento como muleta; acompañando suave... pitón izquierdo, su pezón... caricia... pecho por delante... suave... mirada al toro... pase de pecho... despacito... semicircular... cambio de mano... muletazo... barbilla en el pecho... ojos contra ojos... muleta muerta... trescientos sesenta grados de natural... lengua en lengua... temple en la muñeca... un paso más... vertical erguida... muleta muerta en el hocico... molinete... muletazo *desmayao*... pierna izquierda flexionada... embestida final... mirada al cielo... Dos orejas, rabo y vuelta al ruedo.

No la volví a ver; después supe que se trataba de la hija del presidente.

Regresé a Cali para hacer de jurado en un concurso de belleza: el Reinado Panamericano de la Caña de Azúcar, evento que se realizaba coincidiendo con su feria decembrina. *Bocato di cardenale* para mis ojos... y para lo que ya intuís. Pasar una navidad y un fin de año en aquella ciudad de la alegría y de la salsa, que llamaban con acierto «la sucursal del cielo», era más que un regalo. Jamás he visto tantas mujeres bellas. Y es que como dice la canción «las caleñas son como las flores, vestidas van de mil colores, ellas mueven sus caderas como los cañaverales...».

Terminé como ya os podéis imaginar. Coronando a las reinas con mi cetro. Mientras me lo hacía con la más bella, me llamó el mozo de espadas de «La Valiente», que en aquel instante toreaba a *Descarao*, una gran res de mi ganadería. Acababa de recibir una cornada mortal en el vientre.

Me vestí como pude y corrí a la plaza llorando, porque la quería como a una hija, y, al llegar, después de un enloquecedor tráfico, se la habían llevado.

Era el último toro de la tarde y había realizado una faena magistral; pero la muerte está ahí, en el ruedo, agazapada entre el vuelo de las muletas y los lances, como un ave voraz, como una sombra alargada. Y quienes bailan aquella danza mortal lo saben. Asumen que cada tarde puede ser la última. Un desafío consciente que les lleva a acariciar la perfección: el trágico precio de una gloria efímera. Y cuando mi protegida se encontraba enfrontilada para la estocada, *Descarao* la embistió con rabia con su afilado pitón izquierdo, entrando a milímetros de la femoral hasta atravesar su vientre.

Llegué a la clínica donde la habían llevado de urgencia y alcancé a acariciar sus mejillas antes de que la metieran al quirófano. Estaba pálida, como si el toro se le hubiera bebido la sangre, y, a pesar de que la llamaba y de que sus ojos azules me miraban con dulzura, no me reconoció. En esa indefensión parecía una niña perdida. Por su pecho abierto aún corría el sudor rojo de la fiesta y en sus pestañas colgaba la última lágrima.

—Ésta es tu gran faena —le dije—, tendrás que luchar contra el toro más cruel, y estás preparada. Saca tu rabia; ve a matar a la muerte, mi Valiente niña. Te esperan muchas tardes de arena y gloria.

Muchas horas después me dieron la noticia. Se había salvado, pero no podría tener hijos.

CAPÍTULO 69

Me parecía inconcebible que en el velorio de mi marido se apareciera aquel rufián sin escrúpulos, a quien había humillado en la calle de la Judería, y salí a su encuentro para echarlo de mi casa, pero el alcalde se me adelantó y lo hizo pasar. Llegaba como si viniera a una fiesta, con clavel rojo en un ojal, el escudo de su cofradía en el otro —que le hacía parecer un hombre decente—, y su pelo engominado. Se había dejado crecer la barba, que le daba un aire bohemio y hacía que sus ojos acerados se vieran aún más fríos. Me quedé mirándolo y le dije:

—¿No te da vergüenza aparecerte aquí?

—Ninguna —me respondió con una sonrisa—. Vengo a rendir mis respetos, no a ti sino a Francisco Valiente por aguantarte.

—Ni siquiera lo conocías; vienes a mostrarte. No sirves sino para eso; para enseñar tu carcasa que crees valiosa. Eres un cínico. ¿No tuviste bastante con lo que te hice en aquella habitación?

Se llamaba... ¿Jaime? ¿Juan? ¿José?... Pongámosle Judas... no lo recuerdo. —Es increíble como nuestra mente es capaz de crear un humo negro para cubrir aquello que le ha causado dolor—. Lo borré cuando supe lo que era.

Lo había conocido en un bar de la calle Mateos Gago, una noche en la que bebía a sorbos mi trasnochada soledad. Había escapado de casa después de enterarme de que Francisco tenía un *affaire* con la que consideraba mi mejor amiga, y acababa de lanzarle mis zapatos a la cara. Tenía ganas de vengarme como fuera.

Lo vi de lejos y me pareció guapo, aunque joven para mí y eso me gustó. Tenía ganas de probar carne fresca. Me miraba fijamente mientras bebía su copa de vino y paseaba su lengua por los bordes. Iba acompañado, pero pronto se apartó del grupo y se me acercó.

—¿Esperas a alguien? —me preguntó.

—Desde luego, a ti no —le contesté, haciéndome la dura—. Mejor sola que mal acompañada.

Se sonrió y mantuvo el tipo, sin darse por aludido.

—¿A qué te dedicas?

—¿No eres capaz de preguntar algo más interesante?

—Ahhh... así que eres de las que les gusta provocar.

—Hagamos teatro —le propuse sugestiva—. El teatro es la antesala de la lujuria..., del aplauso. Hablemos, sí, hablemos... necedades, ¿qué más da, mientras continúe la función?

—Me gustan las mujeres fuertes.

—Y a mí los hombres que se hacen los fuertes... aunque todos los que se acercan a una mujer en el fondo buscan cama. Pura debilidad.

—¿Lo crees de verdad? —me dijo sinuoso—. ¿Por qué no me cuentas un poco tu vida?

—Así que insistes en parecer un ser delicado y comprensivo. ¡Qué bonito! Conozco esa estrategia. Los hombres esperáis que desnudemos nuestra alma para después vendernos que sois nuestra salvación.

—Y tú insistes en hacerte la inaccesible, pero sé que detrás hay una mujer con ganas de sentirse amada.

—Y tú me vienes a rescatar.

Se quedó en silencio, tomó mi mano y la besó.

—Me gustas... —me dijo mientras pasaba su lengua por mis dedos.

—Y tú a mí —le contesté, pensando en que quizá esta vez era verdad y aquel hombre era un ser sensible que me daría un poco de amor.

Salimos del bar con una botella de vino y nos perdimos en las calles hasta llegar al río. Había bebido y me sentía desinhibida; con ganas de olvidar mi triste realidad. Me descalcé y lancé mis zapatos al Guadalquivir y él, imitándome, hizo lo mismo. Reíamos como dos adolescentes enamorados. Parecía ingenuo y romántico. Nos tumbamos bajo un árbol y empezamos a cantar, mientras yo bailaba para él. Recogió de todos los naranjos las flores de azahares y, después de dejármelas oler, me las metió en el escote de mi blusa. Me hablaba del flamenco y de los tempos del compás... De la poesía de Ángel González y de Roberto Juarroz..., recitándome al oído sus exquisitos versos; algo que nadie había hecho. Y así, sin darme cuenta, me dejé ir.

Aquella noche no pasó nada.

Nos volvimos a ver una semana después en la *suite* de un hotel en Madrid. Me pidió que me vistiese de negro y, al encontrarnos, me di cuenta de que él también vestía igual. Me dio un beso en el cuello, y me dijo muy suave:

—Voy a enterrar tus muertos.

En el ascensor, me alzó y yo sentí aquel bulto duro entre sus piernas que me hizo arder. Nos esperaba una habitación blanca inmaculada, para mancharla de amor. Me amó de pie, caminando, mientras me llevaba —como una novia en su noche de bodas— a la cama. Y me sentí amada como nunca. Aquella locura se salía de todo lo que había conocido. Su delicadeza y su furia me elevaban al cielo. Era sencillo y puro (eso creía)... y me enamoré perdidamente; tanto que por un momento pensé que podría ser feliz.

Bañeras perfumadas de pétalos de todos los colores, risas y complicidades, confesiones y deseos se mezclaban en esa alegría de querer encontrar la felicidad sin mancha.

Nos vimos con intensidad, tres o cuatro veces. En cada encuentro nuestra pasión se desbocaba. Nos arrastrábamos por el suelo como fieras, persiguiéndonos para saciar nuestras hambres. La última vez cogimos un apartamento en lo alto de un edificio de la calle Alemanes, que al abrir las ventanas nos regalaba las campanas de la Catedral. Allí cocinamos y jugamos a ser una pareja de verdad. Me hizo la mejor tortilla de patatas que jamás había probado y nos la comimos cruda, mientras la preparaba, entre cucharada y cucharada, tirándonosla por el cuerpo. Me sentía con ganas de vivir. En ese tiempo olvidé el odio que sentía por Francisco; me tenía sin cuidado lo que hacía. Aparté el tema de los venenos y hasta me volví comprensiva. Comencé a acariciar la idea de separarme y de iniciar otra vida diferente. Mis hijos habían crecido y estaba cansada de vivir en aquel mundo de farsas diarias.

Y cuando estaba más ilusionada... Zas...

Resultó que era demasiado bonito para ser verdad. Y de la noche a la mañana, aquel hombre decidió poner fin a lo nuestro. Me confesó que estaba casado y que nuestra relación se le salía de las manos. Su mujer le pedía otro hijo y él se lo iba a dar.

Quedé destrozada. Volvieron mis ansias de revancha contra Francisco; mis rabias y mis frustraciones. Pasaron los días sin que lo pudiera superar. Hice un viaje largo a China y en una de las salas de un museo de Pekín, desenrollando con mis manos enguantadas unos delicados pergaminos en los cuales se representaba de manera brutal la muerte de un hombre a manos de su despechada mujer, se avivó mi sed de venganza. Regresé envenenada de odio. Ya no era sólo contra Francisco, sino también contra el desgraciado que acababa de herir mi amor propio.

Un día decidí enviarle al tal Judas un mensaje anónimo en el que le decía que, aunque no me conocía, lo había visto pasar por la plaza de El Salvador muchas veces y me atraía un encuentro a ciegas con él. Lo hice para ver si respondía y, para mi sorpresa, me contestó de inmediato.

Utilicé a una amiga que se hizo pasar por la desconocida que le había enviado el mensaje y así, como si nada, el hombre empezó a escribirle misivas idénticas a las que yo había recibido a lo largo de nuestra efímera relación. Los mismos versos de Ángel González, los mismos de Roberto Juarroz, el compás del flamenco...

—Mándame una foto —le pedí.

Me envió una que, en mi enamoramiento desmesurado, le había hecho yo.

—Envíame una tú —me pidió—. Busqué en una revista y acabé mandándole a su email la de una modelo, que se veía deportiva y fresca... y picó.

Mi odio alcanzó cotas inimaginables. Preparé un encuentro en un hotel de la calle de la Judería dando un nombre falso, el de la mujer que le escribía; aduciendo en la recepción que era una sorpresa que le quería dar a un ser querido. Se lo creyeron. Mientras lo esperaba, me bebí todo el whisky que encontré en la nevera de la habitación. Y así, en la oscuridad total de aquella estancia, de repente oí que llamaban. Abrí y le dejé pasar, escondiéndome tras la puerta. Llegaba vestido con la camisa que yo le había regalado y con una bolsa llena de las mismas cosas que él, en su conquista, me había ido dando. Estampitas de sus Vírgenes, el libro *Rayuela* de Cortázar, un ramo de flores idéntico al que me había dado en nuestra primera cita, el CD con los poemas de González, una camiseta interior suya para que recordara el olor de su piel...

Cerré la puerta. Al verme, su rostro empalideció.

—Qué torpe eres —le dije—. No eres más tonto porque no puedes.

Hizo el ademán de huir, pero yo, que llevaba unas botas y el alcohol circulando a toda velocidad por mi cuerpo, lo empujé contra la cama hasta que cayó al suelo, y puse un pie sobre su hombro.

—De aquí no te vas, pedazo de imbécil —lo amenacé—. No esperabas encontrarte conmigo, ¿verdad? Se te olvidó que he vivido más que tú y soy mucho más inteligente. ¡Estás enfermo!

Me miraba atemorizado y sus labios desaparecieron. Se quedó sin boca.

—¿A cuántas has hecho esto? ¿Cuántas docenas de libros de Cortázar tienes? ¿Compras las estampitas de tus Vírgenes al por mayor? ¿Qué haces vistiendo mi camisa... no tienes otra? ¡Qué pena me da tu mujer! Pobrecita, es digna de lástima. Me dan ganas de llamarla y abrirle los ojos... debe pensar que vive con un santo.

Hizo el ademán de levantarse, pero yo volví a pisarlo.

—Vete al psiquiatra. Tienes la enfermedad del donjuanismo.

—Per... perdón —me dijo mientras le caía una lágrima—. Y no supe de dónde le salía aquella palabra, pues seguía sin boca.

—Te voy a volver a follar —le dije—, porque me gusta tu polvo. Es para lo único que sirves. ¡Desnúdate!

Se quitó la ropa como un preso a quien iban a desinfectar antes de ponerle el vestido de presidiario. Lo tiré en la cama, me bajé los pantalones y sin quitarme las botas me senté sobre él. La ira contenida o tal vez la humillación le había producido una erección tremenda. Lo besé con ira, mientras lloraba de asco y dolor, hasta que nuestras bocas sangraron y nos comimos nuestra propia sangre. Y cuando vi que estaba a punto de entrar en ese orgasmo cenagoso y frenético, me retiré.

—Se acabó —le dije, subiéndome el pantalón—. Ahora, vístete y lárgate con tu porquería a otra parte. No quiero volver a verte nunca más. ¡Tú, regalado eres caro!

Se fue como un perro apaleado, con el rabo entre las piernas.

Al día siguiente tropecé con él en la puerta de El Rinconcillo, iba cogido del brazo de su mujer, llevaba la boca inflamada y con un hematoma que le cubría parte del rostro... el mismo que yo tenía y había tratado de ocultar con maquillaje. Nos miramos nuestros respectivos mordiscos, y con sus ojos cargados de vergüenza trató de pedirme de nuevo perdón.

CAPÍTULO 70

El tiempo se agotaba. Sevilla esperaba impaciente un amanecer que no se producía. El cielo continuaba cerrado, iluminado por algunas estrellas que brillaban cansadas. Sobre la mansión del Paseo de las Delicias las horas se desgranaban, dejando tras de sí un reguero de gente adolorida que seguía presentando sus respetos a Francisco Valiente. Ya habían transcurrido veinte horas desde que se había instalado la capilla ardiente, y sólo faltaban cuatro para el funeral.

Asociaciones de toda índole, muchas de ellas fundadas por él, seguían haciendo acto de presencia cargadas de regalos —como si fuese un faraón—, para que al finado no le faltara de nada en la nueva vida que empezaba a recorrer. Sombreros, sillas, camisas, trajes, zapatos, cajas de whisky y vinos, jamones de Jabugo, olivas en salmuera, aceites, libros, guitarras, guirnaldas, Vírgenes, Cristos, candelabros, velas, escudos, pasteles de Rufino, cajas de puros, estandartes, inciensos, cálices... todo cuanto adoraba se amontonaba y desbordaba por todos los rincones hasta invadir el jardín.

Personal sanitario de hospitales, residencias de ancianos, colegios, universidades y orfanatos depositaban a los pies del féretro flores que lo rodeaban casi hasta sepultarlo, y aquello parecía un exuberante jardín que empezaba a viciar el aire con sus aromas.

Era tal la aglomeración y el sofoco que comenzaron a producirse desmayos y Circunstancio Pomposo, contra la voluntad de Morgana que se empeñaba en no dejar invadir sus salones, se vio obligado a habilitar una estancia para recoger los vahídos que se producían y eran atendidos por enfermeros de la Cruz Roja.

Coros y ballets, compañías de teatro, una de ellas la afamada *Claroscuro* que hacía tan sólo quince días había llevado la vida de «El Hermoso» a los escenarios del Teatro Lope de Vega, improvisó una de las escenas de la obra ante los presentes.

Mendigos convertidos en personas respetables, gracias a las colas que hacía formar a la salida de misa los domingos para regalarles generosas sumas de dinero delante de los feligreses, le leían páginas de sus autores favoritos. Vecinos del barrio El Tardón, donde había vivido su infancia, le cantaban fandangos y alegrías, acompañados de guitarras, cajones, palmas y bailes. Amigos de «El Tumbao», su malogrado tío, se alzaron con una soleá rasgada por el lamento de su guitarra. Otro desconocido con voz de trueno le agasajó con una sentida saeta...

Ex compañeros del colegio San Francisco de Paula depositaban en el suelo los trabajos que Valiente les había vendido en su niñez, gracias a los cuales habían finalizado con éxito sus estudios. Periodistas con las que había intimado cubrían la noticia con lágrimas en los ojos..., y prostitutas, y *madames*, y familiares lejanos o que se decían familiares, y las monjas que bordaban sus camisas y tanto le querían...

Pero por más que los guardias luchaban por mantener el orden, el velorio se les había ido de las manos y eran más los que se paseaban por el jardín bebiendo y mariposeando que los que se mantenían en el interior poniendo orden.

Ahora, a todo el gentío se acababan de sumar los amantes de Morgana. Una interminable fila de pretendientes de todos los pelambres que buscaban caer sobre la viuda y su dinero y la habían puesto muy nerviosa.

Mientras tanto, un pavo real, tras sobrevolar el salón, darse contra las paredes y enredarse en los cortinajes que se vinieron abajo, se plantó en la cabecera del ataúd de «El Hermoso» y comenzó a aullar como un lobo adolorido. Morgana, que ya estaba alterada, al verlo entró en un ataque de pánico.

CAPÍTULO 71

Hacía semanas que Francisco me buscaba. Me enviaba piedras en cajitas que recibía por correo, sin ningún tipo de nota que las acompañara. Sabía que debía sentir el mismo vacío que me ahogaba; en eso éramos iguales.

Me hacía mayor y mi vida era un encadenamiento de días muertos que resbalaban sin sentido sobre mí. Iba de un lado para otro, tratando de ordenar mis armarios. Cambiaba de lugar objetos absurdos que habían ido rellenando mi existencia, como si el hacerlo me fuera a regalar una alegría. Buscaba malgastar las horas en sandeces, esas con las que la mayoría de los seres humanos justificamos nuestra presencia en la Tierra. Horneaba tartas que nadie comía, porque mis hijos ya no eran niños y habían volado del nido. Cultivaba verduras en un huerto que había hecho adecuar para mis trabajos de jardinería y, una vez recogidas, se pudrirían en la nevera sin que nadie las cocinara. Gastaba tardes tejiendo bufandas para mis hijos con la esperanza de verlas en sus cuellos, y al final acababan metidas en la bolsa de regalo para los pobres de la parroquia del barrio. Empezaba un libro y, a las pocas páginas, lo abandonaba. Había dejado de asistir a reuniones y actos benéficos, donde iba para rellenar mis horas muertas...

Hacía años que mis padres, los que me desgraciaron para siempre y a quienes a pesar de todo amaba, habían muerto. Mi madre había sobrevivido dos años a mi padre y se la había llevado un derrame cerebral fulminante... ya no me quedaba nada de mi pasado. No quería ver a nadie ni que nadie me viera... En definitiva, trataba de que la muerte de una vez se acordara de mí.

Ya no sabía si era verano o invierno. Las estaciones me estrangulaban y me obligaban a replegarme sobre mí misma, los relojes me miraban con sus ojos de inquisidor, me preguntaban qué hacía, por qué seguía estática mientras ellos continuaban su marcha.

(Me aguanto el llanto y lo ahogo en el borde de mis lagrimales secos.)

Observaba tras los cristales a las parejas que pasaban abrazadas riendo y pensaba cuán ajenos estaban a mi vacío. Me perdía mirando cómo se azulaba el cielo o se teñían las nubes con las anilinas del sol.

Me fijaba en las hojas de los árboles que danzaban siguiendo la música del viento, y me veía convertida en una de ellas, de puntillas, tratando de seguir aquel baile libertino antes de fundirme en la tierra en esa caída libre y lenta hacia la nada. Buscaba en los pájaros, en el anillo de su voz, una respuesta a mis tristezas. Todo me hablaba, pero yo me encontraba desde hacía muchos años ausente. Oscilaba entre mi vida y mi viejo deseo, lo que me pesaba y lo que me era leve, mi realidad y mi sueño, el deber y el querer...

Beltrán y yo nos habíamos ido distanciando y prácticamente ni nos veíamos; parecía que para él era lo más normal del mundo. Se levantaba al amanecer y desaparecía en su estudio, donde pasaba las horas escribiendo a puerta cerrada ensayos sobre el ser humano y sus comportamientos; cómo alcanzar la felicidad y conseguir lo imposible. En el fondo, era un desconocido que dormía a mi lado... sólo eso; no sé realmente lo qué sentía ni lo que pasaba por su mente. Nunca hablábamos de nosotros ni de lo que esperaba de la vida. Nuestra rutina era tan meticulosamente perfecta que a veces hasta me olvidaba de respirar. Pienso que a él le llenaba y no esperaba nada más. Era reservado y jamás le oí decir que necesitara algo. Si alguna vez cruzábamos alguna palabra era sobre nuestros hijos; pero sólo se interesaba por los temas de salud o los que se referían a sus estudios.

Una tarde recibí una llamada telefónica de Francisco; era la primera que me hacía en toda nuestra vida y por eso la contesté. Procurábamos evitarnos en lo posible; yo por el dolor que me causaba el verlo, y él quizá por la vergüenza que sentía de saber que estaba enterada de la vida que llevaba. Me suplicó que nos encontráramos; que necesitaba con urgencia decirme algo importante.

Quedamos en la Glorieta de Bécquer a las cinco de la tarde del día siguiente, y mi corazón, como si fuera el de una adolescente enamorada, saltó de gozo. Es posible que en ese momento fuese lo único que me motivara a salir de aquella apatía que me estaba erosionando y consumiendo. Que me hundía a sumirme en la nada.

Me volvieron las ganas de vivir.

Esa noche no dormí. Me pasé las horas recordando nuestra dilatada historia; repasando gestos y sonrisas, notas y palabras. Llenándome el alma de expectativas y deseos que me calentaban la sangre y hacían que corriera enloquecida por mi cuerpo, como un río caudaloso en busca de su mar. Me miré al espejo y me vi vieja; mi cara lunar se había derretido en el vacío... mis ojos me miraban cansados entre los párpados caídos; tal vez sólo fuese mi agigantada expectativa de estar bella para él la que me arrastraba a verme así. Me maquillé con esmero y me vestí de blanco para el encuentro.

Llegué quince minutos antes y me emocionó encontrarme de nuevo en aquel viejo espacio tan querido, que desde el día de mi boda y ex profeso no había vuelto a pisar. Una atmósfera tibia me abrazó con su mágico aliento. Era el único lugar donde podía sentir felicidad... estaba en casa.

CAPÍTULO 72

No apareció.

Lo esperé hasta que un helaje lo fue invadiendo todo y se desplomó la noche sobre el Parque. Las flores primaverales que rodeaban la glorieta empezaron a escarcharse. Fresias, narcisos, petunias y lirios salvajes se petrificaron en el hielo, y el perfume que regalaban se evaporó. Del viejo sauce llorón comenzaron a escapar sollozos que pronto se convirtieron en lágrimas.

Una cascada de llanto resbalaba por su tronco, brotaba de entre sus hojas y sus ramas y fue inundando el monumento donde las mujeres y los cupidos de mármol daban desesperadas braceadas, luchando por no ahogarse.

No me podía mover. Mis zapatos escaparon; se perdieron en la corriente de lágrimas desbocadas que formaba enfurecidos remolinos a mi alrededor, y tras haber engullido las esculturas buscaban nuevas víctimas para saciar su hambre. Sentí que aquel sabor salado de mi llanto se diluía entre el caudal del sauce. El Parque se inundaba y yo me ahogaba en él. El agua me tragó y yo me dejé ir en su corriente. Deseaba perderme, que aquel diluvio me arrastrara a la muerte. De repente unos brazos me rescataron.

—Señora, ¿se encuentra bien?

Abrí mis ojos, hinchados de llorar y lo miré. Era un anciano de larga barba que llevaba un inmenso libro en sus manos. Me miró amoroso.

—¿Puede caminar?... ¿Quiere que llame a alguien? Está temblando.

Traté de hablarle pero sólo me salió un sollozo. Se sentó a mi lado, se quitó la americana, la puso sobre mis hombros y me abrazó. Nos quedamos en silencio un largo rato.

—El amor duele, pequeña... —me dijo paternal pasando su mano por mis cabellos—, pero también nos eleva. Vale la pena haber amado, aunque sólo sea una vez en la vida.

CAPÍTULO 73

Llegué a mi casa y al abrir la puerta Beltrán me recibió muy alterado; en su rostro se reflejaba la angustia.

—¿Dónde te habías metido? Hace horas que trato de localizarte; ha ocurrido una desgracia. Francisco ha sufrido algo grave en el corazón, el médico dice que es una disección aórtica y que debe ser operado de urgencia.

Me quedé estatuada, sin poder reaccionar. ¿Francisco? ¿Disección aórtica?... ¿qúe diablos era eso? El corazón se me cayó al suelo. La cabeza me daba vueltas y sentí que me moría. Veía que los labios de Beltrán me hablaban, pero estaba aturdida. Traté de entender, mientras mi interior repetía: no puede ser, no puede ser, no puede ser...

—Se lo han llevado al Sagrado Corazón. Han llamado a tu amigo, el doctor Cequier; su equipo se va a ocupar. Está en buenas manos. Alma... ¿me escuchas? Te he dicho que Francisco está grave.

Reaccioné como pude y, sin esperar, abrí la puerta y salí corriendo.

—¡ALMAAAA!... ¿Qué haces? ¿Adónde vas?

Me subí al coche impulsada por una fuerza sobrenatural, como si fuese yo quien debiera salvarlo. Mientras trataba de serenarme, en el camino al hospital llamé a Cequier. Me dijo que habían logrado estabilizarlo, que el problema cardíaco era grave y necesitaba ser operado de urgencia. En la evaluación postraumática le realizaron una ecocardiografía y en ella descubrieron que además de la disección aórtica, que requería un inminente cambio de válvula, Francisco tenía un fibroelastoma endocárdico que debía ser extraído cuanto antes. En ese momento estaba en la UVI y lo operarían en tres horas. Le rogué que me dejara entrar al quirófano y, tras mucho suplicarle, me dijo que trataría de organizarlo para que pudiera asistir como observadora. No entendía el porqué de mi insistencia.

Llegué en quince minutos y aparqué como pude. En urgencias pregunté por mi amigo, quien autorizó mi acceso. Corrí por los pasillos de la UVI hasta llegar a la habitación donde tenían a Francisco. En la puerta me esperaba Cequier, quien al ver mi desesperación trató de preguntarme algo, pero yo lo silencié.

—No me preguntes nada, Ángel, por favor. No puedo explicártelo. Sé que me entiendes. Necesito estar presente en su operación.

—De acuerdo —me dijo comprensivo—. Te advierto que es una cirugía que impresiona, hay mucha sangre, puedes marearte y acabar en el suelo; podría durar más de seis horas. Tú decides. ¿Te ves con fuerza?

No sabía si estaba preparada. Lo único que tenía claro era que debía estar ahí, acompañándolo. Asentí. Me quedé sola delante de su habitación; ignoraba si me iba a encontrar con Morgana, pero no me importó. Abrí la puerta; no había nadie. Lo vi en la semipenumbra, tendido en la cama. Su perfil se marcaba nítido, como si fuese un dibujo al carboncillo que destacaba en sombras su cabello desordenado, sus pronunciados pómulos y sus mejillas hundidas por el agotamiento de lo sufrido. Sus párpados cerrados le daban un aire de escultura griega. Entre las sábanas su cuerpo parecía más pequeño.

El monitor con aquel sonido frío marcaba los latidos acompasados de su corazón; ese corazón que yo tanto amaba. Me inspiró una infinita ternura verlo así, desmadejado, a la suerte de lo que la vida quisiera decidir qué hacer con él. Toda su magnificencia quedaba reducida a una nada. No había pulsos ni ansias por alcanzar la gloria... Volvía a ser el niño de la Glorieta de Bécquer. ¿Cómo podía no amarlo, si él era lo más bello que me había regalado la vida?

Viéndolo en aquella indefensión, le perdoné todo.

Me acerqué al lecho y acaricié su pelo ensortijado; nunca había podido tocarlo. Besé su frente, sus mejillas y sus ojos: estaba sólo para mí. Cogí su desmadejada mano, la llevé a mis labios y lloré como jamás lo había hecho; eran lágrimas que liberaban. Pensé cuán estúpidos éramos los seres humanos. Frente a la inminencia de la muerte, nos convertíamos en insulsas marionetas cuyos hilos se rompían; se había acabado la función. Huesos y músculos, sin sentimientos ni fuerza para representar ningún papel... ni un grito ni un silencio... ni indignación ni consuelo... Un saco de serrín que se desploma sobre un escenario vacío... no hay máscaras ni aplausos. El rostro se repliega y se somete, como un servil esclavo, al desamparo de lo que viene.

—Amor mío —le dije—. Te esperé hasta muy tarde en nuestro Parque... ¡No te imaginas cómo estaba de bello! Los pájaros revoloteaban preparando nuestro encuentro, como cuando éramos niños. Tus fresias exhalaban aquel perfume suave... No llegaste; pero estabas ahí, como yo estoy aquí, ahora... como siempre hemos estado.

Acerqué una silla y permanecí cogida de su mano en un duermevela, hasta que llegó una enfermera y me anunció que en quince minutos se lo llevarían al quirófano. Al poco tiempo apareció Cequier y me explicó lo que haríamos. Después de que la camilla viniera a buscar a Francisco, un ayudante pasaría por mí y me prepararía para asistir a la intervención.

CAPÍTULO 74

Se lo llevaron. Lo acompañé hasta el ascensor; al despedirme, besé sus labios y me acerqué a su oído.

—Te amo —le susurré—. Has sido y eres la razón de mi vida. Lucha, amor mío, lucha. Yo estaré a tu lado.

Le hubiese dicho más cosas... todas las que llevaba represadas durante nuestros largos años perdidos, pero no era el momento; quizá ya no habría ningún otro.

Regresé a la habitación, y minutos después el ayudante de Cequier vino a por mí. Me condujo por pasillos donde sólo era admitido el personal sanitario. Me llevó hasta un vestidor, donde me recibió una enfermera que me entregó el uniforme de quirófano para que me cambiara. Al poco tiempo entraba en la sala número tres.

Verlo delante de aquel equipo me impresionó. La luz le daba sobre su cuerpo desnudo, que yacía a merced del personal. Estaba rodeado de máquinas y de auxiliares que controlaban sus constantes vitales. Me acerqué, sacando fuerzas de donde no tenía, para que me sintiera cerca (sabía que estaba inconsciente, pero necesitaba que notara mi presencia). Sobre su pecho llevaba dibujado a modo de croquis unas líneas que delimitaban la zona que iban a intervenir. Lo desinfectaron, cubrieron su rostro y su cuerpo con un paño verde que dejaba al descubierto su pecho. Ya lo habían entubado. La anestesista, con un monitor, se mantenía atenta. Llegó el cirujano y, siguiendo la línea, con un bisturí hizo un corte en el centro. Empezó a brotar sangre, que los ayudantes iban aspirando conforme salía. Al llegar al esternón, con una pequeña sierra abrieron la caja torácica. Un olor a carne quemada me inundó y pensé que me iba a desmayar, pero resistí; no podía dejarlo solo.

Después de maniobrar, rompían aquella caja fuerte y sus costillas se abrían de par en par. Cortaron el saco pericárdico y su enorme corazón quedó al descubierto. Me puse a llorar al ver su magnificencia. Allí, en ese órgano que palpitaba acompasado, con un baile de ventrículos y aurículas, estaba su amor por mí; allí, también se concentraba su vida.

Empezaron a manipularlo con destreza; arterias y venas eran conectadas a un circuito extracorpóreo, una máquina que hacía las veces de corazón, mientras el suyo lentamente se paraba hasta quedar inmóvil. Ahora su cuerpo vivía a través de aquel sistema en el que toda su sangre circulaba frente a mí. Sobre su corazón colocaron bolsas heladas para mantenerlo intacto, mientras lo manipulaban. Suturaron la disección, buscaron el tumor y lo extrajeron. A continuación, prepararon el cambio de su válvula aórtica: cirujano y asistentes trabajaban en el centro del pecho, desprendiéndola y con un sinfín de hilos, como si tejieran encajes de bolillo, fijaron la nueva.

El corazón, aún dormido, estaba listo para despertar. El monitor se mantenía en silencio. Volvieron a conectar las venas y arterias y, lentamente, aquel músculo comenzó a fibrilar. El cirujano lo masajeó, buscando que recuperara el ritmo normal. Había llegado el momento de que volviera a la vida.

Viéndolo, yo no podía parar de llorar. Rogaba por oír sus latidos.

Pero en la pantalla el gráfico que marcaba el ritmo de su corazón continuaba mostrando una débil respuesta. Vi que el equipo médico se agitaba. Estaba presentando un paro cardíaco. Con el desfibrilador le aplicaron una descarga eléctrica y su cuerpo se arqueó, pero seguía sin cambios. Supliqué a la Virgen que lo salvara. Vi que el cirujano le gritaba:

—¡VAMOS, VALIENTE... VUELVE!

De nuevo, aplicaron otra descarga... Hubo un silencio y todos se miraron derrotados. No pude evitarlo. Lancé un grito desgarrador.

—¡FRANCISCO... NO ME DEJES! POR FAVOR...

CAPÍTULO 75

Me salvé.

La vida me daba una segunda oportunidad y no la iba a desaprovechar.

Tras una larga convalecencia en el hospital, en la que prohibí la entrada a mi mujer, me recuperé. El día que llamé a Alma para que nos encontráramos en la Glorieta de Bécquer, antes de que me sucediera el accidente, quería contarle lo que había descubierto en un compartimiento secreto del cuarto de Morgana: un arsenal de venenos y fórmulas que hubiesen matado a un ejército. Quizá llevara mucho tiempo tratando de acabar conmigo. Tal vez, y eso estaba aún por comprobarse, uno de ellos me había llevado a sufrir aquella subida de presión que me produjo el colapso. En el fondo hasta se lo tendría que agradecer, pues fue lo que hizo que descubrieran el tumor y la necesidad de cambio de la válvula. Buscando matarme, para su desgracia me había salvado.

Me reuní con mi albacea y ante mi amigo notario redacté un nuevo testamento donde dejaba claras instrucciones sobre mi funeral y mis bienes. Haber acariciado tan de cerca a la muerte me obligaba a tomar cartas en el asunto. Eso incluía dejar toda mi herencia a mis amados hijos y a mis queridas y abnegadas monjas con las que había fundado el colegio Los Valientes de Sevilla. Quería que aquellos chicos nunca sufrieran ni cayeran en lo que yo había caído.

Apenas me vi con fuerzas, volví a llamar a Alma. El doctor Cequier me contó en confidencia lo que había hecho durante mi inconsciencia. Sus desvelos y preocupación en los momentos en que me encontraba más solo. Me enteré de que había estado a mi lado en la cirugía. Entonces supe por qué había vuelto de aquel túnel blanco y placentero que me llevaba lejos. No lo había soñado; había oído su grito pidiéndome que volviera.

Realizando un trabajo titánico conseguí acondicionar en quince días «El Costurero de la Reina», un pequeño y hermoso pabellón con forma de castillo que se encontraba muy cerca de la Glorieta de Bécquer, en la esquina del Paseo de las Delicias y la avenida de María Luisa —donde Merceditas de Orleans y Alfonso XII se habían amado—, para reunirme con ella y hacer de nuestro encuentro algo inolvidable.

Era maravilloso lo que el amor podía provocar en mi interior. Emociones que hacía ya tantos años no vivía; me parecía mentira que yo fuese la misma persona estúpida y vacía que buscaba la gloria al precio que fuera. Me sentía un hombre nuevo y limpio. Quería convertirme en la mejor persona que existía en la Tierra. Me avergonzaba de la vida que había llevado y por primera vez sentí que un ser humano equivocado, cuando toma plena conciencia de sus equivocaciones, es capaz de transformarse. Que el destino, en su bondad te brinda la oportunidad de ordenar tus valores y ser íntegro.

Preparé con meticulosa precisión y mucha ilusión todos los detalles. Deseaba que aquel momento fuera el más bello que jamás hubiéramos vivido. No se trataba de lujos... de ésos, a ambos nos sobraban. Quería vivirla, abrazarla, besarla... hablar con la madurez que nos acompañaba; algo tan sencillo y maravilloso que, por más increíble que parezca, nunca habíamos hecho. Escuchar música... saber qué le gustaba y cómo sentía su piel. Recuperar los años perdidos y comprimirlos en un instante eterno. ¿Qué más daba que la vida se hubiera gastado entera si todavía nos quedaban los estertores del sueño?

Me reproché mi sed de venganza, mi recalcitrante odio; no haber luchado lo suficiente. Me había faltado la valentía —yo que me había vanagloriado de llamarme Valiente— para transformar nuestra historia y convertirla en algo tangible y verdadero.

Tenía cincuenta y cinco años y quizá, siendo bondadosa, la vida me regalaría un poco más.

Ya no pedía mucho; sólo unas horas, tal vez unos minutos para darle lo que sólo ella merecía y yo había malgastado en oropeles y vacíos. Me daban náuseas de mí. No entendía cómo Alma había ido comprendiendo mis repulsivos comportamientos. Su bondad era tan grande que a su lado yo era un ser ínfimo y miserable.

Seguía en mi casa, pero evitaba encontrarme con Morgana. La última vez que la vi, salía vestida con aquellos trajes, provocativos y carísimos, a uno de sus encuentros que de sobra conocía. Sentí pena de saberla tan perdida, como yo lo había estado. Pero no podía odiarla, aunque durante años había jugado a hacerlo. Me sentía culpable de ver en lo que se había convertido, pero no iba a pedirle perdón. El mal que nos habíamos causado era demasiado grande para humillarme ante ella. En eso, seguía siendo el mismo orgulloso de siempre. Tampoco deseaba hacer daño a mis hijos, que no tenían la culpa de habernos tenido como padres. Habíamos hecho muchas cosas malas, pero ellos, a pesar de nosotros, habían sobrevivido.

La única alegría que me quedaba era saber que Macarena era feliz con Francisco y estaban a punto de casarse, incluso contra la voluntad de su madre y de Beltrán.

Les pedía a mis Vírgenes que me dieran la oportunidad de llevarla al altar. Alma portaría del brazo a su hijo y yo conduciría a mi querida niña y se la entregaría a él.

La boda estaba fijada para el 24 de julio. Sólo faltaban ocho días para el enlace.

CAPÍTULO 76

Y se llegó el momento.

Quince días contando las horas para verlo. Suspirando por encontrarme con aquel niño que se había convertido en un adulto, cansado de ir saltando obstáculos; sobreviviendo como podía.

Tras la cirugía, yo había vuelto a desaparecer de su vida. Saber que se había salvado, para mí era más que suficiente... aunque no lo volviera a ver. El amor que sentía por Francisco no tenía ninguna explicación, como muchas de las cosas que nos suceden a los seres humanos. Racionalmente debía odiarlo; emocionalmente me moría por él.

Me había llamado y por nada del mundo me iba a perder encontrarnos a solas. Me citó de nuevo en la Glorieta de Bécquer a las cinco de la tarde... como aquel día fatídico. Ya no me importó arreglarme ni maquillarme. Se había salvado, y el instante no daba para superficialidades.

No me preparé. Me fui con la cara lavada, para que viera todas mis arrugas y el paso del tiempo sobre mi cuerpo. Salí como si fuera a comprar un ramo de flores para adornar mi casa, o una barra de pan para la cena. Me sentía madura y serena y me gustaba saberme así... sobrevolando las fatuidades en las que durante años me había perdido. Me miré en el espejo que presidía la entrada de mi casa y por primera vez acepté mi imagen de madurez. Era yo, Alma Zurita y González, la niña tartamuda; la ilusa e ingenua. La mujer que había perdido su vida viviendo la vida de otros. La madre abnegada que había sacado adelante a siete hijos a quienes había inculcado honestidad, sensatez y orden; sensibilidad y amor a las cosas bellas de la vida. La esposa que había dado lo mejor de sí, a pesar de todos sus pesares. Una persona que todavía tenía ganas de encontrar la felicidad... que aún soñaba con el amor pleno.

Quería que mis pasos me llevaran a mi destino, disfrutar de ese instante maravilloso que me regalaba la vida: por eso no cogí el coche.

Esa tarde de verano el sol caía sobre mi rostro y me envolvía en un abrazo cálido y placentero. Levanté los ojos y vi que el cielo se había pintado de verde... de un verde esperanza. Unos rayos opalinos iluminaban las hojas de los árboles con una luz nueva. Las flores de las jacarandas caían sobre mí como deliciosos copos de nieve, acariciando con suavidad mis hombros desnudos. La gente que encontraba en mi camino me sonreía, como si todos participaran de esa felicidad inesperada que me envolvía. Las ramas de los árboles se unían; parecían amantes que buscaban tocarse. Sobre el asfalto encontraba formas que sugerían alegría. Corazones tallados en la piedra por los golpes de la lluvia y los años.

Atravesé la esquina del Paseo de las Delicias y me adentré en el Parque. Encontré aquellos dos troncos retorcidos que, a pesar de los años, seguían unidos escalando alturas. Estaba sintiendo la mística del corazón... Las gimientes palomas cantaban con su voz gutural para nosotros. Éramos dos seres para quienes el absurdo de la vida se había convertido en algo sublime. Estábamos desafiando los límites de nuestro mundo rutinario y muerto. Todo nos acompañaba.

Quería llegar después de él. No estaba preparada para otra espera.

Lo vi.

Se encontraba sentado en nuestro banco. Desde la última vez, los años le habían caído encima; en aquella madurez me pareció ver el hombre más atractivo que jamás había visto. Vestía una sencilla camisa azul y unos pantalones grises. Parecía nervioso. Me miró con sus ojos olivados, plenos de luz, y permaneció sentado, aguardando a que me acercara.

Me sudaban las manos. Por mi escote caían en cascada las gotas de mi expectante ansiedad. Se metían entre mis senos, formando un charco que bajaba por mi cuerpo como una caricia. Me acerqué con el mismo temor de mi niñez y me senté. Nos tomamos de la mano y permanecimos un rato eterno, en el silencio de ese Parque nuestro que nos lo decía todo. Sintiendo nuestros dedos... nuestra piel apagada, que por arte de magia se encendía como velas al viento. Con su índice volvió a escribir sobre mi mano aquella frase que me había dibujado el día de nuestras respectivas bodas.

«TE AMARÉ HASTA EL FIN DE MI VIDA.»

Con mi dedo, escribí en la palma de la suya.

«Y YO... AMOR MÍO.»

Entonces me habló.

—Tengo miedo de que esto sea un sueño.

—Lo es... —le contesté—. ¿Qué diferencia existe entre lo real maravilloso y esto? Estamos aquí; es la gran y única verdad.

—¡Siento tanta vergüenza de mi existencia!

—No digas nada. No hemos venido aquí para hablar de ello. No hay tiempo que perder.

—No soy digno de ti.

—¿Qué es la dignidad, frente al amor?

—Alma mía... perdóname.

—Sssst... calla.

Le puse mi dedo índice en su boca y sentí sus labios tibios que se abrían... y con aquel sutil gesto, mi cuerpo despertó.

—¡He soñado tanto con este momento...! Y ahora yo, el experimentado seductor, me siento como un niño que no sabe actuar.

—No actúes..., sólo siente.

De pronto la presencia de dos palomas nos interrumpió con sus arrullos. El palomo la cortejaba y ella remoloneaba coqueta y se dejaba querer, en una danza de picos y plumajes que se abrían y cerraban amorosos.

—Somos nosotros —me dijo con una sonrisa.

—¡Qué más quisieran! —añadí.

—Tengo un regalo para ti.

Sacó de su bolsillo una piedra de lapislázuli en forma de corazón y me la entregó.

—La guardo desde hace años. Era la que tenía para darte cuando me enteré de...

Lo interrumpí.

—Ahora somos nosotros... Aquí y ahora.

—Tienes razón. ¿Nos vamos?

—¿Adónde? —le pregunté intrigada.

—Ya lo verás.

Pasó su brazo por mis hombros y rodeé su cintura. Su cuerpo y el mío encajaban a la perfección. Sentía su respiración y su perfume, mi serena excitación y mi corazón galopando feliz. Salimos de la glorieta y atravesamos el Parque hasta llegar a la esquina de la avenida de María Luisa y el Paseo de las Delicias. Nos detuvimos delante de una preciosa edificación. Metió su llave en la cerradura y la puerta se abrió.

CAPÍTULO 77

Nos abrazó el aroma de las fresias. Toda la estancia era un jardín naranja sobre el que caminábamos a tientas. En el suelo se esparcían las flores y se mezclaban con un jardín de velas encendidas. La voz de María Callas cantaba para nosotros «Un bel dì vedremo» de *Madama Butterfly*... Las cortinas estaban clausuradas. Su rostro tamizado por aquella luz dorada le daba un aire evanescente. Me atrajo hacia su cuerpo, besó mi frente... y poco a poco su boca se deslizó por mi nariz. Con su lengua abrió mis labios. Un aleteo buscaba en la oscuridad mi néctar. Dejé que me libara y lo libé. En aquel silencio negro de mar salado nuestras lenguas comenzaron un baile acompasado de búsquedas y encuentros. Nos sumergíamos... él en mí y yo en él... como si fuera el primer beso del mundo; como si inventáramos el amor a través de nuestras lenguas; como si jamás hubiéramos aprendido la literatura de las bocas.

Repasaba mis dientes escondidos en el perfume cerrado de mi aliento, que dejaba de ser mío para ser una amalgama dual de salitres perdidos que se encontraban en el infinito de un horizonte nuevo. Mi alma hambrienta emergía de las profundidades a saciar esa sed, esa hambre infinita... y entre los dos jugábamos a alimentarnos; a comernos despacio. Su hambre y la mía se devoraban a sí mismas en un canibalismo que elevaba.

Sus ojos me miraban por detrás de mi sombra... los míos se clavaban buscando atravesarla y dejar escrito sobre ella mi nombre sin letras.

Me tendió sobre ese lecho de flores.

—Estás tan bella —me dijo—. Es la primera vez que haré el amor. Quiero amarte como jamás lo he hecho.

Besó mi cuerpo vestido. Mi piel se estremecía como hoja al viento. Cada poro exhalaba su quejido. La seda de mi blusa se fue deshaciendo en su boca. No me desnudó; se dedicó a mirarme y a repasar cada pliegue con su índice. Bautizando con palabras cada centímetro... con un vocabulario nuevo.

—Quiero darme a ti, recibirte... desplegar mis alas y volar con tu vuelo. Que me sientas... Huir... perderme en ti y que te pierdas, para después encontrarnos en un solo latido. Quiero que viajemos en un sueño; nuestro sueño de niños.

Mientras me hablaba, su voz acariciaba mis rincones dormidos que se desperezaban, despertando de un letargo de siglos.

Su pecho sobre el mío. Un peso que me ahogaba y liberaba... La música inundándolo todo... La voz de Callas cantando...

> *... E aspetto gran tempo*
> *e non mi pesa la lunga attesa...*
> ...y espero, espero mucho tiempo
> y no me importa la larga espera...

Me desnudó despacio, entre las fresias vivas que estiraban sus pétalos y me envolvían. Y por arte de magia me creí flor nueva. Abrí mis piernas sin pudor para que me mirara y sentí aquellos ojos amados... aquellas manos repasando despacio cada pliegue. Con sus dedos separó los labios de mi rosa, que se abría descarada para él. Acercó su boca y la besó. Sentí su lengua húmeda que buscaba en lo profundo rescatar mi alma perdida. Se la llevó... Y en ese viaje me inundó una luz que me invitaba a irme.

Cuando regresé, me lo encontré desnudo y preparado para emprender el vuelo juntos.

Entró despacio... mis paredes lo sentían centímetro a centímetro... mi humedad lo tragaba. Se sumergía en mí hasta el fondo. Entraba y salía, una, dos, tres... tantas veces que creí que ya no me quedaban más quejidos, pero inventé otros nuevos hasta alcanzar un solo grito. El suyo y el mío que cantaban gloria.

Se apagaron las velas.

El salón se hundió en la oscuridad total. María Callas se silenció. Nos quedamos dormidos, abrazados... unidos en ese vuelo sin punto de retorno. Hasta que desperté sobresaltada.

—Debo irme —le dije.

—Yo me quedo —me contestó amoroso—. Nada me espera...

—¿Qué vamos a hacer?

—Seguir amándonos —me contestó decidido.

—Lo arreglaré todo, amor mío. Necesito una semana, ¿me la darás?

—Te doy la vida entera, pero no tardes más de un día. Ya no podría vivir sin ti.

—¿Te acompaño? —me sugirió—. Es muy tarde y...

—No —lo interrumpí—, prefiero que nos separemos aquí. Así sabré que estarás esperándome.

Me ayudó a vestirme, y mientras lo hacía volvió a besar cada centímetro de mi piel. Me abracé a él en un abrazo largo; quería que se quedara dibujado para siempre en mi cuerpo. Mi boca cerrada suplicaba sin modular ni una palabra: «Por favor, por favor... no me sueltes.» Pensé que si me seguía besando, no me podría ir. Volvió a abrir mi blusa y lamió las aureolas de mis senos. «Me voy en ti...», me dijo.

Un dolor me desgarró por dentro. Empecé a llorar, mientras mi teléfono sonaba...

Era Beltrán.

Lo último que vi de Francisco fue su mano en la que me enviaba el soplo de un beso.

CAPÍTULO 78

El soberbio reloj que presidía la entrada a la mansión del Paseo de las Delicias se despertó de golpe.

Era un pavo real de oro macizo, a cuyos pies se encontraban las horas. En el tiempo que duró el velatorio se mantuvo en silencio. De repente se desperezó —como si saliera de un profundo sueño—, levantó la cabeza, desplegó su majestuoso plumaje y empezó a girar, enseñando orgulloso su magnificencia. Francisco lo había encargado a un orfebre de la calle Pajaritos. Era la réplica de uno fabricado en Inglaterra en el siglo XVIII, que había pertenecido a Catalina la Grande. Tras descubrirlo en el museo del Hermitage de San Petersburgo, se había encaprichado con él.

Llegaba la hora del funeral.

El alcalde, don Ramón Viesca de Uruñuela, ayudado por Circunstancio Pomposo y por los guardias desplegados para controlar el acceso a la mansión, se pusieron en marcha. Se debía retirar del salón el féretro con los restos mortales de «El Hermoso», que yacía sepultado entre miles de flores y objetos que los asistentes habían ido dejando a su paso en señal de gratitud.

Fuera, en aquella oscuridad de lutos rigurosos, de millares de cirios y hachones encendidos, el imponente Paso de Palio de oro de Valiente resplandecía. Una cuadrilla de costaleros, mandados por don Javier Prieto y Moreno, capataz de gran corazón y amigo personal de Francisco, esperaba el ataúd para dar comienzo a la multitudinaria y espectacular procesión que lo llevaría finalmente hasta la Catedral.

En vista de la dificultad de acercarse al féretro, Pomposo decidió que la mejor manera —aprovechando el gentío, que seguía sin desalojar el lugar— era sacarlo en volandas. Los asistentes que se encontraban en el interior pusieron sus manos al servicio de la dificultosa operación. Los que permanecían al pie de Francisco levantaron el ataúd y entre todos, de mano en mano, lograron llevarlo hasta la calle. Un estruendoso aplauso con vivas a «El Hermoso» lo recibió.

Lo colocaron sobre el Paso de Palio, que exhalaba el embriagador perfume del incienso de su cofradía —una mezcla exclusiva que le preparaban en la calle del Pan—. Iba adornado con candelabros encendidos y racimos de fresias, que caían en cascadas.

Lo cubrieron con la muleta negra de «La Valiente», la bandera de Sevilla y la de su Hermandad del Rocío de Triana —que llevaba el escudo bordado en hilos de oro y plata—. Se oyeron tres martillazos y al grito del capataz: «VENGA DE FRENTE», el palio inició su marcha.

La procesión tomó el Paseo de las Delicias en dirección al Parque de María Luisa. En el camino, la gente, como si de un Gran Señor o de una Virgen Dolorosa se tratara, se peleaban por conseguir un lugar muy cerca del paso. Era una auténtica *madrugá* de Viernes Santo, sin capirotes ni nazarenos. En los altos del camino, varios trianeros amigos de su tío «El Tumbao», que sentían devoción por él, se arrancaron por saetas.

La solemnidad y la elegancia del momento se mezclaban con la bulla semanasantera; muchos jóvenes, aprovechando el tumulto, se acercaban a las chicas y restregaban su cuerpo en sus espaldas; manos y pieles se entremezclaban y ya nadie sabía de quién era cada caricia o solapado roce recibido.

En los momentos en que el silencio era más alto, se oían quedos los tintineos de las campanillas de las jarras del Paso que, como si se tratase de una suave melodía, eran acompañados por el «rachear» de las zapatillas de los costaleros sobre el asfalto. Aquella mezcla de sonidos apagados y monocordes acababan convirtiéndose en otra música: un exquisito murmullo que invitaba a potenciar todos los sentidos.

Al llegar al teatro Lope de Vega, la procesión giró, cruzó la puerta del Parque hasta alcanzar la Glorieta de Bécquer, y se detuvo. Lo esperaba otra preciosa saeta por *soleá*.

> *A «El Hermoso»*
> *lo ha llamao*
> *el Señor resucitao...*
> *Eras demasiao bueno...*
> *¡¡¡¡VALIENTE!!!!*
> *para estar por estos laoos...*

Mientras la muchedumbre la escuchaba, detrás del milenario sauce Alma se enjugaba las lágrimas. No soportaba el dolor. Hacía tan sólo dos días Francisco y ella estaban en ese mismo lugar, cogidos de la mano —sin sospechar que la muerte les vigilaba tan de cerca—, llenos de amor y expectativas de futuro. No podía entender qué había pasado.

El Palio volvía a caminar. Ella había pedido a Plácido Buenaventura, el albacea a quien Francisco había dejado las instrucciones de su funeral, que antes de que la procesión continuara hacia la Real Maestranza hiciera un alto delante de «El Costurero de la Reina». El hombre, que de sobra conocía su amor secreto y era la persona de confianza a la que Francisco encargó la silenciosa restauración del bello palacete, accedió complacido.

Se mezcló entre la gente y cuando el capataz dio la orden de arriar el Paso, Alma miró a la puerta donde Francisco la había despedido con un beso. Le pareció verlo delante. Era su gitanito quien corría hacia ella, una niña que reía feliz mientras abría sus manos para recibir las piedrecitas que él le regalaba.

De repente, las campanas de todas las iglesias de Sevilla se alzaron en un toque de muerto; un tañido incesante y triste acompañó a la procesión hasta el final. Cuanto más se acercaba a la plaza de toros, más gentes se sumaban. Sobre aquel inmenso río humano —ese negro caudal desbordado de flores de luz—, desembocaban en cada esquina riadas de mujeres, hombres, jóvenes y niños que se unían y arrancaban las flores del Palio, buscando conservar un recuerdo del funeral de «El Hermoso». Mientras tanto, desde los balcones, las plegarias rocieras se sucedían sin parar.

Finalmente, el Paso de Palio tomó la calle de Antoñita Díaz, giró por la calle del Miedo y entró como entraban los toreros: por la puerta de Cuadrillas.

Dentro, a Francisco Valiente le esperaba un albero de oro. Los tendidos eran una sola luz que se elevaba. Antorchas encendidas que en su loca danza de fuego se convertían en una llamarada. Si alguien desde el aire lo hubiese visto, se habría encontrado con un inmenso anillo: el más grande eclipse solar jamás visto.

Todas las manos eran un solo clamor. El capataz dio la orden y los costaleros empezaron a dar la vuelta al ruedo con los restos mortales de «El Hermoso». Mientras lo hacían, la banda del maestro Tejera interpretó el pasodoble *Francisco Alegre*.

Salió por la puerta grande, como sólo lo hacen las grandes figuras del toreo: a hombros. Entre aplausos y gritos de TORERO... TORERO...

La plaza se estremecía.

CAPÍTULO 79

La procesión llegaba a su final.

Tras haber hecho la calle Adriano, la puerta del Arenal, la calle García de Vinuesa y la avenida de la Constitución, el Paso con los restos mortales de Valiente atravesaba por fin la puerta de San Miguel para entrar en la Catedral.

El capataz hizo subir el palio por una rampa que, como si fuese una imagen santa, lo elevaba al altar mayor. Una vez lo situó, él y sus costaleros se retiraron. Mientras tanto, desde la sacristía el arzobispo y los canónigos —que treinta años atrás habían bendecido la unión de los dos matrimonios— aparecían con ocho monaguillos, que a su paso lanzaban con sus incensarios un humo bendito. Todos se situaron frente a los restos mortales de Francisco Valiente.

Alrededor, los coros rocieros de su Hermandad del Rocío de Triana, al que se sumaban los de Sevilla,

Huelva, Ginés, Coria del Río y Villamanrique de la Condesa, se alzaron con una hermosa Salve Rociera.

Empezaba la ceremonia.

Las dos naves, que en su boda habían recogido lo más selecto de Sevilla y España, volvían a llenarse; pero esta vez, todos los trajes lloraban luto.

En primera fila y al lado derecho, Morgana —que había cambiado su vestido rojo por uno de color humo— era acompañada por sus siete hijos, que no paraban de llorar.

En primera fila y al lado izquierdo, Alma escondía sus incontenibles lágrimas bajo un velo negro, mientras Beltrán sostenía su mano y Francisco, su primogénito, la abrazaba con amor. Sus otros seis hijos permanecían estoicamente mudos.

Las palabras del arzobispo se centraron en destacar la bondad de «El Hermoso»; en alabar su gran corazón, su generosidad y sus obras benéficas, gracias a las cuales muchas parroquias, conventos, Hermandades e instituciones se habían visto favorecidos. Habló de su fuerza y su tesón. De su entereza y sus profundos valores. De la pérdida incalculable que sufría Sevilla y toda Andalucía con su desaparición. El extenso y monótono discurso se hacía insoportable. El sofoco del lugar, en plena canícula de julio, atestado de gente, obligó a las mujeres a hacer uso de sus abanicos. Se podía oír el eco de su batir, como si se tratara de gigantes mariposas atrapadas en una red, el crujir de los bancos y la incomodidad del calor. Murmullos, toses y suspiros se sucedían como un acompañamiento más de la liturgia.

La misa siguió su curso entre las más de quinientas voces que a lo largo de la ceremonia fueron acompañando con su canto la homilía, hasta que llegó el momento de bendecir su cuerpo.

CAPÍTULO 80

¿Por qué no te callas de una vez, mi querido Alfonso? Perdona que no te llame monseñor; ya me liberé de formalismos. Tú y yo sabemos lo que fui. ¡No puedo más de tanta adulación y servilismo! Acabemos de una vez con todo esto, ¿no te parece?

Ni es todo verdad, ni es todo mentira lo que dices. Deberíamos aprender a ser justos y al menos, al final, bendecir con la verdad una existencia.

¿Lo haces para oírte? ¿Para que piensen los que te escuchan que eres un ser magnánimo? ¿Un todopoderoso que viene a redimirme con sus necias palabras? ¿Por qué no hablas y cuentas lo que sabes de mí? La verdad es que no me importaría nada. Me gustaría, al menos, que en mi final fueras honesto. ¿Sabes lo que quiere decir eso? Déjate de sermones baratos, ¡maldita sea! Saca mis trapos al sol para que se aireen. No me quiero ir con ellos, enmohecidos, a la tumba. Ten la valentía de desenmascararme ante el público. Total, todo esto es una gran obra de teatro: la última función. Estoy en la gran intemperie; ya no me queda donde guarecerme. ¡Qué descanso!

¿Qué realidad quieres vender, si ya no hay nadie que compre ninguna? Déjate de tanta mesura y poesía y lánzate. Acaba rematándome con una estocada limpia. Es lo mínimo que pide un toro después de haber realizado una gran faena. Di que fui un estafador, un maleante, un vividor y unególatra. Que me beneficié haciendo el mal a otros; que a lo largo de mi vida hice daño a muchos... y a muchas; que me espera el infierno. ¡Di que fui un sinvergüenza de siete suelas! Hay hechos fehacientes que lo confirman. No tienes que esforzarte demasiado para convencerlos. Y si quieres y te sientes mejor, acompaña tus palabras con coros celestiales. Alabado sea Dios que ha puesto punto final a una existencia maldita. Ponme de ejemplo para que no caigan otros. Di que me harté de morir toda mi vida. Que existen otros caminos para llegar al cielo... para llegar a sí mismos sin perderse. ¿Sabes por qué no lo haces? Porque te sientes culpable; porque en mí también ves tus miserias.

¿No me dejabas tu coche cuando me iba por ahí a hacer mis cacerías femeninas? ¿No fuiste tú quien me acompañó a tantas juergas y te las gozaste como nadie? ¿Tengo que decir yo lo que fui? ¿Descubrir el velo que cubre a tantos farsantes que se mueven por la vida? ¿No eres tú la gran autoridad?

¡Cuánta hipocresía, Dios mío!

¿No te embolsaste más de la mitad del dinero que te daba para tus obras, que con tanta falsedad disfrazabas de bondad? Cuenta también las casas que tienes; las bacanales que montas en tu lujoso cortijo de Villamanrique de la Condesa, mientras los pobres se mueren de hambre. Explica por qué tu panza está que revienta de vinos y exquisiteces. ¡Claro que te conviene convertirme en santo!... ¿Crees que soy tonto? Con ello tu reputación se eleva. ¿Sabes lo que pienso de todos los presentes salvo tres o cuatro, que mientras los enumero me sobran dedos de la mano?

¡La vida es una continua farsa!

Cuando estás en la gloria todos se apuntan a ser amigos, pero si no tienes nada o entras en desgracia, huyen. ¡Es la magnificencia, señores y señoras!... la magnificencia de la miseria humana.

Observa cuántos de los que hoy me acompañan sufren por mí. Más de la mitad, mucho más, vienen para ser vistos. Mira a mi mujer, ¿qué piensas de ella? Seguro que hasta con su pañuelo hace el gesto de limpiarse una lágrima que ni restregándose los ojos con cebolla o limón logra conseguir. Fíjate en el alcalde... ¡cuánta devoción por mi bolsillo! Y al director de tal... y al presidente de cual... y a Zutano, Mengana y Perencejo... Podrías ir de banca en banca y te los describiría... sí, a cada uno de ellos te los describiría con pelos y señales. Sentados con su prepotencia y su humildad, alternándolas para dar la nota justa; y con su cara de circunstancias... haciendo el papelón de compungidos. A todos los conozco y sé exactamente quiénes son y cómo se beneficiaron de mí. Ufff... hasta pensar me cansa.

¡Este cajón me tiene enfermo! Demasiadas horas oyendo sandeces.

No entiendo cómo he terminado encerrado, acompañado de esta maldita abeja que me está enloqueciendo. ¿Cómo es posible que nadie la haya visto? Siento su aguijón atravesando mi piel; inoculando su veneno. Me dueleeeee... ¿Me duele?

¡Fuera de mi nariz, estúpido insecto del demonio...!

¡¡¡FUERA!!! ALMA...

¡ALMAAAAAAAAAAAAAAAAAA...!

¡Dios! Empiezo a pensar que no estoy muerto. ¿Qué hago yo aquí? ¿Alguien me oye? Francisco, haz un esfuerzo, trata de mover algo. Mi dedo índice...

Ufff... ¡qué difícil!

¿Mi dedo índice se mueve? Sigue, sigue... Valiente.

La mano... puedo mover la mano...

¡SÍ, PUEDO MOVER MI MANO!

Tengo frío, me estoy muriendo de frío.

Golpear, necesito que me oigan... ¡Qué desesperación! Tranquilo, Francisco... respira... despacio... Siento este aire viciado... ¡Ufff, qué encierro! ¡No puedo más! Aprieto la mano... me duele.

¡Cómo me cuesta!...

CAPÍTULO 81

Los golpes se oyeron suaves y nítidos.

Un sonido débil, como el de un martillo lejano, lentamente cogía fuerza y se convertía en un crescendo vital que hacía estremecer columnas, pilares, muros, arcos, bóvedas y cúpulas de la Catedral. Subía por el soberbio retablo del altar mayor y acariciaba los relieves hasta multiplicarse en el alto dosel que contenía la Piedad. Parecía que las cuarenta y cuatro escenas que representaban la vida de Jesucristo y de la Virgen María, de manera lánguida y sin prisa cobraran vida. Santos, ángeles y arcángeles que se encontraban allí inmóviles, despertaban de un letargo de siglos. María Magdalena, san Joaquín y santa Ana... los mercaderes del templo, Adán y Eva, Lázaro, los doce apóstoles, el milagro de la multiplicación de los panes y los peces... el Juicio Final... La Virgen de la Sede, la matanza de los Inocentes... Todos los actos representados en aquella magnífica obra de arte respondían al llamado.

De repente, los siete rosetones —que en la penumbra se encontraban perdidos— fueron atravesados por una majestuosa luz. Un espléndido amanecer se colaba por cada uno de sus vitrales; malvas, azules, naranjas, verdes y rojos iban tiñendo el aire con sus espadas iridiscentes. En Sevilla se hacía de día.

El constante martillar de un puño golpeando maderas crecía y se multiplicaba. Provenía del féretro sobre el que acababa de caer agua bendita. El arzobispo, al oírlo soltó el hisopo y la vasija de cobre con los que impartía la bendición y como un poseso huyó rampa abajo. Los sacerdotes y monaguillos que lo acompañaban hicieron lo mismo. Incensarios, cálices, bandejas, flores y cirios rodaron por los suelos. El mantel que cubría el altar, bordado por las monjas trinitarias, empezó a ser presa de las llamas. Un pavo real irrumpió en la Catedral y sobrevolando los bancos trató de situarse sobre el ataúd, pero al notar que su plumaje se quemaba, huyó despavorido lanzando espeluznantes graznidos.

El coro de las Hermandades, al ver que el arzobispo y su séquito huían transformaron su canto en gritos y comenzaron a buscar la salida. No tenían ni idea de lo que pasaba, pero intuían una terrible desgracia. Y el capataz, y los costaleros y los Cofrades...

Muchos de los asistentes, al ver la estampida y los

gritos del coro se temieron lo peor y también corrieron. Mientras tanto en el altar mayor, como lenguas voraces, empezaban a subir las llamas.

Las puertas se colapsaron. La muchedumbre se peleaba por salir. Se insultaban y gritaban obscenidades. Se tiraban del pelo y se liaban a puñetazos. En la carrera, mantillas, peinetas, zapatos, bolsos y abanicos volaban... las gentes tropezaban y caían unos sobre otros. Muchos se refugiaban detrás de imágenes de santos, que se desplomaban hiriéndoles. Codazos, golpes, zancadillas, la animalidad haciendo acto de presencia. Trajes desgarrados, alaridos y una histeria colectiva les hacía devorarse a sí mismos.

Morgana había sido la primera en huir... y Beltrán y los catorce hijos la secundaron. Nadie, salvo una persona, se mantuvo inmóvil.

—ALMAAAAAAAAAAAAAA...

El grito desesperado de Francisco, ahogado entre la madera de un ataúd que empezaba a ser abrasado por el fuego, retumbaba en la Catedral.

Alma atravesó la rampa y, esquivando las llamas como pudo, se subió al Paso de Palio y abrió la tapa del féretro... entre el humo, una abeja emprendía su vuelo.

Francisco se levantó.

Catalepsia (del griego *katálipsis*: «suspender»).

Es un trastorno repentino del sistema nervioso, caracterizado por la pérdida momentánea de la movilidad (voluntaria e involuntaria) y de la sensibilidad del cuerpo, que durante esta alteración permanece paralizado.

También se percibe como un desorden biológico en el cual la persona yace inmóvil, en aparente muerte y sin signos vitales, cuando en realidad se encuentra viva en un estado que podría ser consciente o inconsciente. En ciertos casos el individuo tiene una vaga consciencia, mientras que en otros puede ver y oír a la perfección lo que sucede a su alrededor.

Muchas veces este estado lleva a creer que la persona que padece un ataque de catalepsia ha fallecido.

Casos aislados de episodios catalépticos pueden ser desencadenados por un choque emocional extremo.

LO QUE ES JUSTO

Dar las gracias es algo que me llena de ilusión. Y es que a mí, personalmente, me gusta más dar que recibir. Por eso, porque estoy aprendiendo a recibir, quiero dejar constancia de que esta historia no hubiese sido la que es sin haber contado con tantos que a lo largo de este duro camino me tendieron su mano.

En primer lugar, agradezco de todo corazón a Juan Eslava Galán, escritor insigne e íntegro, por dejarme sus libros que ampliaron mis miras y regalarme desinteresadamente sus íntimos conocimientos sobre sus vivencias en Sevilla; a su mujer, Isabel Castro Latorre, que con su vital entusiasmo y delicadeza me abrió caminos.

A Javier Prieto Moreno, andaluz de pura cepa y amante de la vida, por leer mis escritos y aportar su pasión por el arte del toreo, y su larga experiencia como Capataz, Cofrade y Rociero.

A Ángel Cequier, vecino y amigo antes que eminente cardiólogo, por permitirme asistir a una cirugía a corazón abierto, experiencia indescriptible que en algún momento todos deberíamos vivir. A su maravilloso equipo del Hospital Universitario de Bellvitge de Barcelona. Al doctor Carles Fontanillas, jefe del servicio de Cirugía Cardíaca del área de enfermedades del corazón, que actuó como cicerón y me explicó con todo detalle y paciencia el delicado proceso. Al doctor Jacobo Toscano, que me dejó observarle mientras sus diestras manos operaban. A la doctora Luisa Rivero, anestesista. A Luisa Bonet, enfermera instrumentalista.

A Paco Acosta, por regalarme la descripción más bella de un coche rociero.

A Ildefonso García Serena, por prestarme los incunables libros de su padre médico, con los que conocí los efectos de los venenos. Y al farmacéutico Mario Cerra, que los amplió y me instruyó en sus antídotos.

A mis hermanos, que desde la lejanía siempre me acompañan.

A Patri, mi amada hermana, por su amor incondicional.

A Ángela y María, María y Ángela, mis adoradas hijas. Mi vida no sería la misma sin tenerlas. ¡Aprendo tanto de ellas!

María, mar inagotable de sensibilidad, inteligencia y amor, a quien me unen ¡tantas cosas!... entre ellas la pasión por la magia de la palabra escrita y la búsqueda por descubrir entre los recovecos de la vida, su belleza y verdadera esencia.

Ángela, poso profundo de comprensión, inteligencia y amor —que me ha acompañado en los instantes más áridos de mi vida—, y con su maravilloso talento y sensibilidad me regaló la más bella portada de esta historia.

Y por último y primero, como siempre, a mi Joaquín, compañero de vida y travesías, que en todos los momentos de mi vida me acompaña.

Gracias... Muchas gracias.

¡Encuentra aquí tu próxima lectura!

Escanea el código con tu teléfono móvil o tableta.
Te invitamos a leer los primeros capítulos
de la mejor selección de obras.